針愛小神醫 2

風 文創 933

迷央 著

風 文創 933

目錄

第十一章

溫阮看了眼她爹和二叔，這兩人怎麼還和沒事人似的喝起了茶啊？這是要鬧哪樣？

終於，在老侯爺又要發火的時候，溫二叔放下了手中的茶盞，慢悠悠地說道：「爹，兒子不爭氣，兒子這一房子嗣不豐餘，只有浩銘一個孩子，確實擔不起侯府的未來啊，這份重任還是要有勞大哥了。」

溫啟淮一聽不樂意了。「二弟此言差矣，子嗣這事在精不在多，我瞧著浩銘是個好孩子，正好你襲了爵，就立浩銘為世子。不像為兄，有三個兒子，若以後再因襲爵之事鬧了兄弟嫌隙，那為兄可就真的愧對溫家的列祖列宗了！」

屋內眾人。「……」

溫家三兄弟：親爹，這鍋我們不揹！

溫二叔：大哥果然夠不要臉，為了不繼承爵位，竟把髒水潑到自己兒子們身上！

溫阮這才恍然大悟，合著這是爭著不想襲爵的節奏啊！還有，他們這是不是太奇葩了些？完全不符合她對世家大族裡明爭暗搶的認知啊！

就在溫阮懷疑人生之際，卻不知她的好二叔已把主意打到她的身上了。

「阮阮，妳是不是也想讓妳爹爹繼承爵位呀？這樣妳就是正正經經的侯府小姐喔！」

溫二叔用著大野狼哄小紅帽的語氣說著話。

溫阮瞥了溫二叔一眼，如果她沒會錯意的話，這是要挖陷阱給她跳啊！嘖嘖嘖，她這二叔看起來彬彬有禮，竟然還欺負小孩子！

不過，今日她要免費給他上一課，告訴他什麼叫搬起石頭砸自己的腳！

「二叔，難道說，您要是繼承了爵位，就會把阮阮趕出門，這樣我就當不成侯府的小姐了，您是這個意思嗎？」溫阮眨巴眨巴著眼，故作無知狀問道。

溫二叔一噎，這小姪女貌似比他大哥還難搞啊！

然後，溫阮似是想到了什麼，突然變成一副委委屈屈、馬上就要哭出來的樣子。

「二叔……您是不是不喜歡阮阮啊？」什麼叫乘勝追擊？什麼又叫倒打一耙？溫阮今日算是用得淋漓盡致啊！

這下可不得了，老侯爺一看寶貝孫女都快被他那個蠢兒子給惹哭了，不禁狠狠瞪了溫二叔一眼，忙哄道：「阮阮，別聽妳二叔瞎說！把妳趕出門？給他十個膽子他也不敢，否則老子打斷他的腿！」

溫二叔偷雞不成蝕把米，這目的沒達成先不說，還差點把小姪女給惹哭了，這還得了？於是連忙哄人。「阮阮，二叔不是這個意思！二叔最喜歡阮阮了，恨不得讓妳給二叔當閨女呢，怎麼可能趕妳呀？」

「真的？」溫阮吸了吸小鼻頭，問道。

溫二叔連連保證道：「真的！二叔保證！」

溫阮見好就收，不再逗溫二叔了，點了點小腦袋，算是原諒他了。

不過，老侯爺這邊看兩兄弟推來推去，實在是不耐煩了。「你們倆少給我擱這兒和稀泥！老子算是看明白了，每次都是這樣，我看你們就是想累死老子！今日必須給我決定個子丑寅卯來，否則老子和你們沒完！你們自己說說，我都這把年紀了，你們還不想讓我享享清福，這樣對嗎？真是不孝子！」

聞言，溫二叔索性開門見山地說道：「爹，這襲爵之事，本就是嫡長子的事，您去挨家挨戶問問，由嫡長子襲爵，於禮於法，是不是都是這個道理？所以，您老在這種事情上還有什麼好糾結的？直接定下大哥不就得了？」

「二弟此言差矣，不也有立賢不立長的說法嗎？」溫啟淮反駁道。

「唉，大哥，你別給我戴這個高帽，小弟可承受不起啊！」溫二叔一臉警戒地看著他大哥。「再說了，這空口白牙的，賢不賢的可不好說，但你這嫡長的身分卻是一目了然的啊！所以，大哥，我說你就認了吧！你要怪啊，只能怪娘把你生早嘍！」

溫啟淮被溫二叔噎得說不出話來，只能狠狠地瞪了他一眼，以此表達自己的不滿。

「簡直胡鬧！你們這兩個不孝子，推來推去的像什麼話！怎麼老子的爵位還成燙手山芋了不成？」老侯爺鬍子一吹、眼一瞪，橫眉豎目道。

聞言，溫阮偷瞄了眼她祖父，有點一言難盡。看大家這反應，這爵位是不是燙手山芋，您老心裡沒點數嗎？

不過，說到這兒，老侯爺就氣不打一處來。想當年他爭這爵位時倒是費了多少勁，怎麼到了他兒子這裡，一個一個卻這般嫌棄？他這是造了什麼孽啊，竟生出這麼兩個逆子！

別說，溫啟淮和溫啟靖這兩人還真是親兄弟，連不想襲爵的想法都一樣，都想著既然光耀門楣這種事情家裡有其他人能做，自己幹麼還費這個勁？過逍遙快活的日子不香嗎？

「老二說的有道理，賢不賢的不好判定，那就立長吧！就這麼說定了，明日我便上摺子，由老大襲爵！」老侯爺懶得再讓他們推脫，便直接拍了板。

聞言，溫啟淮忙說道：「爹，您忘了六年前的事了？當時那丫鬟若不是聽說我即將襲爵，也不會起那般歪心思，這才累得阮阮早產體弱，可見這爵位於我而言是不吉利的啊！」

老侯爺被氣笑了，指著溫啟淮罵道：「你有能耐啊，自己不爭氣，還怪爵位不吉利？我跟你說，這事就這麼定了，別逼老子當著你孩子的面教訓你！」

溫阮聞言一愣，沒想到這吃瓜還吃到自己頭上，也是新鮮了。

溫啟淮悻悻然，見大勢已去，索性破罐子破摔了，直接看向下首的溫家三兄弟。

「正好你們兄弟也在，那你們也商量商量，誰來繼承這爵位？今日我便直接傳給他得了，正好撂子一起上了！」

溫浩然。「……」

溫浩傑。「……」

溫浩輝。「……」

溫家三兄弟一言難盡地看了親爹一眼，他們這爹是不是太不可靠了啊？

老侯爺也氣得差點把手中的茶盞摔他身上。

不過，還真的不是一家人，不進一家門啊！溫浩傑和溫浩輝對視一眼後，異口同聲地說道：「我們選大哥！我們三兄弟同爹和二叔不一樣，無論是論嫡長，還是論賢能，大哥都是當仁不讓！」

這兩兄弟是有樣學樣，一唱一和地把溫啟淮和溫啟靖剛剛那套嫡長賢明理論原封不動地搬了過來，還真是現學現賣啊！

溫浩然忍不住扶額，好想打死這兩個弟弟怎麼辦？怎麼平日沒見他們倆反應這麼快啊？

老侯爺簡直不忍卒睹，這兒子氣他，孫子也氣他！不過還好，這爵位之事今日總算有了定論啊！

最終確定了，由溫啟淮來襲爵，請封溫浩然為世子，為侯府下任襲爵人選。

話說，回到侯府後，溫阮也有了個小小的煩惱，那便是沒法子睡懶覺啊！之前是因為趕路，條件不允許也就算了，但在回來的路上她早都計劃好了，一旦回府必須要把睡懶覺的「好習慣」找回來，誰知計劃趕不上變化啊，她千算萬算都沒有料到，竟會出現一個小團子牌鬧鐘！

也不知是何緣故，瑞瑞這個小傢伙特別黏溫阮，有事沒事總是嚷嚷著要找姑姑，用蕭筱的話說，現在在小傢伙的眼裡、心裡，怕是她這個當娘的都要讓一讓嘍！

溫阮也特別喜歡瑞瑞這個小團子，可能是溫浩然和蕭筱從小教的好，小團子年紀雖小，但十分乖巧懂事，也不會無理取鬧，每日看著他憨態可掬的小模樣，溫阮總是會被萌得不要不要的。

當然，如果小團子能不給她當小鬧鐘就更好了，可是，理想是豐滿的，現實是骨感的啊！

這天早上，溫阮這邊還沒來得及睜眼，便感覺到臉上癢癢的，毫無疑問，她的小團子牌鬧鐘又過來報到了。

「咕咕，小懶蟲！」小團子還有些吐字不清，但絲毫不影響他嘲笑溫阮。

果然，溫阮睜開眼，便看到小團子在一旁，睜著忽閃忽閃的大眼睛，「咯咯咯」地笑個不停，這虎頭虎腦的小模樣，瞬間治癒了溫阮的起床氣。

「啵」的一聲，溫阮實在沒忍住，直接在小團子臉上親了一口，這才心滿意足。

小傢伙以為溫阮在同他鬧著玩，於是便爬過去，也在溫阮臉上親了一口，順帶著給了她一臉口水。

旁邊的彩霞連忙遞上帕子。

溫阮倒也不在意，接過帕子隨便擦了擦，問道：「昨晚我不是交代過妳們，早上要攔住瑞瑞，不要讓他打擾我睡覺的嗎？」

小團子她不忍心責怪，但旁人嘛，還是要說一說的，畢竟，有起床氣的人可是不好惹的唷！

彩霞忙回道：「回小姐，是夫人不讓奴婢攔著的。夫人說時辰不早了，您也該起身了。這會兒，夫人和少夫人都在外面等著您呢！」

聞言，溫阮「喔」了一聲。怪不得呢，是她美人娘親不讓攔的啊！不行，改日一定要找個機會同美人娘親說說，她現在還在長身體，睡眠是很重要的。

「姑姑，糕糕！」小團子拉著溫阮的衣袖，眼巴巴地說道。

溫阮先是一愣，隨後才反應過來，原來小傢伙今天是過來討債的啊！

說起這個債嘛，還要從一塊綠豆糕說起。昨日溫阮帶著小團子去了美人娘親的院裡，小團子吃了小半塊綠豆糕後，還要再吃，溫阮覺得小孩子吃太多不好消化，便攔住了他，還哄著他，說今日給他做好吃的糕糕，誰知小傢伙竟真的記住了，果真是個小饞貓啊！

溫阮點了點他的鼻子，無奈地笑道：「小饞貓，知道了，姑姑這就起來做給你。」

小團子也不知道聽沒聽懂，反正他看見溫阮笑，自己也跟著傻樂個不停，胖嘟嘟的小臉惹得溫阮又捏了他一把，然後，姑姪倆「咯咯咯」的笑聲便傳遍了整個汀蘭苑。

姑姪倆鬧騰了好一會兒，後來還是容玥和蕭筱婆媳倆親自進來抓人，才把兩個小團子帶出了裡間。

溫阮收拾一番後，便上桌用了早膳，因為時辰確實不早了，容玥和蕭筱已用過了膳食，所以溫阮便一個人吃了起來。

喔，對了，還有瑞瑞這個小團子陪著她。小孩子胃口小，一般都是少量多餐，所以當溫阮吃第一餐時，人家都已經吃第二餐了。不過，小團子似乎有點可憐呀，能吃的竟然只有糊糊。

也是前兩日，溫阮才瞭解到，在這裡，一歲多的小孩子除了吃奶外，輔食一般就是各類的糊糊，偶爾再給吃些糕點什麼的。怪不得瑞瑞這小傢伙這麼饞呢，總給人家喝糊糊，這沒滋沒味的，誰會不饞啊？

不過，看到小傢伙津津有味地吃糊糊的樣子，溫阮又忍不住感慨，果然是年紀小好騙呀，沒吃過其他好吃的，便覺得這糊糊是好東西了。

小團子看到姑姑盯著自己瞧，以為她也想吃糊糊呢，於是猶豫了一下，把手裡的木勺遞了過去。「姑姑，吃。」

溫阮又被萌了一把，笑著搖搖頭，揚了揚手中的碗。「姑姑也有，瑞瑞自己吃吧。」

小傢伙看了看溫阮手中的碗，也沒糾結，傻笑了兩聲，又埋頭苦吃了起來。

看到小傢伙乖巧呆萌的小模樣，溫阮決定了，今日她一定要好好給小團子做些好吃的。

容玥旁眼看著自己的小閨女和小孫子的互動，甚是欣慰，這姑姪倆都是乖巧懂事的好孩子，真是太讓人省心了。

吃完早膳後，容玥和蕭筱婆媳兩人有事去了前院，汀蘭苑只留下面面相覷的溫阮和瑞瑞小朋友。

小傢伙還沒弄清狀況，指著兩人離開的方向，說道：「娘、祖母，走了。」

溫阮忙安撫小團子。「瑞瑞啊，你娘和祖母待會兒就回來。你乖，姑姑陪你在這兒等她們，好不好呀？」

小團子乖巧地點著小腦袋。「嗯，和姑姑，吃糕糕！」

溫阮。「……」還記著呢，確認是小吃貨無疑了！

既然答應了小團子的事，溫阮自然不會食言的。昨日她便交代了彩雲，讓廚房備了新鮮牛奶、一些食材和廚具，今日她定要讓小團子吃得開開心心！

汀蘭苑的小廚房裡，溫阮和廚娘忙得熱火朝天，旁邊還有個不願離開的小團子，瞪著滴溜溜的大眼睛，死死地盯著灶臺的食物。

溫阮院裡的廚娘，聽說是從她美人娘院裡撥過來的，廚藝不錯，悟性也滿高的，溫阮說什麼，她很快就能領悟到，確實省了不少功夫。

今日溫阮給小團子做了鬆鬆軟軟的小蛋糕，和柔滑鮮嫩的雞蛋布丁，整個廚房裡，瀰漫著濃郁的奶香和蛋香，溫阮惡趣味地想，要不再饞饞小團子，看看他會不會流口水呢？

不過，身為人家的姑姑，就要有姑姑的樣子，為老不尊這種事情，還是不能開頭，萬一……一發不可收拾了怎麼辦？

於是，溫阮端著做好的小蛋糕和布丁回了主屋。

當然，小團子自是屁顛屁顛地跟在她身後，一臉討好地看著溫阮。

溫阮不禁失笑，拿起一個小蛋糕遞給他。

小傢伙忙接了過去，吃得那叫心滿意足啊！

溫阮看小團子吃得開心，便也放心了，遂喚來丫鬟，讓她在旁邊看著點小傢伙，而她自己又回到廚房，她今日還有其他的事要做。

前幾日，溫浩輝同她抱怨過，說書院裡的餐食太油膩，吃不下，他都要餓瘦了。正好今日也無事，溫阮便準備做一些吃食，讓小廝給他送到梓鹿學院去，也給哥哥們送送溫暖……喔，不不不，是夏日裡送清涼才是！

她要做的正是夏日消暑必備食物——涼皮，再配上一些涼菜和滷味，特別是在夏季，吃起來真是極舒服啊！

至於飯後甜點嘛，溫阮準備的是西瓜冰沙和炸優酪乳。不過說到這兒，就不得不說真慶幸這侯府裡竟然有冰窖啊，否則這道西瓜冰沙還真不知道怎麼做了呢！

當然，既然準備了，自是不能只溫浩輝有，各房各院的其他人也是不能忘的呀，雨露均沾這個道理，溫阮時刻謹記著。

真算起來，這個工程量還滿大的，相當於做了溫甯侯府一大家子的飯，但還好廚房幫廚的人不少，廚娘悟性也高，溫阮整體來說就是動動嘴皮子而已，很快地，膳食便準備妥當了。

吩咐丫鬟們給各院送過去之後，又讓彩霞找了幾個小廝，分別往禮部、戶部及梓鹿書院送去。

溫浩然重回戶部當值了，而溫啟淮在禮部當差，是主事人之一。

一般衙門裡都挺忙的，當值官員都是由小廝定時把午膳送過去，所以，溫阮便提前讓人交代了送飯的小廝，屆時來她院裡拿午膳即可。

溫浩然這邊收到膳食後，發現都是往日沒吃過的菜品，略一思量，心裡大概有了猜測，同送飯小廝確認一番後，果然是溫阮送來的，於是便頗為愉快地用起了餐。

而溫啟淮這邊，因近日禮部要籌備一年一度的祭祀大事，忙得焦頭爛額，今日正好又碰到太子過來查看祭祀進度，所以午膳便稍稍延後了一些。

不過，也幸虧過來時，溫阮在放西瓜冰沙的那一層餐盒裡擱了些冰，否則怕是溫啟淮吃的時候都要化成一灘水了。

當小廝把餐食一一擺到桌上時，溫啟淮先是一愣，接著問道：「大廚房今日換菜品了？」

桌上的餐食都是溫啟淮從未見過的，但瞧著賣相還不錯，特別是餐盒裡還未端出來的那一大碗西瓜冰沙，在這炎炎酷暑裡，看著都覺得涼快。

小廝如實回道：「回稟主子，這不是大廚房做的，是小姐特地給您準備的膳食。」

溫啟淮有些意外。「阮阮做的？」

「是。」小廝畢恭畢敬地回道。

溫啟淮臉上一喜，還是小閨女心疼他啊！之前總是聽三個兒子顯擺，說小閨女做飯怎麼怎麼好吃，這下子他也終於要吃到了！

揮了揮手直接讓小廝退了下去，溫啟淮正準備好好嚐嚐小閨女的手藝，誰知這時，太子殿下趙卓煜提著膳食盒走了進來。

「舅舅，本宮來同你一起用膳！」

太子的突然到來，讓溫啟淮有些措手不及，他幽怨地瞥了太子一眼，很不情願，感覺這個外甥是來騙他膳食的。

太子。「……」怎麼感覺有點不受歡迎啊？

溫啟淮即便心裡再不情願，也不能說出來啊！雖然太子是自己的外甥，兩人關係也一向親厚，但畢竟太子是君，他為臣，該遵守的禮法還是要遵守的。

「太子，請。」溫啟淮側了側身，給趙卓煜讓了路。

兩人來到餐桌前，趙卓煜也從餐盒中拿出自己的午膳。他近日有些苦夏，伺候的人也都知道，所以這幾日的餐食都是以清淡為主。只是今日一瞧，和溫啟淮的餐食相比，他的飯菜還是略嫌油膩了些。

「舅舅這吃食，瞧著倒是新鮮。」趙卓煜順口說道。

溫啟淮一怔，果然如此，他這外甥就是盯上了他的膳食啊！「都是些普通吃食罷了，自然無法和東宮的御廚相比的。來來來，咱們快吃吧，待會兒還有得忙呢！」

話落，溫啟淮便又默默地把餐食往自己這邊移了移。

這麼明顯的護食舉動，趙卓煜要是看不出他這舅舅的心思，那他這麼多年太子可就真是白當了！只是，以往並未見他舅舅有護食的舉動啊，難道是今日這飯菜有什麼蹊蹺？

「舅舅謙虛，以本宮看，今日您這飯菜可比御廚做的好多了！就是不知，本宮能否有幸嚐上一嚐？」趙卓煜試探道。

溫啟淮佯怒道：「胡鬧！太子怎可隨便吃外面的食物？這不合規矩！」

「無事，本宮對舅舅自是放心的。再說了，讓人先試一下菜便可。」趙卓煜說完，便給身邊的太監使了個眼色。

太監會意，立即拿出銀針，把溫啟淮面前的菜均試了一遍。

見狀，溫啟淮沒辦法，只能忍痛和他分享了。唉，誰讓是自己的外甥呢，也沒便宜別人，吃就吃吧！

溫阮準備的餐食雖然量不少，但也僅限於一個人，若真像趙卓煜所說的只是嚐一嚐的話，那還是沒什麼問題的，但顯然他不是！

可這也不怪趙卓煜，他本來真的只是想著嚐一嚐來著，誰知一口下去，發現這飯菜清淡但不會寡淡無味，簡直是太合他的胃口了！然後便是一口接著一口，根本停不下來。

最後盤底見空了，趙卓煜這才收了筷，輕咳了一聲，說道：「舅舅府裡的飯菜甚是可口，不過，御廚的手藝也不錯，不如您嚐嚐？」

溫啟淮氣得快沒脾氣了！但他的餐食被太子吃了一大半，他還餓著呢，不吃太子的又有什麼辦法呢？所幸御廚的手藝也不差，溫啟淮吃著也還行，只是在他心裡，還是他小閨女做的好吃。

既然都吃這麼多了，溫啟淮也沒吝嗇最後的那些甜點，於是在兩人都停下筷子後，他又把放在食盒底部的西瓜冰沙和炸優酪乳拿了出來。

「太子，用些飯後甜點吧。」溫啟淮用旁邊的空碗分出了一半的西瓜冰沙，遞到趙卓煜面前。

趙卓煜笑著接了過來，說道：「有勞舅舅，那本宮就卻之不恭了。不過，這廚子哪兒找的？廚藝真不錯！」

「這可不是府上廚子做的，是你表妹特意做來孝敬我的！」溫啟淮看趙卓煜誤會了，便開口解釋一番，順便還顯擺了一下女兒。

趙卓煜一愣，有些驚訝地問道：「表妹做的？」

之前他聽外祖父提起過溫阮，小小年紀便得鬼手神醫親傳，習得一身精湛的醫術，沒想到廚藝還這般好，他倒有些迫不及待地想見見這位表妹了呢！

「表妹倒是有一顆七竅玲瓏心啊，這樣的吃食本宮還是第一次見。」趙卓煜誇讚道。

趙卓煜吃了一口冰沙，甜甜冰冰的，沁人心脾，他順勢又挾起一塊炸優酪乳，外表酥脆，奶香十足，又不是很甜，確實可口。

溫啟淮一聽人誇自己的閨女，頓時開心的不行，突然覺得這個外甥又順眼了許多。炎炎酷暑，確實熱得厲害，但吃著西瓜冰沙的兩人，卻覺得涼至心頭。

梓鹿書院這邊，溫阮讓小廝送了三份餐食。溫浩輝、溫浩傑還有她的堂哥溫浩銘現都在梓鹿書院進學。

平日裡，書院的學生不僅要在學堂裡學習四書、五經，要通古博今，另還要學習騎馬、射箭，需強身健體。當然了，部分皇子及世家子弟還需學習兵法武略，所以梓鹿書院分為了文院和武院。

按理說，以溫浩傑的年歲，已不需來書院進學了，只是他如今並未當差，在家裡閒著亦是閒著，不如到書院裡學些東西，於是，老侯爺便託關係把他送到了武院，專門學習兵法謀略。

小廝直接把餐食送到了文院溫浩輝這邊，溫浩輝一聽說是妹妹做的，頓時欣喜若狂，忙拉著溫浩銘去武院那邊找溫浩傑，準備兄弟三人一起用餐。

溫浩輝和溫浩銘兩兄弟在武院的學堂裡找到溫浩傑。

溫浩傑一聽妹妹給他們送來了膳食也很開心，看了眼學堂裡還剩下的那幾個人後，果斷地帶著弟弟們來到附近的一處涼亭。

「二哥，怎麼不在你們學堂裡吃啊？走這麼遠來到這裡，我都快餓死了！」溫浩輝抱怨道。

溫浩傑白了他一眼。「你是不是傻？學堂裡留下的那幾人，你沒看到嗎？」

「看到了啊！我記得二哥同他們關係還不錯吧？」溫浩輝有些不明所以，難道溫浩傑怕那些人找他們麻煩？可是不應該啊，那幾人不都是他二哥的好友嗎？

溫浩傑有些一言難盡，真不知他這個三弟做生意時的那股精明勁哪兒去了？就是因為關係不錯才更需要躲著啊！

雖然溫浩傑不知道妹妹做了些什麼吃食，但肯定很好吃就是了，而以他對那幾位好友的瞭解，他們根本就不知道客氣為何物，屆時怕是連渣渣都不會給他剩下。

「這可是妹妹做的吃食，你要是不擔心他們給搶去了，你儘管過去！」溫浩傑沒好氣地說道。

溫浩輝這才恍然大悟，終於領悟到他二哥的用意，直誇讚他機智。

旁邊的溫浩銘卻一頭霧水，覺得兩位堂哥似乎有些誇張了，都是世家貴族的子弟，什麼樣的吃食沒見過，應該不至於搶他們的吧？

但溫浩銘卻不知道，在他們的眼裡，妹妹做的吃食便是天底下最好的吃食，怎麼著都不為過。

兄弟幾人也沒再多說，逕自打開自己的食盒，把餐食放在涼亭的石臺上，吃得不亦樂乎。

他們正在大快朵頤，根本沒注意到，在涼亭不遠處的假山後站著兩個人，顯然把幾人的對話全給聽了去。

陳文宇幸災樂禍地看向墨逸辰。「喲，溫家妹妹這個小沒良心的，在一起時，嘴多甜啊，整日逸辰哥哥長、逸辰哥哥短的，誰知這一離開就翻臉不認人了，怎麼這做了好吃的就沒想到她逸辰哥哥呢？唉，果然這哥哥啊，還是得親生的好呀！」

今日，墨逸辰正好來書院辦點事，誰知在他們經過此地時，卻恰好碰見了這一幕。

墨逸辰淡淡地瞥了眼陳文宇，警告意味十足，漆黑瞳孔中劃過一絲異樣，然後，只見他甩了甩袖子，頭也不回地轉身離開了。

看著疾然離去的背影，陳文宇樂了。若他沒看錯的話，墨逸辰這傢伙剛剛是生氣了吧？嗨，猜都不用猜，肯定是他剛剛的話刺激到墨逸辰了！嘖嘖嘖，真沒想到啊，他有生之年還能看到這傢伙獨自生悶氣的樣子。

溫阮可不知道，她這一頓飯竟還惹了另一個人不高興，不過就算知道，她此時也顧不上這麼多了，因為她這會兒正被美人娘親抓著狂補禮儀呢！這馬上要進宮了，宮中禮儀規矩方面還是不能馬虎的。

教規矩的嬤嬤，正耐心地講解著宮中的禮儀規矩，但溫阮卻聽得頻頻想點頭打瞌睡，奈何美人娘親在旁監督，溫阮只能強打起精神聽著。

這宮中禮儀制度甚是森嚴，其實，溫阮尚且年幼，若不是有人刻意找茬，一般都不會太計較。但正是知道會有人要找茬，容玥才特意請人過來給溫阮惡補一下，力求不讓人抓到把柄才是。

不過，溫阮卻不以為然。想找茬的人，絕不會因為你有所防備便歇了找茬的心思，因為他們總是會千方百計地找到藉口發作的。既然不可避免，那就隨機應變吧。

終於到了宮裡設宴這天，溫阮早早就跟著容玥和蕭筱出了門。

不久，侯府的馬車到宮門口便停了下來。宮中不可進出車馬，但可乘坐專門為達官貴人準備的輕輦。

當容玥身邊的丫鬟同守宮門的侍衛遞上侯府腰牌後，侍衛便招手喚來內侍宮人，他們抬著輕輦來到溫阮等人面前。

溫阮尚且年幼，可以和容玥同坐一抬輕輦，母女兩人坐穩後，輕輦便緩緩前行。

第一次進宮，溫阮對宮裡的一切都很好奇，於是掀開了窗簾的一角，偷偷看向外面。

容玥看了她一眼，倒也沒攔著她，畢竟這會兒還沒到內宮，不礙什麼事。

四繞紅牆，雙聳玉闕，這皇宮的屋宇果然精緻奢華，也更顯尊貴和莊嚴。

很快地，輕輦停在了一座宮殿前。

因宴會還未正式開始，各府家眷均被帶到宮裡特意安排的偏殿裡候著，容玥領著兒媳婦和閨女走進偏殿時，已有好些大臣內眷候在這裡了。

見到幾人進來，眾人紛紛點頭示意，而熟稔一些的，也會上前來打個招呼。

因此次算是溫阮初次公開露面，這些夫人對她都頗為好奇，溫阮倒也落落大方，乖巧地立在容玥身旁，任人打量，時不時還衝著夫人們笑一笑，美人娘親讓她喊人，她便甜甜地喊人，完美詮釋了乖寶寶的角色。

終於同眾人寒暄完了後，溫阮同美人娘親和大嫂坐到了一張桌子前。

有宮女順勢便上了一些茶水和點心，誰知，侍奉宮女手一抖，手中的茶水便直直灑落了下來，不偏不倚全灑在了容玥的身上。

溫阮狐疑地看了眼另一個侍奉宮女，若她剛剛沒看錯的話，是這名宮女碰了那名灑了茶水宮女的臂彎處，這才致使她手中的茶盞歪落的。侍奉宮女眼神微微閃躲，神色有些緊張，可是，當確認茶水灑在容玥身上後，似乎下意識鬆了口氣。溫阮暗道，果然有蹊蹺。

這偏殿的管事宮女聞聲趕了過來，見到此情此景，忙拉著灑了茶水的宮女跪在地上請罪。

而溫阮這邊一個沒留意，剛剛那位暗中使壞的宮女卻趁亂離開了此地，待她再想要找人時，卻根本找不到她的身影了。

溫阮心道，算了，就算她指出是那位侍奉宮女所為，若那宮女抵死不認，她們頂多也是訓斥她一番罷了，並無實際意義，反而還會打草驚蛇，倒不如再往下看看，這背後之人究竟有何所圖？

「都是奴婢的錯，夫人饒命！」灑了茶水的宮女顯然嚇破了膽，誠惶誠恐地跪在地上不停磕頭。

容玥雖然也有些生氣，但看著宮女拚命磕頭的樣子，也不好再發作，只能喚來隨身的丫鬟，準備先找個地方處理一下。「算了，有沒有屋子方便我更換一下衣衫？」容玥問道。

管事宮女聞言，忙喚來另一名宮女，讓她領著容玥她們去這偏殿的側室更換衣衫。

還好各府內眷之間有個不成文的規矩，一般進宮參加宮宴時都會額外再備上一套衣衫，為的就是怕衣衫髒了，殿前失儀。

溫阮她們今日出門前，也是備上了的，這會兒正好派上用場。

溫阮想了想，決定陪容玥一同去側室更衣，只是她們剛到院子裡便被一個嬤嬤穿著的人給攔了下來。

「夫人請留步，宮中有規定，無事不能擅自走動，您還是在這殿中等著的好。」嬤嬤道。

「這位嬤嬤，我們是溫甯侯府的女眷，這是小女。我剛剛在殿內被茶水濕了衣衫，想去側室更換一套，以免待會兒宴會上失儀。」容玥解釋道。

這位嬤嬤似乎剛發現容玥身上的茶漬，俯身請了一下罪。「老奴眼拙，請夫人恕罪。只是宮中重地，夫人您換衣衫情有可原，去的人卻不宜太多。您看是讓您的丫鬟陪您過去，還是貴府小姐陪您呢？」

容玥也知道這位嬤嬤並非刁難，宮中規矩一向如此，她也不好多說什麼，所以剛剛她才沒讓兒媳也跟出來。本以為小女兒年幼不礙事，沒想到還是被攔下來了。

於是，容玥側身同旁邊的溫阮說道：「阮阮，妳回屋子找妳大嫂待著，娘很快便回來。」

溫阮看了眼容玥身邊的丫鬟錦秀，這個丫鬟會些功夫，有她跟在容玥身邊，既能侍奉她美人娘親更衣，也能保護她的安全，溫阮比較放心。

「好，那阮阮回去等娘吧。」溫阮乖巧地回道。

容玥離開後，溫阮便逕自回了屋子，只是當她回到原來的位子時，卻只有彩霞一人候在這兒，她大嫂卻不知所蹤。

「大嫂呢？」溫阮皺著小眉頭問道。

彩霞回道：「回稟小姐，您和夫人剛離開，便有宮女過來，說是少夫人娘家那邊的人，好像有什麼事找她。那人說話聲音小，奴婢沒聽清究竟是何事，但少夫人聽後便跟她走了。」

溫阮若有所思，只是略一遲疑後，便想通了其中的關鍵。

此事怕是衝著她來的，先是把她娘和大嫂從自己身邊支開，那麼接下來便會有所動作了。

想通後，溫阮倒是不急了，神態自若地坐了下來，等著他們出招即可。

畢竟，這宮廷重地，又是大庭廣眾之下，他們還不敢明目張膽地公然行凶。

很快地，宮門口傳來一陣窸窸窣窣的動靜，屋內的眾位家眷紛紛抬頭看去，只見幾位宮人裝扮的人走了進來。

「溫甯侯府的小姐，溫阮何在？我們貴妃召見！」領頭宮女神態傲然地說道。

聞言，眾人紛紛看向溫阮。

溫阮倒是不慌不忙，悠悠起身，看向剛剛說話的宮女，脆生生地說道：「臣女就是溫阮，不知是哪位貴妃娘娘要召見臣女呀？」雖然心裡有了猜測，但畢竟這宮中可不只一位貴妃，溫阮覺得還是當著眾人的面問清楚的好。然後，溫阮頓了一下，又故意嘟囔了一句。「好奇怪呀，娘好像沒同我說過，家裡有什麼親戚是貴妃呢……」

所謂說者無意，聽者有心。屋內眾人心思各異，更有與溫甯侯府交好的夫人，當即不著痕跡地站到了溫阮的身邊。

領頭宮女一愣，顯然沒料到溫阮竟會這麼說。

按理說，一個六歲多的小姑娘，身邊也沒什麼可依靠的大人，突然被召見，理應慌張失措才是，但不知道是不是錯覺，她總隱隱覺得，這位溫甯侯府的小姐似是早就料到會被召見一般。

對上屋內眾夫人疑惑的目光，領頭宮女只能硬著頭皮解釋道：「奴婢在程貴妃的鐘粹宮當差，程貴妃娘家有位小輩，思思小姐，說和溫小姐是好朋友，聽說您進宮了，特央求娘娘想和您見一見，娘娘遂讓奴婢來請溫小姐。」

溫阮裝作恍然大悟狀，說道：「妳說的是我小姑父家那個外室的孩子，齊思思嗎？若真是她的話，那她可同貴妃娘娘撒謊了喔！我們不太熟，還打過架哩！」

眾人一愣，這哪是什麼想見一見啊？怕是要尋仇吧！

領頭宮女沒想到溫阮竟這般難纏，她怕耽擱久了，拖延容玥和蕭筱那邊的人再出了問題，豈不是壞了娘娘的事？因此只能強硬說道：「請溫小姐不要為難奴婢，貴妃娘娘召見，您若有什麼話，可當面同貴妃娘娘說清楚，娘娘一向公正，定會為您作主的。溫小姐，您請吧！」話落，領頭宮女給身邊的兩個小宮女使了個眼色。

兩人點了下頭，迅速來到溫阮兩側，做了個「請」的姿勢。

溫阮本來也沒打算能拖延成功，便聳了聳肩，說道：「那好吧，我跟妳過去就是了，我相信貴妃娘娘絕對不會為了幫齊思思而為難我的。」

領頭宮女一噎，想說些什麼，卻又不知從何說起，只能不太甘心地帶著溫阮離開。

溫阮等人離開後，宮殿內的眾位夫人不禁竊竊私語了起來。其實這段日子裡，關於溫甯侯府二姑奶奶溫嵐要同齊府二爺和離之事，早在京都府傳得沸沸揚揚了。至於原因嘛，當然要從齊府二爺那位曾經的外室、現如今的程姨娘說起。這位程姨娘來頭也不小啊，可是程貴妃的親姪女呢……宮殿內的眾位夫人不禁為溫阮捏了把汗。

而這邊跟著宮女出了側殿的溫阮本人，倒是相當從容，臉上絲毫不見慌張之色。

其實，她想的很簡單，既然程貴妃敢光明正大地召見她，只要不是傻子，便必然不會乘機下毒手，否則程貴妃也休想擺脫干係。

那麼唯一的可能，便是程貴妃要乘機敲打敲打她，也就是想嚇唬嚇唬她唄！

切，開玩笑，她又不是真的只有六歲，還會被嚇到不成？

雖然溫阮很淡定，但她身邊的丫鬟彩霞卻如熱鍋上的螞蟻一般，顯然是急得不行。

溫阮嘆了口氣，唉，還是年紀小啊，怎麼就這麼沈不住氣呢？不過，這是自己的丫鬟，又能怎麼辦呢？還是得安撫安撫她的。

於是，溫阮悄悄拍了拍彩霞的手，給了她一個安心的眼神。

彩霞愣愣地看了溫阮片刻，突然反應過來，對啊，她不能慌，她還要保護小姐！現在只有她能保護小姐了，若實在不行，遇到危險時，她也可以擋在小姐身前的，所以，她千萬不能自亂陣腳。想到這兒，彩霞眼裡閃過一抹堅毅的光。

第十二章

此時，東宮內，太子趙卓煜正手執白子與人對弈，而他正對面坐著執黑子之人，正是墨逸辰。

棋盤上白子和黑子似是旗鼓相當，白子思路縝密、取捨得當，黑子運籌帷幄、步步為營，單從棋局上看，兩方各有所長，堪稱平局。

一局結束，兩人顯然都沒有再開一局的打算，而是把棋子各收到棋盒中，兩人悠閒地喝起了茶，已然沒有了剛剛的劍拔弩張。

趙卓煜抿了口茶水後，放下手中的茶盞，說道：「父皇讓你來參加宮宴，你躲到我宮裡算什麼事啊？你別忘了，這宮宴可是打著為你慶祝賑災有功的名頭辦的，身為主角，你怎麼也應該早些到場才是。」

墨逸辰瞥了趙卓煜一眼，神態自若。「辦這宮宴的目的究竟為何，太子難道會不清楚？」

趙卓煜不置可否。「不過，你真的決定了？」

墨逸辰神色未變。「嗯，我不會娶七公主的。」

鎮國公府掌管著整個西北軍，在夏祁國的地位舉足輕重，元帝今晚的目的，自是想要透過聯姻的方式，把鎮國公府牢牢控制在手中。

趙卓煜略一遲疑，說道：「父皇這次是鐵了心要把楚楚嫁到你們鎮國公府，若是你不願，那這樁婚事怕是要落到你那位虎視眈眈的庶弟身上。他若是尚了公主，便也是有能力和你爭一爭的。」

鎮國公府子嗣不豐，除了墨逸辰之外，便只有一妾室為鎮國公生下了一個庶子，說起這位庶子，倒是只比墨逸辰小上一個月，若真論起這庶子的身世來，也算是鎮國公府後宅的一樁骯髒事了。

墨逸辰嗤笑一聲。「若他真有這個能耐，我倒還能高看他一眼。」

趙卓煜這次倒是沒有反駁，畢竟墨逸辰這位庶弟文不成、武不就，空有想要爭權奪勢的野心，確實不配為對手。

屋內兩人都未再說話，只是沈默地喝起了茶。

而這時，一個小太監匆匆走了進來，朝著兩人行禮後，剛想起身朝著趙卓煜附耳過去，卻被他攔了下來。

「墨世子不是旁人，直說便是。」趙卓煜道。

小太監畢恭畢敬回了聲「是」後，便說道：「程貴妃單獨召見了溫甯侯府的小姐，溫小姐身邊除了一丫鬟外，並無旁人陪同。」

趙卓煜冷笑一聲，果然如他所料，程貴妃會在宴會前支開眾人，單獨召見溫阮。

「都安排了嗎？」

「回稟殿下，已經通知慈甯宮了，估計這會兒太后的人正在去往鐘粹宮的路上。」小太監回道。

趙卓煜微微頷首，抬了抬手，屏退了內侍太監。

「我父皇的這位程貴妃，還是一貫的沈不住氣啊！」趙卓煜譏嘲道。

不過，趙卓煜卻不得不承認，正是這位一貫沈不住氣的程貴妃，差點害他摔了個大跟頭。

前些日子，若不是溫甯侯府及時給他傳來消息，他怕是怎麼也想不到，程貴妃竟然與淑妃聯手了！

墨逸辰的注意力顯然沒在程貴妃身上，他頗有些急迫地問道：「阮阮可會有危險？」

「放心，皇祖母的人應該很快會把表妹帶去慈甯宮。埋在鐘粹宮暗處的人昨日也已經打過招呼，若表妹有危險，他們會直接出手。」趙卓煜解釋道。

墨逸辰頷首，表示知曉，但他那微微蹙起的眉頭，還是顯露出了他心底的不安。只是他也明白，宮中行事必須謹慎，趙卓煜此等安排已是很妥善了，在這後宮中，太后出手，遠比他們貿然行事穩妥得多。

其實，當朝太后並非元帝的生母，自也不是太子的親祖母。

太后雖平日裡看著慈眉善目，但膝下無子的她，卻能從上任殺機重重的奪嫡之亂中勝出，扶持了當今皇上登基為帝，而自己也穩居太后寶座多年，可見無論是手腕，還是膽識，此人都十分不簡單。

而近些年，太后看似久居深宮，一心禮佛，實際上對宮裡的大事小事了然於心，就連在前朝中也有不小的影響力。

當年，趙卓煜生母元后病逝時，趙卓煜年僅五歲，已身居太子之位，而在險象環生的後宮之中，豺狼環繞，太子之所以能安然無恙地長至成年，這其中自是少不了太后暗中的幫扶和庇護。

不過，非親非故的，若說太后為何會幫太子，這還要從太后膝下的獨女靜安公主說起。

當年靜安公主下嫁給了當時的兵部侍郎陳家次子，婚後他們夫妻長居公主府，且膝下有一獨女。

十二年前，當年奪嫡失敗的祁王，時隔多年後突然反撲，當時京都府陷入一片混亂，而反賊見大勢已去，乘機用火油燒了公主府，以此來報復太后。

當眾人反應過來時，已為時晚矣，火勢太大，短時間之內根本無法撲滅火救人，是溫甯侯府老侯爺帶人冒險救出了靜安公主的獨女，永寧郡主。

毫無意外，一場大火，靜安公主及駙馬葬身火海，只留下年僅兩歲的幼女永寧郡主。太后白髮人送黑髮人，一夜之間蒼老了數十歲。不過，想到女兒僅有的骨血，太后又重新振作了起來，把永寧郡主接到慈甯宮，親自撫養。

太后感念溫甯侯府這份人情，所以元后病逝後，老侯爺以此人情懇求太后庇護趙卓煜至成年，太后同意了。

但因為太后非元帝的生母，而太子又是夏祁國的儲君，太后為了避嫌，只同意了暗中庇護趙卓煜，關鍵時刻保他性命無虞，但宮中那些的磨難，怕是還需要趙卓煜自己扛下來。

老侯爺也深知太子乃儲君，已身處在這個位置上，沒有了退路，若是完全把他庇護得不諳世事，反倒不是好事，必是要經歷些苦難，才能保證來日不被其他左右。

太后言出必行，果真庇護趙卓煜至成年，但這些年來，太后與趙卓煜之間並無太多交集，更不用談什麼祖孫之情，說到底，更多的只是各取所需罷了。

所以，此次太后答應趙卓煜出手幫溫阮，墨逸辰還是有些意外。

趙卓煜自是看出墨逸辰的疑惑，遂解釋道：「前些日子，我得到消息，兵部尚書的大夫人想為她的姪兒求娶永寧郡主，但他們怕太后不同意，遂企圖在永寧郡主回府探望陳老夫人時對其下藥，想來個生米煮成熟飯。我把這個消息傳給了太后，幫永寧郡主避過這一難，也算是賣了太后一個人情。」

永寧郡主對太后來說有多重要，相信明眼人都能看出來，趙卓煜此舉確實讓太后欠了他一個大人情，連太后自己都以為，趙卓煜會把此人情用在日後奪嫡的關鍵時刻，萬萬沒有料到，他竟會把這個人情用在此時。

墨逸辰自是也想到了這一點，狐疑地看向趙卓煜。

趙卓煜側了個身，似笑非笑地說道：「別這樣看我，雖說最是無情帝王家，但溫甯侯府對我而言卻是我另一個家，它同這冰冷冷的皇宮不一樣，那裡有我的家人，有比皇位更值得我守護的親人。」

這些年，外祖父和舅舅們為了他殫精竭慮，卻從未像其他皇子的外家那般，企圖從他身上獲取什麼好處，只是單純地想護他周全而已。

如若說，在這條血淋淋的登基之路上，他必須要變得冷酷無情，那溫甯侯府，便是他僅存的那絲溫情。

「行了，說說你吧，你當真要應下與我表妹的婚事？」趙卓煜問道。

墨逸辰沈默了一瞬，回道：「這是目前最好的法子了。我同阮阮已經說好，婚事暫時先不解除，等過幾年再說，反正我又不急著成家。」

趙卓煜笑了笑，說道：「你可真行啊，這麼大的事你同我表妹說好了有什麼用？別忘了，她才只有六歲啊！兩府裡的長輩，難道你不應該有所交代嗎？」

墨逸辰道：「今日宮宴後，我會親自去溫甯侯府解釋。」

趙卓煜聳聳肩。「那我勸你，還是好自為之吧。據我所知，我外祖父家裡可是十分寶貝這個表妹的，想用人家的寶貝給你做擋箭牌，就要做好被刁難的準備。」

這一點，墨逸辰自是知道的，這也是他為什麼非要在今日宮宴之後再去溫甯侯府的原因，說到底是有些先斬後奏的意思。待過今日，只要在元帝面前以兩人的婚約為藉口，推了七公主的賜婚，以後怎麼都好說。

「那太子呢？你也成年了，太子妃的人選可有定下？」墨逸辰抿了口茶，問道。

趙卓煜嘴角劃過一絲譏笑。「怕是我的好父皇這會兒也在苦惱，該給我選哪家的女兒做太子妃吧？」門第高了，怕給他增加助力；門第低了，又怕人取笑，也是夠為難的啊！

說起元帝，趙卓煜眼底劃過一絲冷然，他這位父皇啊，生性多疑，善猜忌，不過，說絕情也是真的絕情，為了維護自己的皇權，不惜親手捧起了五弟，與他這個太子鷸蚌相爭，他老人家漁翁得利。

而後宮之中則是扶持了程貴妃，想讓她能與淑妃相較量，更是企圖用程家擅長製毒的庶女，以此來威懾朝堂上的各方勢力。

說起來，元帝為了那把龍椅能坐得穩固些，確實是煞費苦心啊！

不過，元帝應該怎麼都沒料到，自己親手培養的兩顆棋子竟然聯手了。趙卓煜倒還真是想看看，他的好父皇知道真相後的反應。

只是，趙卓煜突然想到什麼，看向墨逸辰問道：「你在臨河縣城中毒之事，可還有眉目？」

墨逸辰雖不解他為何突然問起這個，但還是如實回道：「下手之人應是東臨四皇子，至於製毒之人尚且不知。怎麼，太子是有什麼發現嗎？」

「倒是有些發現，只是還有些疑點尚未徹查清楚，待我查清後再告訴你。」趙卓煜回道。

此事怕是和程家背後那位真正的主子有關，至於真相如何，他還需再查一查。

說起來也是可笑，當初他得知程貴妃和淑妃聯手之事後，按這條線索查下去，竟發現程家背後的主子另有其人，也就是說，他的好父皇竟然淪為別人手中的棋子了。

趙卓煜真的懷疑，當年若不是太后膝下無子，且當時後宮之中無生母庇佑的皇子就元帝一人，怕是怎麼也輪不到他坐上這皇位吧？

墨逸辰微微頷首，也沒再追問此事。「那太子以後有何打算？」

趙卓煜嘴角微微勾起，眼底劃過一絲精光。「既然父皇希望我與五弟鷸蚌相爭，我偏不如他所願。若是我反其道而為之，以後讓五弟在朝中一家獨大又將如何呢？」

當然，趙卓煜也不會真的什麼都不做，畢竟，身處在這個位置，不爭便意味著自取滅亡。

不過，這些年能籠絡的大臣早已籠絡了，此後若再要擴張，只是把勢力從明處轉為暗處罷了。有時候看似退了一步，其實卻是進了好多步。

而所謂的讓五弟在朝中一家獨大，也只是虛假繁榮而已，待五弟的勢力拓展到一定程度時，怕是他的好父皇自己便會動手，折掉他五弟的羽翼了。

「前幾日我去禮部查看祭祀之事，發現祖宗宗廟好久沒修整了，過幾日我會親自請旨，去監督修建宗廟。」趙卓煜悠悠地說道。

墨逸辰一愣，只是他略一遲疑，便清楚了趙卓煜的打算。

太子之位事關夏祁國的根基穩定，只要趙卓煜不行將踏錯，儲君之位便不會動搖，畢竟除了五皇子外，其他幾位皇子也日益長大，元帝不傻，只要趙卓煜對他沒有威脅，他不會傻到去動國之根基，屆時內憂外患，才是真正威脅到他屁股下的那把龍椅了。

「時辰不早了，你還是早些從我這東宮溜出去吧，免得被有心之人看到，把你們鎮國公府歸為太子一黨。」趙卓煜笑著說道。

墨逸辰和趙卓煜自幼就相識，在梓鹿書院進學時，兩人便比旁人合得來些，有一段時間幾乎到了形影不離的地步。而那時，鎮國公擔心他早早被牽扯到皇儲之爭的漩渦中，這才將年僅八歲的墨逸辰帶去邊關。

可是，時間和距離似乎並未阻斷兩人的交情，當墨逸辰重新回到京都府後，兩人關係依然很好，只是，從明面上轉成了私下裡。

墨逸辰倒是無所謂的聳聳肩。「反正今日過後，鎮國公府會不會被人歸為太子一黨我不是很清楚，但我怕是躲不掉了。」屆時，他成了溫甯侯府的女婿，自然是想躲也躲不掉。

溫阮這邊，跟著宮女們很快來到程貴妃的鐘粹宮。

鐘粹宮主殿，一位穿著華麗的女子坐在主位上，而她側首的位子，卻有一個十二、三歲的青衣小姑娘，這小姑娘看著溫柔嫻靜，但細看便會發現，她那雙眼睛裡有著不符合她年齡的陰鬱。

「臣女溫阮拜見貴妃娘娘。」溫阮微微福身行禮。

在溫阮暗暗打量兩人時，程貴妃和那位少女也在打量她，不過，看到溫阮頭上頂著兩個小揪揪，一副稚氣未脫的模樣，程貴妃不禁有些懷疑，這難道就是程嫣雯所說的，溫家那個厲害的小丫頭？

「聽雯兒說，是妳這小丫頭逼她吃下毒藥？還有她臉上的傷也是妳所為？」程貴妃的語氣頗為不善，聽起來甚是咄咄逼人。

溫阮抬頭看向程貴妃，一臉茫然。「貴妃娘娘，雯兒是誰呀？不是說齊思思要見我嗎？」

程貴妃雖沒讓溫阮起身，但溫阮知道她是故意為難，於是便趁著回話的功夫，自己站了起來。

「大膽！娘娘並未讓妳起身，妳擅自起身便是大不敬之罪！」程貴妃身旁的宮女衝著溫阮喝斥道。

溫阮眨了眨眼睛，一臉無辜地看向那名宮女，似是想到了什麼，突然看向程貴妃，擲地有聲地說道：「貴妃娘娘，這個宮女她想要害您！」

程貴妃先是一驚，狐疑地看了宮女一眼，不過她很快反應過來，這宮女是自己的貼身宮女，應是沒有害自己的理由。

那名宮女也嚇得一個激靈，忙跪下叫冤。「娘娘，奴婢冤枉！」

「喔？既然溫甯侯府的小姐說這名宮女要害本宮，那便要拿出證據來，否則，欺瞞之罪亦是大罪！」程貴妃沈聲道。

溫阮心裡冷笑一聲，果然是欲加之罪，何患無辭啊！不過，扮豬吃老虎誰還不會啊？

「娘娘，臣女沒有騙妳喔！臣女進宮前，教我規矩的嬤嬤同我說過，說宮裡的娘娘都是和善之人，行禮後便會讓人起身的，當然了，那些不讓起身的大多都是在刁難人呢！我瞧著貴妃娘娘慈眉善目，自是不會刁難人的，便覺得是娘娘您忘了呢！但臣女一想，自是不能因為臣女而讓娘娘擔上這樣的名聲，這才自己起身的。可這宮女卻說是您故意不讓我起身的，那豈不是要害您擔上這刁難人的罪名嘛！」說完，溫阮小心翼翼地看向程貴妃。「貴妃娘娘，是臣女猜錯了嗎？」

程貴妃一噎，頓時不知道自己要說什麼。此時旁邊的青衣少女輕咳了一聲，給程貴妃使了個眼色，程貴妃才恍然回過神來。差點被這丫頭帶偏了，時間緊迫，還是正事要緊。

「沒錯，是本宮忘記了。」程貴妃避重就輕地說道。「還有，本宮剛剛說的雯兒便是齊思思的娘，妳現在可以回答本宮的問題了吧？」

溫阮故作恍然大悟狀。「喔，娘娘您說的是程姨娘啊！可是，什麼毒藥啊？師父只教過我怎麼識別草藥，沒有教過我毒藥啊！」溫阮一臉茫然地看向程貴妃。這貴妃怕是個傻的吧，這種事情她怎麼可能承認啊？溫阮的視線不自覺地移到了她胸前，呃……這難道就是傳說中的胸大無腦？「還有，那個程姨娘臉上的傷不是我小姑父用鞭子打的嗎？奇怪，娘娘怎麼說是臣女打的？明明臣女連鞭子都甩不起來呢……」說罷，溫阮還低頭瞅了眼自己的小胳膊小腿，意思不言而喻。

反正溫阮就是賭定了，她們並不敢明著對她怎麼樣。

至於理由嘛，進宮前墨逸辰曾派人來說，她在臨河縣城治療瘟疫之事，元帝已經知曉，估計會在宴會上對她嘉獎，那也就意味著，她是今日宴會上的主角之一，是有功之人，所以，她才敢這麼篤定至少程貴妃在宴會之前不敢明著對她做些什麼。

再說了，她那素未謀面的太子表哥，昨日可是傳過話的，說宮裡已安排妥當，讓他們放心，所以溫阮猜測，此時，怕是救兵已經在路上了。

的確如溫阮所料，程貴妃此行只為試探，並不打算做些什麼。

她們本來想著溫阮即便再聰慧，但也只是個六歲的小丫頭，嚇唬一下，怕是什麼都能問出來了，這才費勁周折，把她帶進鐘粹宮，可誰知這問了半天，竟一點有用的也沒有。

「聽說妳自幼在鬼手神醫身邊長大，怕也是通曉醫理的吧？正好，本宮乏了，去偏殿休息一下，本宮這姪女略懂些岐黃之術，妳們聊聊，說不定會很投緣。」

程貴妃的姪女？還懂岐黃之術？那這位青衣少女，豈不就是書中的女主程嫣然！

話落，程貴妃便在宮女的攙扶下走進了偏殿，而主殿內只剩下溫阮和程嫣然。

這是溫阮第一次正經打量這位書中的女主，只見她亭亭而立，一席青裙曳地，越發襯得膚如凝脂，黛眉如漆。

不可否認，即便同為女子的溫阮，也覺得這容貌確實出色，擔得起女主的顏值。只是，與她清純脫俗的長相不同，她那雙眸子中摻雜著太多的慾望和算計，野心也是一覽無遺。

果真如當初看書時的感覺一樣，溫阮第一反應便是不喜歡她。只是，既然此時同處在一個舞臺上，逢場作戲還是要的。

如若溫阮沒猜錯的話，程貴妃特意藉故走開，無非就是想給程嫣然機會試探試探她，至於試探什麼嘛，當然是程家目前安身立命的醫術和毒術了。

不，確切來說，應該是毒術才是。溫浩然身體康復之事，整個京都府有頭有臉的人家怕是都知道了，外人只道是鬼手神醫醫術高明，醫治各種疑難雜症不在話下。

但程家人心裡卻清楚，他們下的毒被人解了。

一開始，程嫣然也以為是鬼手神醫出手醫治的，所以沒太放在心上，畢竟以他老人家的醫術，能解了她製的毒，倒也沒什麼意外，而且他們也得到消息，鬼手神醫已經逝世，那麼對她和她師父的威脅便不存在了。

只是前些日子，她姊姊突然從咸陽趕了回來，說是被溫阮餵了毒藥，可程嫣然替她診完脈後，並未發現異樣。

若不是前兩日程嫣然親眼看到她姊姊毒發時的樣子，怕是怎麼也不會相信她中了毒。但程嫣然卻發現，她根本解不了這毒！如今之際，只有等她師父回來了。

「溫家妹妹，妳剛剛口中說的師父，是鬼手神醫嗎？」程嫣然臉上帶著笑意，聲音也很溫柔，看起來很有迷惑性。

溫阮心裡大呼果然如此，但面上仍故作一副懵懂無知狀。「是啊，程家姊姊，妳也認識我師父嗎？」

程嫣然臉上的笑容一滯，她可沒有這丫頭這麼好的運氣，能自幼被鬼手神醫這樣的人帶在身邊教導。當年若不是她意外撿到那本毒物典籍，怕是她師父也不會收她為徒吧？

「姊姊當然認識了，像鬼手神醫這樣厲害的人，整個夏祁國怕是沒有人不認識吧？所以，溫家妹妹，妳能有這樣的師父，說明妳也很厲害喔！」程嫣然故意捧著溫阮，企圖降低她的戒心，從而套出自己想要套的話。

溫阮當然不會讓她失望了，適時地露出了洋洋得意的小表情。「嗯嗯，我也很厲害呢！」

程嫣然的嘴角微微勾起。「那溫家妹妹，妳都會些什麼呀？能同姊姊說說嗎？」

溫阮假裝思考了一下後，說道：「識別藥草算嗎？師父只教過我這個，其他的還沒來得及教，他便去世了。」說完，溫阮低垂著小腦袋，裝出一副很傷心、很失落的樣子。

聞言，程嫣然的表情明顯一鬆。先前她姊姊說，溫阮親口說的，餵她吃下的毒藥是她製的，還說溫浩然身上的毒也是她解的。

當時聽到這話的時候，程嫣然的第一個反應便是不相信，一個僅有六歲的孩子，怎麼可能這般厲害？

如今看來，要不就是她姊姊當時聽差了，要不就是溫阮這小丫頭虛榮心在作祟，故意說這種話想出風頭的。

不過，程嫣然是一個比較謹慎的人，略思索了片刻後，又問道：「妹妹難道不會醫病開方子嗎？我怎麼聽說，在臨河縣城時，那治癒瘟疫的方子便是妹妹給……墨世子的呢？」

程嫣然心底有一個秘密，除了她自己，誰都不知，那便是她心悅於墨逸辰。

去年城郊外那遠遠一瞥，墨逸辰的身影便像是刻在了她心裡一般，怎麼都忘不掉。後來，打聽到他已有未婚妻子，為此，她還暗自神傷了好些日子，不過，又聽說這個人是溫阮時，她開心得一宿都沒睡著。

一個只有六歲，且不知道還能不能活著回來的未婚妻子，和沒有又有什麼區別呢？不，還是有些區別的，至少可以幫她爭取些時間，讓她變得足夠出色，有朝一日能夠配得上他。

只是這一天她還沒有迎來，溫阮卻先回來了，而且還是和墨逸辰一同回來的。

程嫣然打量了眼面前的小丫頭，卻也沒怎麼把溫阮放在眼裡，她不相信墨逸辰會看上這麼個黃毛丫頭。

溫阮自然是感覺到了程嫣然情緒上的變化，以及剛剛提到墨逸辰時，那瞬間的敵意，溫阮突然反應過來，臥槽！她怎麼把墨逸辰是女主白月光這事給忘了啊？而她身為白月光名義上的未婚妻子，理所當然便成了被嫉妒的對象，呃……莫名覺得有點爽是怎麼回事？

不行不行，這該死的虛榮心可要不得呀！溫阮在心裡告誡自己，還是要做一個無慾無求的小天使啊！

「妳說那個方子啊？是我師父留給我的喔！我師父還給我留了一些藥讓我防身

呢！」溫阮說道。

這是溫阮一早就想好的說辭，無論是毒藥還是治瘟疫的方子，旁人問起，都說是她師父鬼手神醫留下的。

估計程嫣雯中毒之事，他們已經查出來了，雖然她不會傻到光明正大地承認什麼，但稍稍暗示些也是可以的。

程嫣然果然是信了溫阮的話，神情一下子放鬆了下來，只是她似是想到了什麼，眼裡帶著算計的精光。

「溫家妹妹，姊姊也略懂一些岐黃之術，心裡很是欽佩妳師父，想著若是有朝一日能親眼見見他老人家開的藥方，便也此生無憾了，所以……」程嫣然欲言又止地看了溫阮一眼。「所以，妹妹能不能成全一下姊姊，把妳師父給妳留下的那些藥方子給姊姊瞧一瞧呢？妹妹放心，姊姊很快便會還回去的！」

這是要騙她的藥方子啊！溫阮心裡有些一言難盡，難道是她演過頭了，給了人一種她是傻子的感覺？

「程家姊姊，這個我怕是幫不了妳喔，藥方子全給了我祖父呢！」溫阮隨便找了個藉口，準備搪塞過去。

但顯然，程嫣然並不打算這麼輕巧地放過她。

「那妳師父有沒有給妳留下一些他的手箚，或者醫書呢？」

溫阮是真的有點不耐煩了，太不喜歡這種被人當傻子的感覺了。

「程家姊姊，妳真的學過醫術嗎？難道妳在拜師的時候，妳師父沒有教導妳，師門的方子和醫書都是絕不能外露的嗎？」

程嫣然一噎，顯然沒料到剛剛還傻傻的小女孩，怎麼會突然說出這些話。可正當她再想說些什麼時，門口突然傳來一陣急促的腳步聲，一個宮女慌慌張張地跑了進來。

「怎麼了，何事如此慌張？」程嫣然斥道。

宮女忙跪下請罪。「程小姐恕罪！太后宮裡的桂嬤嬤正帶著人朝著鐘粹宮這邊過來了，奴婢是特來稟報的。」

而此時偏殿內的程貴妃顯然也得到了消息，正由著宮女攙扶著走了進來。

待走近後，程嫣然衝著程貴妃點了點頭。

程貴妃會意，走到了溫阮面前。「剛剛下人來傳話，說思思那小丫頭身子有點不爽利，不能過來見溫小姐了。害得溫小姐白跑了一趟，今日，本宮便把這塊玉珮賞給妳吧，算是本宮的一點心意。」程貴妃說完便俯身，親自把玉珮繫到溫阮的腰間。

溫阮的鼻尖輕輕嗅了嗅，心裡一凜，這對姑姪今日果然沒安好心！

說是賞賜，但這玉珮上卻是被下了使人智商退化的藥！從剛剛兩人的眉眼官司來看，應該是程嫣然之意。

呵，看樣子，這程嫣然確實防她之心頗重啊！

「溫小姐，貴妃親自幫妳繫上的玉珮，妳要戴著它參加今天的晚宴，可不能隨便摘下來，這可是恩賜。」程貴妃身旁的宮女適時地開口說道。

溫阮心裡冷笑一聲，果然是好算計！這玉珮上面的藥，遇酒或是周圍有酒氣便會中和產生一種無色無味的毒氣，吸入者便是中了毒。

但是，這種毒神奇就神奇在，中毒之人看起來並無異樣，但它在潛伏七七四十九天後，便會毒發。而中毒之人，智力會退化，猶如癡兒。

屆時，神不知、鬼不覺，她們自然也擺脫了嫌疑。

而且這種藥只對她這種幼童有用，對智力已發育的人無效。

不得不說，真是夠歹毒的啊！但不好意思，她們算計錯了人！

想她溫阮，是只要遭到算計，就會出手之人，既然來都來了，那便回送她們點見面禮吧！

只見溫阮面上如常，甚至聽到宮女的話，還一臉歡喜地行禮謝恩。「臣女謝貴妃娘娘賞賜！」但在起身放下衣袖時，溫阮朝著程嫣然和程貴妃兩人的方向歪了歪，趁其不備，灑了點東西。

說來也是巧合，這宮中戒備森嚴，一應家眷進到內宮後，便有宮裡當差的嬤嬤搜身這一環節，這個教宮中禮儀的嬤嬤有講。為了避免給溫甯侯府招惹禍端，溫阮自是沒有帶那些勞什子的毒藥。

只是，在剛剛過來的路上，溫阮發現了一株很難得見的草藥，便趁著彎腰撿手帕的空隙，把那株藥材拔下包在手帕裡，本想著看能不能悄悄帶出宮，誰料到此時竟派上了用場。

草藥這東西就是這麼神奇，看它和誰搭配了，搭對了就是治病救人的良藥，若搭錯了，也能成為害人的毒藥。

這株草藥亦是如此，它只要遇到有百合的成分，哪怕只有一點點，便會讓人臉上、身上出現一些微癢的紅疹。起初因為不是很嚴重，一般人都不會太在意，但是，若此人再飲酒，便會直接加速藥效，不及時醫治的話，怕是會留疤毀容。

更巧的是，這程貴妃和程嫣然所用的胭脂水粉裡便有百合的成分啊！

剛進來時，溫阮便聞了出來，所以，她剛剛偷偷在袖子裡把草藥的種子捏碎成粉末，趁其不備灑到了兩人的身上。

若在稍後的宮宴上，她們再飲酒的話，怕是要當眾出醜嘍！

所謂殺人誅心，對於一個小孩來說，智商低下是誅心，那對一個女人來說，特別是程貴妃這種以色事人的女人來說，還有什麼比留疤毀容更誅心的？

很快地，太后宮裡的桂嬤嬤便帶人走了進來，簡單傳達了太后旨意後，溫阮便被她們直接帶出了鐘粹宮。

而此時鐘粹宮內，程貴妃抬手屏退了宮人，有些擔憂地說道：「嫣然，這招會不會太險了？若皇上發現了什麼……」

程嫣然搖了搖頭。「姑母，既然已經做了，我們便沒有退路。」

她自是知道程貴妃的未盡之意。元帝生性多疑，程家想要成為他手中的刀，自是要取得他的信任，而當年程家取得元帝信任的方法，便是獻出了那本毒物典籍。

當然了，進獻典籍之前，他們耍了個小心思。

這本毒物典籍首頁介紹中說，共有上百種毒藥，但其實具體是有一百零二種，他們便想了法子，不著痕跡地把最後兩味毒藥從書籍中裁了下來，萬幸的是，此舉並未被元帝發現。

而這兩種毒藥，一種是當初給溫浩然下的毒；另一種，便是今日給溫阮下的毒。

上次他們貿然對溫浩然動手，元帝便已經生疑，若是此次再稍有不慎，怕是會毀了主子的計劃，那屆時，他們程家怕是沒有好果子吃了。

只是，此時程嫣然卻顧不上這麼多了，她若有所思地盯著溫阮離開的方向。

當年她以一介庶女之身在這京都府中揚名，靠的便是「小神醫」的名號，所以，她絕不允許這京都府再出現另一個小神醫！

本來，若是溫阮答應把鬼手神醫的那些藥方子借她一看，她今日便會暫且放溫阮一馬，但溫阮卻沒同意。

對於威脅，程嫣然一貫的做法便是——寧可錯殺，絕不放過！

溫阮跟著桂嬤嬤他們，一路順暢地走出了鐘粹宮。在宮門外，碰到了剛剛被強行留在外面、正在乾著急的彩霞。

彩霞一見到溫阮，忙起身迎上前去。

「小姐，您沒事吧？」彩霞一臉緊張，上上下下打量了溫阮一大圈。

溫阮搖了搖頭。「放心，我沒事。」安撫好彩霞後，溫阮又扭頭看向一旁的桂嬤嬤，脆生生地問道：「嬤嬤，這是我的丫鬟，我能帶她一起去慈甯宮嗎？」

桂嬤嬤微微福身，說道：「當然。太后請溫小姐去慈甯宮並無惡意，溫小姐放心。」

「臣女自是相信太后，謝嬤嬤寬慰。」溫阮回道。

桂嬤嬤說道：「溫小姐無須道謝，都是老身的分內之事。若您無事，請隨老身去慈甯宮吧，不要讓太后娘娘久等才是。」

「嬤嬤，麻煩稍等一下。」溫阮說完，從袖中拿出條帕子，包裹著把程貴妃繫在她腰間的玉珮解了下來，然後把玉珮連同手帕一起包好，遞給了彩霞。

「這是程貴妃賞賜的玉珮。彩霞，妳幫我先收著。」

這玉珮上的東西對彩霞無害，所以放在她身上，要比放在溫阮身上安全得多。

旁邊的桂嬤嬤看到溫阮的舉動時，盯著玉珮看了看，眼底劃過一抹深思。

當彩霞把玉珮收好後，溫阮抬頭看向桂嬤嬤。「嬤嬤，好了，咱們走吧。」

桂嬤嬤並未多說什麼，看了溫阮一眼後，微微頷首。「小姐，請您跟著老身走。」

溫阮點點頭，乖巧地跟在桂嬤嬤身後，幾人朝著慈甯宮的方向走去。

太后喜靜，這慈甯宮在宮中的位置，相較於其他的宮來說，是偏僻了些，自然是離程貴妃的鐘粹宮也有些路程的。

於是，溫阮一邊走，一邊暗暗思索著，太后估計就是她太子表哥找來的救援吧？

關於太后的事蹟，溫阮也是略微知曉一些的。作為上一屆的宮鬥冠軍，太后自然不會是什麼簡單的人物。

不知不覺間，溫阮便跟著桂嬤嬤來到了慈甯宮，門口的太監推開厚重的宮門後，溫阮抬腳邁進了這座宮殿。

慈甯宮內古雅有致，庭院落裡，竹香陣陣，一條鵝卵石鋪成的小徑旁，擺著幾盆盆栽，瞧著倒真是一幽靜處。

院中的宮人們各司其職，見到溫阮等人走近後紛紛行禮，待人走遠後，便繼續忙著手中的活計，行事有序，可見在約束宮人方面，慈甯宮做得很好。

溫阮邊走邊暗暗思量，眼神不經意地瞥見側殿的窗邊似是有個人影，待走近些後，溫阮才發現原來是位少女，不過，僅瞧見一個側臉，就讓溫阮差點忍不住直呼，仙女啊！

只見皎潔的月光下，一襲白色衣裙，少女側顏恬靜，猶如山間清泉，只是眉宇間似是有千般愁緒、萬般憂思，讓人忍不住想把那憂愁撫平。

要知道，這種空谷幽蘭的感覺，可不是隨便叫個人往窗邊一站，就能有的。

所以，溫阮一下子就被吸引住了，直接愣在原地，多虧了彩霞暗中推了推她，這才險險跟上桂嬤嬤的步子。

不過，溫阮還是覺得有些可惜，畢竟，良辰美景不多見，月下美人更難得啊！

既然遇見了，自然應該多看一會兒才是，哪有像她這樣的，倉促一瞥，根本就沒看夠好嗎？對於一個重度顏控來說，溫阮怎麼可能這麼輕易就放棄啊！

只見她踩著小碎步，往前趕了趕，來到桂嬤嬤身旁，小聲問道：「嬤嬤，剛剛站在窗邊的仙女姊姊是誰呀？」

聽到「仙女」這一稱呼，桂嬤嬤眉頭微皺，有些不太贊同地看向溫阮，但當她對上溫阮那雙清澈的眸子，確定她並無其他意思時，眼神中不禁染上了一絲晦澀。

「回小姐的話，那是永寧郡主。」桂嬤嬤語氣平緩地說道：「容老身提醒小姐，容貌是郡主的禁忌，至於您剛剛的稱呼，望您之後千萬不要再提了。」

溫阮一怔，容貌是禁忌？長成她那副模樣，這世間女子怕是要羨慕死了吧，怎麼還成了禁忌呢？溫阮有些摸不著頭緒了，難道說，是因為這位永寧郡主比較謙遜？

不過，既然桂嬤嬤特意開口提醒了，溫阮自是不會傻到主動去觸碰。其實，相比於謙遜來說，溫阮更相信，怕是這容貌背後有著不為人知的傷痛吧？

很快地，幾人便進到了殿中。

桂嬤嬤先是吩咐了屋內侍奉的宮女上些茶點，然後回身同溫阮說道：「溫小姐，太后娘娘這會兒怕是正在寢殿休息，您稍等，老身這便去回稟。」

話落，桂嬤嬤微微福身後，便走向了內室。此時，這主殿之中除了侍奉的宮女外，也只剩下溫阮和彩霞主僕兩人了。

直到桂嬤嬤的身影徹底消失，彩霞才敢低聲問道：「小姐，太后娘娘召見您是為何事啊？還有，咱們要等到什麼時候？我怕夫人她們要著急了。」

溫阮一噎，瞧這話問的，啥時能回去找她娘，她也很想知道啊！

「彩霞，妳要稍安勿躁，太后娘娘自有打算。」得，又是一句大廢話啊！溫阮覺得她現在故作高深的本事真是越來越厲害了。

溫阮想了想，又補充了一句。「放心，我娘那邊估計已經得到消息了。」

溫阮話剛落，內室的方向便傳來一陣動靜，抬眸望去，只見一個端莊華貴的老婦人，在桂嬤嬤的攙扶下走了進來。

這位老婦人通身上下散發上位者特有的氣勢，讓人不敢小覷。無疑，這個便是夏祁國當今的太后了。

第十三章

太后從邁進這屋子起，視線便直接落到溫阮的身上，暗暗打量了起來。

遠遠瞧著，倒是個粉雕玉琢般的小姑娘，乖乖巧巧地坐在椅子上，確實惹人喜愛。更難得的是，這小姑娘有雙清澈單純的眼睛。在這宮中待久了，太后見多了早熟的皇子、皇女們，在本該懵懂天真的年紀，卻偏偏開始了百般算計爭寵，眸子中自然也就被權力慾望所染。

太后心裡略有感慨，但面上卻看不出任何異常，不緩不急地走了過去。

「臣女溫阮，給太后娘娘請安。」溫阮起身，規規矩矩地行了一禮。

太后睨了她一眼，抬了抬手，示意她起身。

「聽說，程貴妃賞妳的玉珮，妳出了鐘粹宮的門便收了起來。哀家問妳，這是為何啊？」

太后雖答應了太子，會把溫阮從鐘粹宮接過來，但她原本並未打算召見這個小丫頭，只想讓她在慈甯宮稍待片刻，待宮宴快開始時，便讓人把她送回去。

只是，剛剛桂嬤嬤同她提了玉珮之事，太后在這深宮裡待久了，什麼骯髒手段沒見過？第一反應便知此事不簡單，這才想要出來看看。

太后此人一看就並非能輕易糊弄的人，溫阮自是不會傻到在她面前撒謊，於是決定還是坦誠一些。

「回太后娘娘的話，那玉珮上有不好的東西，臣女這才卸了下來。」溫阮脆生生地說道。

太后一愣，顯然也沒料到溫阮會如此直白。

「喔？那妳不妨說說是何不好之物？而妳，又是如何發現的呢？」太后語氣平淡，手裡捏著的佛珠順勢動了動。

「回太后娘娘，這不好之物是能使人智力退化的毒……」

溫阮仰著小腦袋，一臉認真地把這藥的來龍去脈同太后講了一遍，當她講完時，整個屋子裡陷入落針可聞的靜默。

太后的眸中劃過一抹利光。這藥何其歹毒！若是用到皇家的子嗣上，或者是各府的後院裡，這與絕人子嗣又有何區別？

「喔，對了，太后娘娘，因為臣女從小跟著師父學醫，所以才能發現的。」溫阮又把太后的另一個問題也回答了。

「妳懂醫術？」太后明顯有些驚訝。溫阮自幼被鬼手神醫帶走，若是學了醫術，那她師父定是鬼手神醫無疑了。雖然太后心裡有了猜測，但還是確認了一下。「妳說的師父難道是……鬼手神醫？」

只見小姑娘點了點小腦袋，一臉驕傲地回道：「嗯嗯，鬼手神醫就是我師父呢！」說完，溫阮心裡默默唸叨，等回去後，她定要給鬼手神醫他老人家立個牌位，日日供奉才行，這整天整天地借用他老人家的名號，還是有點心虛的。不過，又有什麼辦法呢？誰讓他老人家的名號在這夏祁國這麼好用，用著用著就用順手了啊！

這下，太后看溫阮的眼光立即變得不一樣了，這小丫頭若是能輕易發現程家人的毒，可見醫術上應頗有成就才是，若是如此，太后眼睛一亮，那永寧是不是就……只是，太后突然想到什麼，滿心的喜悅瞬間被澆滅，眼裡的光也慢慢的淡去，最終歸於平靜。

太后這麼大的情緒變化，溫阮又怎麼會沒有發現？只是她不知其中的內情，也不好隨便開口，只能裝作什麼都不知道的樣子。

而太后身旁的桂嬤嬤心裡也是一澀，她是太后身邊的老人了，又怎麼會不知太后所想？

剛剛太后之所以喜，是因為發現溫阮是鬼手神醫的徒弟，覺得永寧郡主的病或許又有了些許希望；而太后之後的心灰意冷，怕是因為突然想到，十年前，鬼手神醫也替永寧郡主醫過病，且當時鬼手神醫也坦言，郡主的病他醫治不了。所以，即便溫阮懂醫術，但她尚且年幼，醫術又能精湛到哪兒去？難道還能高過她師父不成？

「把妳那玉珮拿過來，哀家找御醫來看看。」太后雖沒有懷疑溫阮的話，但鑒於她年紀尚小，太后覺得還是找御醫看看比較妥當些。

溫阮自是沒有意見，扭頭看了看彩霞。

彩霞會意，忙把帕子連同玉珮遞給了桂嬤嬤。

太后看了桂嬤嬤一眼，說道：「讓人去請李御醫過來，就說哀家身子不爽利。」

這李太醫是太后的人，此人醫術雖比不上鬼手神醫，但在御醫院也算是數得上號的，太后用起來自然是放心。

「是，老奴這就派人去請。」話落，桂嬤嬤便走了出去。

太后順手拿起了茶盞，抿了口茶，看向溫阮說道：「坐吧，那點心還不錯，妳嚐嚐。」

溫阮笑著應了下來，倒也沒客氣，大大方方地拿起桌上的糕點吃了起來，吃相還算端莊，顯然，前幾日惡補的那些宮中禮儀，她還沒有還給教習嬤嬤。

太后不說話，溫阮自然也不會沒話找話討人嫌，於是，她安安靜靜地坐在那兒，把桌子上的糕點嚐了個遍，邊吃還邊頗為滿意地點著小腦袋。

太后餘光瞧著，覺得溫甯侯府這小丫頭挺有趣的。

屋內氛圍還算和諧，太后悠閒地喝著茶，而溫阮也不急不忙地吃著點心，靜待著李御醫的到來。

突然，偏殿的方向傳來器皿摔碎的聲音，然後便是一陣嘈雜聲。

太后眉頭一皺，看向旁邊的宮女。「出去看看，發生了何事，竟如此慌張？」

只是，這宮女還沒來得及動作，門外就急匆匆地進來另一名小宮女。

小宮女見到太后後，直接跪在地上。「太后，永寧郡主她昏過去了……」

「妳說什麼?!」太后驚得直接站了起來，方才的從容冷靜早已不見了蹤影。「都還愣著幹什麼？快去請御醫啊！」

這時，桂嬤嬤也恰好從外面趕了進來，一把扶住太后。

「娘娘，您別著急，咱們剛剛不是已經派人請了李御醫嗎？這會兒估計已經在路上了，老奴這就再派人去催催！」說完，桂嬤嬤便吩咐了一個手腳索利的小太監去催人。

小太監領命，忙快跑著離開了。

這時，太后才稍稍穩住了些，她忙扶著桂嬤嬤朝著偏殿走去。

溫阮見狀，也不好留在這殿中乾坐著，於是忙帶著彩霞，跟在了太后一眾人的身後。

很快地，她們來到了永寧郡主的閨房中。一地的花瓶碎瓷片，橫七豎八地散在屋內，而昏迷的永寧郡主，已被宮女扶到旁邊的榻上躺著。

匆匆瞥了一眼後，溫阮不禁一愣，這永寧郡主，不就是她剛進慈甯宮時見到的仙女姊姊嗎？

呃……明明桂嬤嬤早前已經告訴她那人就是永寧郡主了，她竟然這麼快就把這事給拋之腦後了，真沒想到她這個資深顏狗，也有掉馬的一天啊！

太后早已走到了榻前，一臉著急地握著永寧郡主的手，上下查探著，而溫阮也乘機來到了床邊。

不過，當完全看清榻上人的面容時，溫阮不禁一怔，她終於明白，為什麼桂嬤嬤會說容貌是永寧郡主的禁忌了！

原來，永寧郡主的左側臉上，竟有著成人食指長的一道疤痕，就在臉頰的位置，粗深可怖。

相比於幾乎接近完美的右側臉，左側臉這道疤看著尤為礙眼，就像是一塊完美無瑕的美玉，突然多了條裂縫一樣。

看著床上臉色蒼白的永寧郡主，她靜靜地躺在那裡，像隨時都會消失一樣，說實話，溫阮有些於心不忍了。

只是，溫阮也知道，現在的太后其實並沒信任她的醫術，否則，剛剛也不會讓人去請李御醫來驗玉珮上的毒了。

所以，猶豫了一下後，她只能試探性地開口問道：「太后娘娘，不如先讓臣女替永寧郡主瞧瞧？」

太后這時才突然想起來，溫阮是鬼手神醫的徒弟，她懂醫術，可以救永寧！只是，當太后轉過身看到溫阮稚嫩的小臉，又有些遲疑了，最終，她還是沒辦法說服自己把永寧交給一個孩子。

可就在太后要開口拒絕時，床上原本安安靜靜的永寧郡主，突然整個人猛地抽搐了起來，呼吸也開始變得急促，情況似乎十分危急。

這時，溫阮也顧不上這麼多了，忙把小手搭在永寧郡主的腕上，逕自替她診起了脈。

太后自是知道情況危急，也不再堅持。

永寧郡主的情況確實不好，脈搏虛浮無力。溫阮眉頭微皺，又把手探在永寧郡主的胸口處，糟糕，有心臟驟停的危險！

「太后娘娘，永寧郡主危在旦夕，臣女需施針醫治，其他閒雜人等，請讓他們先退出這間屋子。」溫阮神色肅然，語氣不自覺地帶上一絲冷厲。

太后一怔，這刻，她竟有種錯覺，覺得眼前站著的並不是什麼少不更事的黃口小兒，而是一位老成持重的卓然醫者。

「太后娘娘！」溫阮又喚了一聲，催促著太后作出抉擇。

太后瞥了眼床上臉色越發蒼白，情況越來越糟糕的永寧郡主，眼睛一閉，似是下了決心。「桂嬤嬤留下，其他人都出去！」

屋子裡的宮人領命，很快便退了出去，而桂嬤嬤也忙走上前，站在溫阮身邊，似乎隨時等她安排。

「桂嬤嬤，麻煩您把郡主的上衣先脫了。」

溫阮交代完了桂嬤嬤，猶豫了一下後，還是當著太后的面，把腰間的荷包解了下來，然後打開荷包，裡面竟是一個縮小版的銀針包。

唉，溫阮還是有些小心虛的，她在進宮前，為了以防萬一，便讓丫鬟趕著做出了這個荷包大小的銀針包，把銀針放進去，蒙混帶進了宮裡。畢竟身為一名醫者，治病救人的傢伙不在身上，確實是太沒有安全感啊！

只是，溫阮萬萬沒想到，她躲過了宮門的嚴查搜身，卻在這慈甯宮裡，自己給抖露了出來，真是人算不如天算啊！

太后也是一怔，顯然也沒想到這小小的荷包還暗藏玄機，竟會是一個銀針包。不過，這一插曲很快被太后甩到了腦後，此刻，她全部的心思都被榻上的永寧郡主所佔據著。

桂嬤嬤的動作很快，溫阮也沒敢多做耽擱，只見她拿起銀針，起針落針，整個過程乾淨俐落。

就在太后一愣神的功夫，永寧郡主胸口的位置已然被扎了好幾針，而永寧郡主的情況也明顯轉好，人不再抽搐了，呼吸也慢慢平緩。

直到此時，太后才終於相信，溫甯侯府的這個小丫頭確實是懂醫術的，至於醫術如何呢，在她看來，至少比程家那庶女要強得多。

像太后這種籌謀算計了半輩子的人，有些事情只要稍微一聯想，便能很快明白其中原委。

之前她還有些懷疑，覺得程貴妃應該沒這麼蠢，敢這般明目張膽地對溫阮下毒，多半是對自己這毒有信心，覺得即便被發現了也是查不出來什麼吧？只是，現在她卻有了不一樣的想法，這程府怕是已經知曉溫阮懂醫術的事，所謂一山不容二虎，這才如此急著出手的吧？

而溫阮這邊，終於在拔下最後一根銀針時鬆了口氣，這永寧郡主的情況總算是穩定下來了。不過，這還不算完事，畢竟還要給病人家屬囑咐一下醫囑不是？於是，溫阮扭過頭看向太后，一臉認真。「太后娘娘，永寧郡主現已無礙了，只是有一事，臣女還需提醒一下太后娘娘。」溫阮說道。

太后微微頷首，示意溫阮繼續說下去。

「臣女剛剛替永寧郡主診脈時發現，郡主應是素有心疾之症，而這次，怕是突然受了什麼刺激才會發病的，所以，太后娘娘，臣女覺得您還是先查一查，看看究竟是何事刺激到了郡主，這樣待會兒郡主醒來後，咱們也能避開著些，省得讓郡主再次發病。」

太后若有所思，她老人家自然也是明白這個道理的，於是，側身看了旁邊的桂嬤嬤一眼。

桂嬤嬤會意，俯身行了一禮後，走了出去。

「永寧大概多久能醒來？」太后眉頭微皺，雙眸中盡是擔憂之色。

溫阮如實回道：「慢則一刻鐘便能醒來，快的話，郡主隨時可能會醒。」

太后點了點頭，表示知曉了，然後又向前走了幾步，來到榻邊，扯過一旁的薄被，親手幫永寧郡主蓋上。

而溫阮這邊，趁著太后替永寧郡主蓋被子的空隙，小心翼翼地把銀針包收了起來，試圖趁太后沒注意到，把她私自帶銀針包進宮的事遮掩過去。

只是，正當溫阮收拾完畢，想把荷包模樣的銀針包重新繫回腰間時，太后卻突然轉過身來，把她的小動作盡收眼底！

看到溫阮這鬼鬼祟祟的小模樣，太后不禁有些好笑，遂好心提醒道：「小ㄚ頭，不用偷偷摸摸的了，妳在這宮裡隨身攜帶銀針不算壞了規矩，放心吧！」

溫阮一愣，這東西竟是可以帶的啊？虧得她還以為是自己藏得好才沒被發現呢，原來是人家根本就不管！

唉，可是，不對啊，她進宮前特意問過教習嬤嬤的，教習嬤嬤明明說了不可以帶的啊！

太后似是看出了溫阮的疑惑，遂又補充了一句。「妳是鬼手神醫的徒弟，也算是醫者了，自然不算違禁，不然妳以為御醫是如何在這宮中行走的？」

溫阮恍然大悟，垂首行禮道：「臣女多謝太后娘娘提醒。」

太后見狀，忙上前把溫阮扶了起來。「好孩子，是哀家要謝謝妳才是，今日多虧妳救了永寧啊！」

溫阮忙擺了擺手，有些羞澀地說道：「太后娘娘言重了，臣女是醫者，這都是臣女應該做的。」做了好事不邀功，還這麼謙遜，溫阮覺得她現在在太后的心裡，肯定是一個可愛的小天使吧？

看到溫阮的反應，太后確實頗為滿意，覺得這個小丫頭不錯，做事不驕不躁，心思頗單純，說起話來也沒這麼多彎彎繞繞，是個不錯的孩子。

不過，在太后目含審視的視線下，溫阮倒也沒怯場，表現也算得上落落大方，甚至她還天真爛漫地衝太后笑了笑，連帶太后也不自覺地扯了扯嘴角。

就在這時，外間傳來了些動靜，溫阮聞聲望過去，果然看到桂嬤嬤正領著一個提著藥箱的小老頭走了進來，如果沒猜錯的話，這個小老頭，應該就是太后口中的李御醫了。

「娘娘，李御醫來了，讓他給郡主看看吧？」桂嬤嬤說道。

「微臣參見太后娘娘。」李御醫單膝跪地行禮。

太后抬了抬手，示意他起身。「你給永寧瞧瞧吧。」

李御醫領命後，忙上前給永寧郡主診脈。

溫阮也非常識趣，自覺地往旁邊移了移，方便李御醫瞧病。

在診脈的過程中，李御醫的眉頭皺了皺，似乎是在確認著什麼。

許久後，李御醫才收回手，起身給太后回話。「回稟太后，郡主現已無恙，而且老臣診脈後發現，此次發病，並未像以往那樣加重郡主的心疾之症，所以，微臣冒犯問一句，是哪位高人給郡主醫治的病？」

「高人？」聽到李太醫的稱呼，太后驚訝地看向溫阮。以李太醫的醫術，能被他稱為高人的，醫術必是在他之上才是。

李御醫雖不明白太后為何會如此震驚，但還是如實回道：「回太后娘娘，是的。郡主的心疾之症是從娘胎裡帶出來的，每次發病昏過去後，心疾之症都會加重幾分，需養個一年半載才行，這情況，太后娘娘您也是知曉的吧？」

聞言，太后點了點頭，算是認同了李御醫的說法。

「剛剛在外間，桂嬤嬤也同微臣大概講了郡主此次發病時的症狀，竟出現了短暫的抽搐，怕是要比以往都凶險才是。但微臣剛剛診脈後發現，郡主此次心疾並未加重，反而有減緩的趨勢，由此可見此次幫郡主醫治之人，定是杏林高人。若是能由這位前輩出手，郡主的心疾定會有所好轉的。」

呃……聽到李御醫的話，溫阮有點囧。高人？前輩？這算是彩虹屁的一種吧？還真別說，當面聽著的感覺挺不錯的。

聞言，太后看了眼溫阮，見她低垂著眼簾，以為她是不想聲張，便也沒當著李御醫的面繼續說下去。

「好了，哀家知道了。這件事稍後再說，咱們先出去吧，別擾著了永寧。」太后說完，率先朝著外間走去。

太后發話，眾人自是沒有任何疑義，跟在太后身後走了出去。

來到外間後，太后看了眼桂嬤嬤，說道：「把那玉珮拿給李御醫瞧瞧吧。」

桂嬤嬤回了聲「是」，便從懷裡把那手帕包裹著的玉珮拿了出來，遞給了李御醫。

「李御醫，您瞧瞧這玉珮上是否有異？」桂嬤嬤提醒道。

李御醫聞言，很是慎重地接過玉珮。他在宮中待了多年，又怎能不知這句「有異」是何意？遂小心地把玉珮放到一旁的桌子上，然後，從隨身攜帶的藥箱中拿出驗毒的工具，認真地檢查了起來。

溫阮在一旁看著，心裡忍不住吐槽：這玩意兒沒碰見酒，還沒演變成毒，你用驗毒的這些東西，能驗出來才怪！

果然，溫阮心裡剛吐槽完，便聽到李御醫的回稟。

「回太后娘娘，恕微臣才疏學淺，並未發現有何異樣。」

於是，太后看向溫阮，似是在等她的說法。

見狀，溫阮倒是不慌不忙，對著桂嬤嬤說道：「嬤嬤，麻煩您幫我拿一碗醋過來。」

桂嬤嬤點了點頭，便吩咐宮女去小廚房倒一小碗醋，宮女很快便拿了醋過來。

溫阮接過盛醋的碗，放到桌子上。

「李御醫，麻煩您先把驗毒的針杵放進碗中。」溫阮對著李御醫說道。

李御醫雖不解，但看到太后並未阻止，於是便把針杵放進了碗中。

溫阮也未多言，直接拿起玉珮，丟進放醋的碗裡。

然後，讓眾人不可思議的一幕出現了——驗毒的針杵以肉眼可見的速度變黑了！

這意味著什麼？玉珮上有毒！

不過，很快地，令眾人驚訝的另一幕又出現了——針杵慢慢又變回了原有的顏色，黑色消失了！

沒錯，這玉珮上的藥在未碰到酒之前，醋便是它的天敵，它在碰到醋的瞬間毒性會被觸發出來，這也解釋了針杵為什麼會變黑。

但慢慢的，醋稀釋了那藥，毒也就被解了，所以，銀杵自然又變回了原來的模樣。

李御醫離開後，屋內只剩下太后、桂嬤嬤和溫阮三人。

太后盯著溫阮，若有所思，似乎是在思量著要從何問起。

溫阮則泰然自若，她之前並沒有隱瞞實力，自然也是做好了被太后盤問的準備。

「小丫頭，妳如此年幼，醫術卻這般不凡，日後必成大器啊！」太后斟酌了片刻，說道。

溫阮眨了眨眼睛，驕傲地回道：「嗯嗯，是啊，臣女的師父也這麼說，他還常常誇臣女是天生的醫者呢！」生活不易，全靠演技啊！

太后一愣，被鬼手神醫稱讚為「天生的醫者」，這樣的殊榮意味著什麼自是不言而喻。太后心裡一喜，永寧的病也許有希望了！

「溫家丫頭，剛剛妳也替永寧診了脈，想必她的病，妳也是清楚的吧？」太后不動聲色地說道。

溫阮沒有否認，一臉坦然之色。「回太后娘娘，關於郡主的病，臣女已大概知曉了。」

太后點了點頭，繼續問道：「那哀家問妳，若是永寧的心疾之症交由妳來治，妳可有把握？」

「若是太后娘娘和永寧郡主配合，痊癒不敢說，但臣女至少能讓郡主的身子恢復九成。」溫阮神色坦然，不卑不亢。

恢復九成？那豈不就意味著，永寧日後也能過上正常人的生活，不用再纏綿病榻了嗎？更甚者，日後嫁人生子也不會耽誤了？太后先是一喜，隨即想到什麼，略顯遲疑地看向溫阮。

「妳所言當真？妳可知，妳師父多年前也替永寧醫治過心疾，他當年都無力做到的事，而妳現在卻說能恢復九成，哀家如何信妳？難道妳的醫術已在妳師父之上？」

聞言，溫阮面上雖不顯，但心裡卻很驚訝，這鬼手神醫竟然也替永寧郡主醫治過心疾，而且還沒醫好？呃……失算了，她這難道是要掉馬甲的節奏？

不不不，越是突發情況，才越是考驗她的時候啊！溫阮靈機一動，有了！

「太后娘娘，臣女的醫術是否在臣女的師父之上，臣女也不是很清楚呢，但臣女的師父經常說臣女青出於藍而勝於藍喔！」溫阮從容不迫地道。「至於您的疑慮……臣女可以問您一個問題嗎？」

太后的臉上看不出任何情緒，只是微點了下頭，示意她繼續說下去。

溫阮會意，問道：「太后娘娘，您說臣女的師父多年前曾替郡主醫治過心疾，那是多少年前的事呢？」

太后眉頭微皺，雖不知溫阮何意，還是如實說道：「大概十年前。」

那時候，永寧大概四歲，某日突然昏倒，然後被御醫診出了她患有先天心疾，眾御醫皆束手無策，太后費盡周折才找來了鬼手神醫，只是，最後仍是徒勞罷了。

一聽太后說是十年前，溫阮緊繃的那根弦立即鬆了下來。「太后娘娘，臣女看剛剛那李御醫的年歲，想必在宮中也待了有數十載了吧？那您覺得他現在的醫術和十年前相比如何？」

「李御醫現在的醫術，自然是比十年前要精湛許多……」太后話說到一半突然停住了，有些驚訝地看向溫阮，自是也明白了她話中的未盡之意。

是啊，資質、悟性、醫術尚且都不如鬼手神醫的李御醫，十年的時間都能讓他有如此大的成長，更何況是鬼手神醫呢？十年的時間，足夠他找出醫治永寧心疾的法子了！

見太后有所動搖，溫阮再接再厲。「臣女的師父曾說過，醫無止境，學無止境，只要還有一息尚存，必是要苦心鑽研疑難雜症，達到更高的造詣。所以，太后娘娘，若是臣女的師父苦心鑽研醫術數十載仍無長進的話，您覺得他還是鬼手神醫嗎？」溫阮一派坦然地看向太后。

聞言，太后一愣，有些驚訝地看向溫阮。沒想到這小丫頭不僅醫術精湛，這說服人的本事也是不差呢！

「妳小小年紀，竟這般聰慧機智，是溫甯侯府之幸啊！」太后看著溫阮，輕抿著嘴角笑了起來。

溫阮見太后似是被說服了，心裡一鬆，笑著接道：「能生在溫甯侯府，也是臣女之幸。」

這句話不是什麼客套話，實實在在是溫阮心中所想。自回到溫甯侯府的第一天，她便很感激這輩子能擁有這個家和這些家人。

聞言，太后亦是會心一笑。她突然想起了太子的生母元后，也許只有在溫甯侯府那樣的家裡，才能培養出那種從骨子裡溫柔的人吧？但太后也知道，在這吃人的深宮裡，那樣的溫柔卻恰恰是最要不得的東西。

桂嬤嬤看到太后這會兒心情還不錯，自然也跟著高興。突然，她眼角餘光瞥見門口有一個小宮女在來回踱步，遂出門去查看一二。

不久，桂嬤嬤便回來了，只見她一臉憤然之色。「娘娘，郡主發病之事查清楚了，是陳府大房搞的鬼……」於是，桂嬤嬤便把事情的來龍去脈講了一遍。

原來，今日永寧郡主在宮中碰見了她大伯家的女兒陳汐，因前些日子永寧郡主的大伯娘意圖下藥未遂，被太后嚴懲了一頓，這次陳汐就是為了替她娘出氣，於是對永寧郡主一陣冷嘲熱諷，還罵她是醜八怪，說她命硬剋人之類的話。

怕就是這些話讓永寧郡主十分介懷，這才發了病。

「放肆！他們竟敢這般對永寧，真當哀家奈何不了他們了是吧？」太后一臉厲色，眼睛裡劃過一抹殺意。「傳哀家的懿旨，兵部尚書之女陳汐以下犯上，特掌摑五十，抄《女德》、《女戒》三百遍，以示懲戒！記住了，掌摑之罰，讓宮人當著各府內眷的面動手！」

看到這般霸氣的太后，溫阮整個星星眼啊！妳敢給我耍心機，我便讓人當眾搧妳耳光！臥槽，這波操作也真是夠大快人心的啊！

桂嬤嬤自是沒有耽擱，立即便安排宮人去了宮宴前各府內眷候著的偏殿。

不過，溫阮一想到自己認下的仙女姊姊被人喊醜八怪，便有些憤憤不平，感覺像是被人侮辱了審美一樣，這怎麼可以忍？於是，溫阮看向太后。「太后娘娘，永寧郡主——」

正在此時，守在永寧郡主房裡的宮女過來稟報，說永寧郡主已經醒來。

太后一聽，忙在宮人的攙扶下匆匆離開了。

看著已經走遠的眾人，溫阮無奈地嘆了口氣，挺著最後一絲倔強，幽幽地說道：「永寧郡主臉上的疤，我能治啊……」

溫阮再次來到永寧郡主的閨房，只是，這次她進來得不太是時候，永寧郡主正趴在太后的懷裡哭著。

「外祖母，是永寧不孝，害您跟著擔心了……」

太后輕拍著永寧郡主的背，輕聲安撫。「好孩子，千萬別聽那些不相干的人胡說，氣傷了身子，哀家可是會心疼的。」

聞言，永寧郡主從太后的懷裡退了出來，眼神有些閃躲。「您……您都知道了？」

「妳出了這麼大的事，哀家怎麼可能不查一查呢？放心，陳家大房那個上不了檯面的東西，哀家已經派人去教訓她了，定是不能讓哀家的永寧白白受了委屈。」太后道。

永寧郡主聞言，似是有些猶豫。「可是，我祖母那兒……」話還沒說完，便注意到了站在不遠處的溫阮，她先是一愣，然後慌忙側過身去，拿起一旁的面紗。

溫阮也有些尷尬，這人家祖孫倆正哭訴衷腸呢，自己突然進來算什麼事啊？感覺像是在偷窺似的……「那個，臣女是想過來給永寧郡主再複診一下的。」溫阮乾巴巴地說道。

永寧郡主戴好了面紗，聽到溫阮的話後，有些不解地看向太后。

太后拍了拍永寧郡主的手，把事情的始末簡單地跟她講了講。

聽完後，永寧郡主先是有些意外，然後不忘向溫阮道謝。「今日多謝溫家妹妹救了我。」

溫阮忙揮了揮手，有些羞澀地笑了笑。「郡主不用客氣。」

永寧郡主平日裡都是待在這慈甯宮中，一般不太出門，所以甚少接觸到外人，但此時突然見到一個軟軟糯糯的可愛小姑娘，心裡不禁多了幾分喜愛。

溫阮乖巧地走到榻邊，認真地說：「郡主，麻煩把手伸出來，我要幫您診脈了。」

永寧郡主衝她溫柔地笑了笑。「有勞溫家妹妹。」

手。

溫阮也笑了笑，然後開始診起了脈，確認完永寧郡主確實無恙後，溫阮這才收回了手。

「郡主，您的身子已暫時無礙，稍後我再開個藥方子，您照著先喝幾副，穩固一下病情吧。但郡主您這心疾若想早日好起來，除了吃藥之外，還要定期施針、藥浴等，過程會很繁瑣，時間也會長一些。除了這些，您還要保持心情舒暢，切莫再像今日這般才是。」溫阮說道。

聞言，永寧郡主輕聲應了下來，但其實，她卻沒太把溫阮的話放在心上，「好起來」這句話於她而言太遙遠了。畢竟，自永寧郡主有記憶以來，她看過太多的御醫，也喝過太多的藥了，但她這身子卻從未見好轉過。說實話，她對自己這副身子已不抱多大的希望了。

溫阮沒注意到永寧郡主情緒上的變化，只以為她性子溫順，好說話。

但一旁的太后卻把永寧郡主的反應盡收眼底，心裡不禁一澀。

「溫家丫頭，宮宴快開始了，哀家讓人送妳過去吧。」太后看著溫阮說道。

溫阮自是沒有意見，她也想早點回到美人娘親身邊。

看到溫阮要走了，永寧郡主本想起身送送，誰知她剛一動，臉上的面紗便掉了下來，而她那有著疤痕的半邊臉，就這麼直接暴露在溫阮面前。

永寧郡主一臉的驚慌失措，甚至還有些難堪，慌忙撿起面紗重新戴上。

當太后看到永寧郡主眼裡的那抹難堪時，心裡不禁一痛，眼中滿是自責。

當年若不是因為祁王要報復於她，又怎會在事情敗露後獨獨燒了公主府？若不是那場火，她的女兒也不會沒了，而永寧也不會在大火中被利器誤傷，臉上平白多了這道疤痕。

這一切，歸根究底都是因她而起啊！

從永寧郡主的閨房出來後，太后似是一下子蒼老了好幾歲，神情甚是疲憊，手指還不停地揉著眉心。

一旁的溫阮扭頭看了太后一眼，猶豫了片刻後，說道：「太后娘娘，您不用難過，郡主臉上的疤痕臣女能治。您若是信臣女，回去後臣女便製一瓶祛疤的藥膏，您可以讓郡主先試試。」

太后一愣。「此話當真？」

溫阮慎重地點點頭。「當真。」

聞言，太后臉上劃過一抹喜色。「溫家小丫頭，只要妳能治好永寧臉上的疤和心疾，屆時……哀家自會送你們溫甯侯府和太子一份大禮。」

溫阮被送回到偏殿時，碰巧宮宴已經要開始了，各府內眷也紛紛起身，隨著宮人們一同前往舉辦宮宴的地方。

溫阮被美人娘親和大嫂拉過去好一陣詢問，確定她無恙後，這才領著她隨著眾人一起朝著宮宴舉辦的地方走去。

這次宮宴是設在御花園之中，離這偏殿並不算遠，眾府的夫人、小姐很快便趕到了地方，在宮人們的指引下紛紛落坐。

溫阮跟在容玥和蕭筱兩人身邊，坐下來後便忍不住張望了起來，還真別說，這古人的宴會有那麼點意思啊！

宴會上，男女是同席的，按府分位子，瞧這座位應該也是有學問的，若是溫阮沒有猜錯的話，這應該是按照官職的大小和爵位的高低來劃分的。

比如他們溫甯侯府的位子，靠著天子的主位就相對近一些，而程家嘛，溫阮瞧了一眼不遠處的程嫣然，好像是比他們要遠一些啊！也是，他們畢竟是侯府，有爵位可繼承的呢！

雖然這爵位在溫甯侯府裡有些不受待見吧，但旁人還是很稀罕的，畢竟這種爵位封蔭之事，在世家貴族裡那就是門第的象徵啊，這就好比豪門和暴發戶的區別。

因宴會還未正式開始，看大家的樣子，應該算是自由活動，男女賓客分在不同的區域交談，倒是各不相擾。

溫阮年紀尚小，與各府小姐之間更是不相熟，在宴會上遂有些百無聊賴，只能跟在她美人娘親和大嫂身邊，充當一個吉娃娃的角色，靜靜地看著她們不厭其煩地與其他府的夫人和小姐互相寒暄。

唉，這和現代那些無聊的聚會有什麼區別啊？溫阮心裡忍不住吐槽道。

可就在溫阮百無聊賴之際，眼角餘光突然瞥見了不遠處有個熟悉的身影，眼睛驀地一亮，竟然是墨逸辰！

墨逸辰自從進到這宴會就注意到了溫阮，這會兒正巧見她看了過來，於是招了招手，示意她過來。

溫阮正無聊得緊呢，好不容易見到一個熟人，當然是要過去打招呼的，不過，作為一個乖寶寶，過去之前，她還是要同美人娘親報備一聲呢！

溫阮輕拉了拉容玥的衣襬，指著墨逸辰的方向說道：「娘，我看見逸辰哥哥了，我能過去和他打個招呼嗎？」

容玥一愣，順著溫阮手指著的方向看去，果然看到了墨逸辰，而墨逸辰自是也看到容玥，忙起身，朝著容玥的方向微微福了福身，容玥也衝著他點了點頭。

「過去吧，記得速去速回，千萬不要亂跑。」容玥蹲下身來，看著溫阮，耐心交代道。

夏祁國民風算是比較開放的，男女大防也不是很嚴格，一般宴會上，男女同席時，相互交談問好什麼的也很正常，再加上溫阮確實年幼，所以容玥並未覺得有何不妥。

於是，溫阮屁顛屁顛地跑到了墨逸辰身邊。「逸辰哥哥，好久不見呀，阮阮可想你了呢！」嘴甜的人，運氣都不會太差呢！

墨逸辰聞言，似笑非笑地盯著面前的小丫頭。「喔，是嗎？有多想呢？」

「可想可想了！就是做什麼事都能想到逸辰哥哥喔！」溫阮眉眼彎彎，小嘴更是甜得像抹了蜜一樣。

沒辦法，前兩日墨逸辰不知為何，突然派人給她送了好多禮物，很多瞧著貌似還不便宜的樣子，她這也算是拿人手短啊！

墨逸辰瞥了溫阮一眼，淡淡地說道：「那前幾日，阮阮做了好吃的，怎麼就沒想起要給我送點呢？」

溫阮。「……」合著是在這兒等她呢！這是怪她沒回禮的意思？那墨逸辰讓她過來，不會就是為了找她算帳吧？唉，早知道就不過來了啊，真是太失算了！

還有，他怎麼連她做點吃食的事都知道？肯定是她三哥又四處顯擺了吧？溫阮暗暗地想。

墨逸辰見溫阮一臉懊惱的小表情，不禁有些失笑。「好了，不逗妳了。程貴妃今日召見妳時，有沒有為難妳？」

溫阮有些意外。「咦？你怎麼知道我被程貴妃召見的事啊？」他怎麼什麼都知道？溫阮懷疑墨逸辰在監視她，但她沒有證據！

墨逸辰笑了笑，說道：「偶然知道的。」

溫阮「喔」了一聲，也沒再追問。「為難倒是沒有為難我，只是……」溫阮四下打量一圈，然後衝著墨逸辰勾了勾手，示意他身子放低一些。

墨逸辰倒也配合，本來半弓著的身子直接就蹲了下來。

於是，溫阮附耳過去，把程貴妃賜了她毒玉珮的事情大概說了一遍。

聞言，墨逸辰神色一凜，問道：「那玉珮呢？」

溫阮指了指自己的腰間。「我戴著呢！」

「胡鬧！既然都知道有毒了，怎麼還能戴在身上？」墨逸辰不贊同地看著溫阮，說罷，伸手就要扯她腰間的玉珮。

溫阮一個側身，連忙按住了他的手。「毒已經解了，不礙事的。我瞧著這玉珮也還挺好看的，就權當配飾戴著玩了。」

還有一點溫阮沒說，其實，她就是故意想讓程嫣然她們誤以為自己中招了，且讓她們先暗自得意幾天吧，等到最後卻發現是白歡喜一場，那種心情，怕是比一開始就知道沒成功要難受得多吧？

墨逸辰卻還是有些不放心。「阮阮，這玉珮我先幫妳收著吧，等改日我送妳一些更好的，好不好？」

溫阮自是明白墨逸辰的好意，於是耐心地解釋道：「逸辰哥哥，你相信我，這毒我真的給解了，我不會拿自己開玩笑的。再說了，這可是程貴妃賞賜的，她還親自幫我繫上，你覺得待會兒宴會時，她若看到我沒戴著，會善罷甘休嗎？怕是到時候又要挑刺了吧？」

溫阮既然都這樣說了，且看她如此堅持，墨逸辰的臉色怔了怔，也沒再說什麼了。

然後，墨逸辰開始關心溫阮回到京都府後的情況，比如在侯府住得習不習慣、有沒有缺什麼啊，反正兩人一問一答，看著頗為和諧。

只是，相談甚歡的兩人都沒注意到，不遠處的角落裡，程嫣然正看著兩人，陰鬱的眼中劃過一絲嫉妒之色。

第十四章

宴會終於要開始了，眾人都紛紛落坐，溫阮也重新回到了她美人娘親的身邊，乖乖地坐在桌子前，靜候這皇宮之中各大boss的大駕！

終於，元帝帶著一眾嬪妃及皇子、公主們過來了，眾人紛紛起身叩拜行禮，異口同聲道：「拜見皇上！」

「都平身吧。」元帝輕抬了抬手，示意眾人落坐。

眾人落坐後，禮樂官見一切就緒，遂拍了拍掌，隨後，樂聲響起，一群婀娜多姿的舞姬接連登場，伴隨著絲竹之聲，在宴會中央的舞臺上翩翩起舞。

漸漸地，席上的氛圍也是越加濃烈，衣衫鬢影、觥籌交錯，一派歌舞昇平的場面。

溫阮第一次參加這種宮宴，也覺得頗新鮮，特別是這宮裡的舞姬，這舞跳得還真不錯啊！

可當她正興致勃勃地欣賞著臺上的舞蹈時，突然感覺到上首的位置，有一抹熱切的視線在注視著自己，溫阮抬眸望去，竟然是她的太子表哥！

要說溫阮是怎麼認出來的，開玩笑，她又不傻，太子的座位僅次於皇帝之下，且他又是一襲四爪蟒袍著身，不是太子，誰敢這麼穿啊？

一想到是自家人，溫阮便衝著他甜甜一笑，然後舉起面前裝著果汁的杯盞，有模有樣地在半空中敬了趙卓煜一杯。

看到溫阮這小小人兒，竟煞有介事地舉著自己的果汁杯朝他敬酒的小模樣，趙卓煜不禁失笑，他這表妹，年紀不大，人倒是有趣得很啊！

於是，趙卓煜也舉起手中杯盞，隔著眾人，同溫阮來了個遙杯相碰。

同溫阮的這一小小的插曲後，太子的心情頗為不錯，而他微微揚起的嘴角，直接引起了一旁五皇子趙卓勤的注意。

五皇子有些意外，這是他第一次見到太子在外人面前這般情緒外露，以往他都覺得自己這個皇兄喜怒不形於色，深不可測。

太子自是察覺到了五皇子探究的目光，不過，他也不太在意，連看都沒看他一眼，徑直喝起了酒。若是他沒看錯的話，溫阮剛剛喝完自己杯盞中的果汁後，把杯底朝下，衝著他示意了一下，太子自是意會到溫阮的用意，於是，他也仰頭飲盡杯盞中酒，同樣做了個杯底朝下的動作。

溫阮會意，隔著舞臺中翩翩起舞的舞姬，兩人相視一笑。

只是，在兩人視線移開時，溫阮的目光恰巧觸及到了一旁的五皇子，見他正在看著自己，目光似是有些探究之意。

說實話，溫阮不太喜歡這種目光。看到他所坐的位子，正是位於她太子表哥的下首，應該是某位比較得寵些的皇子吧？但這和她又有什麼關係？於是，溫阮撇了下嘴，連一個眼神都懶得再給他，若無其事地收回了目光。

五皇子一愣，沒想到溫阮會是這般反應，竟然假裝沒看見他？

而此時，場上的歌舞表演正好告一段落，絲竹樂聲漸漸消失，舞姬們隨後也紛紛退了出去，宴會場上突然安靜了下來。

元帝坐在上首，視線往下一掃，正好看見了明顯正在愣神的五皇子，遂開口問道：「老五，想什麼這麼出神？」

聽到元帝的聲音，五皇子這才回過神來，忙回道：「回稟父皇，兒臣無事，只是在想一些府裡的瑣事，這才出了神。」

老五？那豈不就是淑妃的兒子，五皇子趙卓勤，原書中的男主?!

溫阮一臉震驚地看向趙卓勤，這年紀是不是有點大了啊？她原本以為這五皇子應該與程嫣然差不多年紀，十二、三歲左右，可這怎麼瞧都快和她太子表哥同齡了？難道是長得顯老？

不行，容她先捋一捋這事。程嫣然現在十二歲，而她現在只有六歲，若她沒記錯的話，按原書中的設定，原身是在十二歲那年，去寺廟祈福的路上被歹人劫持，而恰巧此時五皇子路過，救了她一命，自此她便對五皇子一見鍾情，不可自拔。

溫阮十二歲時，那程嫣然便是十八歲，這在古代都是妥妥的大齡剩女了啊！但書中也說了，因程嫣然庶出的身分，想要成為五皇子的正妃幾乎是不可能之事，於是兩人這才糾纏耽擱了這麼多年。

溫阮原本以為五皇子和程嫣然是同齡，但如今看來，五皇子若是和她太子表哥同齡的話，怎麼著也得十六、七歲了才是，也就是說，原身喜歡上五皇子時，他已經二十二、三歲了，且還未成親！

果然男女主都是真愛啊，不懼年齡、不懼門第，更是不懼世俗！

就在溫阮暗暗思索事情時，卻不知自己已被上首的那些貴人們盯上了，為首的便是程貴妃。

元帝聽完五皇子的話，倒也沒有追問什麼，反而笑著同席間的朝臣、皇子及公主們閒聊了起來。

程貴妃看了溫阮一眼後，話鋒一轉。「對了，皇上，臣妾今日召見了溫甯侯府的小丫頭了，還真別說，這丫頭確實有趣得緊呢！」

溫阮一聽程貴妃提到自己，遂打起了十二分精神來，她倒要看看這程貴妃究竟要鬧什麼么蛾子。

聞言，元帝淡淡地看了程貴妃一眼，順著她的話問道：「喔？愛妃怎麼突然就想起要召見溫甯侯府的丫頭了？」

程貴妃笑著回道：「此事倒是說來話長，這要說起來啊，還得從臣妾娘家的姪女說起。」

「那愛妃便長話短說吧。」元帝道。

程貴妃莞爾一笑，回道：「好，臣妾遵命便是。其實，這也不是什麼大事，說起來也算是一段佳話吧，就是臣妾那娘家姪女進了溫甯侯府二姑爺的門，也是一個府裡的人了啊！」程貴妃說到這兒，頓了一下，看了元帝一眼，發現他臉上並無不耐之色，遂假意清了下嗓子，繼續開始她的表演。「不就是前些日子嘛，臣妾那姪女家的小丫頭思思啊，在咸陽城時，不知為何，同溫甯侯府的小丫頭鬧了些不愉快，兩個孩子還大打了一架呢！唉，說來也是奇怪了，思思那丫頭臣妾也是見過的，最是膽小了，也不知哪根筋不對，怎麼就能和人打起來了呢？所以啊，臣妾今日便想著，看看能不能從中調和一番，怎麼著也不能傷了兩府的和氣不是？」

溫阮聞言，忍不住在心裡猛翻白眼，這個程貴妃果真是夠不要臉的，這顛倒是非的能力實在不容小覷。

什麼叫齊思思最是膽小？怎麼不直接說是她溫阮驕縱跋扈，直接動手把人給打了啊？

而溫甯侯府的眾人也是氣得不輕，老侯爺更是坐在那兒吹鬍子瞪眼，估計要不是礙於程貴妃一介女流，再加上場合不對，他老人家早就站起來爭辯一番了。

元帝似乎還真被程貴妃挑起些興趣了。「愛妃不說，朕倒是差點忘了，這溫甯侯府的丫頭算起來也是朕的姪女呢，朕倒是還從未見過。既然小丫頭今天來了，就出來讓朕這個姑父也瞧瞧吧！」

聞言，太子端起酒杯抿了一口，也藉此掩住了他嘴角的那抹譏諷。他父皇啊，還是一如既往的虛偽！

既然元帝都說了，溫阮自是要出去的，於是，容玥趁著溫阮起身的空隙，輕聲在她耳邊安撫她。「阮阮，別怕，娘一直都在妳身後。」

溫甯侯府其他的家人也紛紛看向溫阮，似乎在無聲地告訴她，不要怕，他們都在。

溫阮心裡一暖，朝眾人點了點小腦袋後，便邁著小短腿，一步一步地走到元帝面前。「姪女溫阮，拜見皇上姑父！」既然你自己說是我姑父，那可就不要怪我順杆子往上爬了。溫阮默默地想。

皇上姑父？這稱呼對元帝來說倒是新鮮。「哈哈哈哈，愛妃沒說錯，這小丫頭不僅有趣，朕瞧著小丫頭還很機靈啊！」元帝衝著程貴妃說完後，又看向還在努力保持著行禮姿勢的溫阮，笑著說道：「行了，小丫頭，妳起身吧！」

溫阮起身後，立在原地，仰著小腦袋，笑吟吟地看向坐在上首的元帝，倒是一點也不怯場。

「小丫頭，朕考考妳，妳既然知道朕是妳的姑父，那妳知不知道妳還有個表哥啊？」元帝饒有興致地問道。

溫阮故作不解地問道：「您是說太子表哥嗎？」

「沒錯。」元帝話落，又朝著皇子們坐的區域指了指。「那小丫頭，妳順便也猜猜朕的這些皇子裡，哪一個是妳的太子表哥？」

溫阮心裡忍不住翻白眼，這元帝到底是什麼惡趣味啊？竟然還和她玩起了你說我猜的遊戲？

不過，溫阮心裡吐槽歸吐槽，但面上卻一點都沒有顯露出來，不僅如此，她還要竭力表現出一副她很感興趣的樣子。

唉，感覺這夏祁國欠她一座奧斯卡啊！

「他就是阮阮的太子表哥啊！」溫阮的小手指著趙卓煜的方向，脆生生地說道。

看到溫阮不假思索地指出了太子，元帝一怔，有些驚訝地問道：「小丫頭，妳之前見過太子？」

溫阮搖了搖小腦袋。「沒有啊，今日宮宴第一次見呢！」

「嗯，那就是妳家裡人告訴妳的吧？」元帝理所當然地以為這定是剛剛宴會開始時，溫甯侯府的人告訴溫阮的。

誰知，卻又見溫阮搖了搖頭。「皇上姑父，沒有人告訴阮阮，是阮阮猜的喔！」

「喔？那妳是如何猜的？」元帝這會兒倒是有些意外了。

太子聞言，看向溫阮，也有些好奇。

「當然是因為太子表哥長得好看啊！和阮阮一樣好看呢！」溫阮斬釘截鐵地說道。

「還有，太子表哥看起來很隨和，所以我一眼就認出來了喔！」

聞言，眾人一片默然，有些一言難盡地看向溫阮。問妳是怎麼認出人的，怎麼還誇上了呢？這還不忘順便誇了誇自己？

還有，說太子長得好看這一點，他們無法反駁，畢竟，趙卓煜的長相在那兒擺著呢！可是……誰家認親這麼草率啊？是不是妳家親戚，難道全靠長得好不好看？

還有，隨和？確定這說的人是他們夏祁國的太子殿下嗎？眾人不禁陷入了深深的自我懷疑中。

元帝顯然也是有些無語，不過看到溫阮一本正經的小模樣時，元帝只能勉強理解為，這應該就是血脈相連的默契吧。

聽到溫阮的解釋，太子有些哭笑不得，當然，以他的精明，多多少少也猜出了些，他這個小表妹怕是在扮豬吃老虎吧？

而此時，坐在席間的墨逸辰，卻只能假藉飲酒的姿勢，來掩飾嘴邊的笑意。這小丫頭，還是這般調皮啊！

一旁的程貴妃見元帝似是要被帶偏了，自然不會任其發展下去，遂笑著說道：「皇上，臣妾就說這丫頭有趣吧？不過，今日一瞧，確實比臣妾娘家姪女的那個小丫頭厲害多了啊！」

程貴妃的意圖如此明顯，怕是有點腦子的人都看出了，不過，也沒有人敢說出來就是了。

元帝似是沈默了一瞬，而後看向溫阮，問道：「小丫頭，妳告訴朕，為何要同人打架呀？」

溫阮在心裡冷笑一聲，這程貴妃其心可誅，這是鐵了心要坐實了她驕縱跋扈的名聲了啊！

「皇上姑父，在回答您的問題前，阮阮能先問您一件事嗎？」溫阮眨了眨眼睛，看著元帝。

元帝微微頷首。「何事？妳但說無妨。」

「皇上姑父，論親疏遠近，阮阮和齊思思兩個人，誰和您的關係比較近一些呢？」溫阮一臉認真地問道。

元帝一頓，皺了皺眉頭，似是有些不解溫阮這話的意義。「這個問題，和朕問妳的問題有關係嗎？」

溫阮一本正經地點著小腦袋。「當然有關係啊！之前我和齊思思打架的時候，我又不知道她和皇上姑父您也有親戚關係，既然我們都和您是親戚，那總要先搞清楚您向著誰吧？不過，我也知道，皇上姑父您定是會向著我的，畢竟和齊思思相比，我已故的大姑母可是您明媒正娶的妻子，咱們可是正經親戚呢！」溫阮說完，還意有所指地看了程貴妃一眼。

程貴妃頓時氣結！在鐘粹宮的時候怎麼就沒看出這丫頭這麼伶牙俐齒呢？不過，對於溫阮的話，她確實也無法反駁，畢竟真論起來，溫甯侯府是已故元后的母家，是正兒八經的皇親國戚，他們和皇上可不就是正經親戚嗎？

「喔，那若是朕幫理不幫親呢？」元帝似是故意這般說道。

聞言，溫阮的小臉一垮，極委屈地說道：「皇上姑父，既然你都決定要幫齊思思了，那我還有什麼好說的呢？反正說什麼都是無用的，您就直接罰我吧！」

元帝看到小丫頭一副快哭出來的樣子，有些哭笑不得。「妳這小丫頭先別急著委屈，朕說的是幫理不幫親，何時說要幫齊思思了？」

「可是，這世上哪有什麼幫理不幫親啊？我師父可說了，那些說幫理不幫親的，要麼是不夠親，要麼是理在親人那一邊！」溫阮不服氣地嘟囔道。

在場的眾人在聽到溫阮的話後，均是一愣。還真別說，這話乍一聽像是無理取鬧，但細細琢磨後，還真是有幾分道理。憑心而論，在這世間，又有幾人能完全做到幫理不幫親啊？

「妳這話說的好沒道理啊！若這世間真沒有『幫理不幫親』的話，那大理寺還要如何審案呢？」程貴妃反駁道。

聞言，眾人也恍然大悟，差點被繞了進去！

元帝也看向溫阮，似是想看她要如何解釋。

溫阮倒也不慌不忙，歪著小腦袋看向程貴妃。「可是貴妃娘娘，大理寺審案根本就不是幫理還是幫親的問題啊，這是國家律法的問題！依照律法審案，這才是大理寺應該做的吧？而我和齊思思打架之事，也沒觸犯國家律法，又怎麼能和大理寺審案相提並論呢？再說了，就是交給大理寺來審，理也是在我這邊的呢！本來就是齊思思先挑起的事端，她仗著年紀長些，整日裡欺負我表弟，所以不管是幫親還是幫理，那我都是要揍她的！」溫阮挺了挺小胸脯，據理力爭道。

程貴妃一噎，頓時說不出話來了，心裡不禁有些懊惱，她那姪女竟然沒同她說實話！

之前程嫣雯進宮來告狀，只說溫阮驕縱跋扈，看不起庶出，這才欺負了齊思思，所以程貴妃一直以為理在她們這一邊，今日在宴會上才敢提起此事，其目的也是為了讓京都各府看看，什麼溫甯侯府的嫡小姐，那就是個野丫頭！

一邊的淑妃見狀，笑著說道：「呦，皇上，咱們不是在話家常嘛，這怎麼還提起大理寺了？依臣妾看啊，親兄弟之間還有磕磕絆絆呢，小孩子之間打架也是正常的，沒這麼嚴重。臣妾覺得此事根本不是誰對誰錯，而是打架雙方都不對，特別是女孩子，別整日裡打打殺殺的，還是嫻靜些好。」

淑妃話落，現場的眾人反應不一。一些文官之家的人覺得淑妃所言甚是，而那些武官則不然，覺得即便是閨閣之女也不能失了血性。

宴會上一陣靜默，元帝不急著表態，其他人自是不敢多說什麼。

驀地，「咣噹」一聲響起，是杯盞放到桌上的聲音。

眾人聞聲望去，只見太子嘴角掛著一抹不以為然的笑意。

「太子，你這是有不同的見解？」元帝瞥了趙卓煜一眼，淡淡地問道。

太子笑著搖頭。「回父皇，見解倒是談不上，兒臣只是想到咱們夏祁國的開國皇后了。」

夏祁國祖上是馬背上的國家，民風一向開放，同周邊其他國相比，對女子的約束本就沒這麼嚴厲，而當年的開國皇后，更是巾幗不讓鬚眉，跟著開國皇帝南征北戰，立下碩碩戰功，可謂是夏祁國當仁不讓的開國功臣。

而且，夏祁國的開國帝后伉儷情深，遂史書上對於開國皇后的讚揚記載不勝枚舉，各家女子一度皆以開國皇后為典範，可見其影響之深遠。

此時太子突然提起開國皇后，其意自是不言而喻。

一旁的五皇子當然也聽出了太子的話外之意，本想替他母妃辯解幾句，卻被淑妃一個眼神給制止了。

淑妃知道，是她自己言語中被抓住了漏洞，即便把五皇子牽扯進來，也是多說無益。

溫阮自是聽出太子的維護之意，遂朝著他甜甜一笑，然後，不知想到什麼，她突然扭過頭，十分不解地看向淑妃，然後又看了看元帝，小小的臉上滿是疑問。

元帝自是注意到了溫阮的反應，遂出聲問道：「小丫頭，怎麼了？妳一直盯著淑妃和朕看，是有何不妥啊？」

聽到元帝的問話，溫阮裝出一副剛回過神來的樣子，看著元帝恭敬地回道：「回皇上姑父的話，沒什麼不妥，只是阮阮一開始有個問題想不明白，不過，現在沒事了，我好像都想通了呢！」

聞言，元帝有了興趣。「喔？是何事？不妨說出來，讓朕也聽聽，順便也幫妳這個小丫頭看看，妳想的對還是不對。」

溫阮似是猶豫了一下，但片刻後還是點了點小腦袋。「好吧，皇上姑父這麼厲害，有您幫阮阮分辨一下，那肯定就錯不了！」

看著小丫頭一臉認真的樣子，元帝突然覺得她這話十分受用，於是，也真的有了幫溫阮指點迷津的想法。

「是這樣的，一開始，阮阮只是不明白，明明和齊思思比，我是有理的人，怎麼被淑妃娘娘一說，我也成了有錯的人呢？還有，為什麼淑妃娘娘要幫齊思思呢？她們應該沒有親戚關係吧？」溫阮歪著小腦袋，把自己的不解全寫在了臉上。「不過，剛剛我突然想通了，這肯定是皇上姑父您厲害呀！後宮和諧，大家相處得其樂融融，淑妃娘娘這是在幫貴妃娘娘喔！而且，阮阮也能感覺到，淑妃娘娘和貴妃娘娘好像關係很好的樣子呢！」

溫阮一臉天真地說道，只是，她脆生生的聲音一落，全場突然陷入落針可聞的靜默。

眾人心思各異，噤若寒蟬。

現場之人誰不知道，淑妃和程貴妃在後宮針鋒相對，且不和已久。淑妃剛剛那些話是隱隱有針對溫阮之意，但眾人也只是以為，淑妃是因太子之故才會如此。可是，被溫阮這麼強行一聯結，雖說童言無忌，但一些心思活絡的人，也還是品出了不一樣的深意，甚至想到了一些以往未有過的猜想。

尤其是元帝，他本就多疑、善猜忌，後宮中程貴妃與淑妃之間的明爭暗鬥，算是他一手推波助瀾的，也是他一直引以為傲的平衡，若兩人真是明修棧道、暗度陳倉，那前朝的局勢是不是也要跟著變一變了？

溫阮離得近，自是沒有錯過元帝眼裡的狐疑之色，但她沒再說什麼，只是默默地立在一旁，畢竟，挑撥離間這種事，蜻蜓點水可要比喋喋不休高明得多啊！

淑妃當然也注意到了元帝的變化，但身為元帝多年的枕邊人，淑妃多少還是瞭解他的，她知道，此時她若是急於否認，在元帝心裡反而會有欲蓋彌彰之嫌，索性不如順著這小丫頭的話往下說，還會有一線生機。

只是程貴妃就沒有淑妃這般遇事沈穩了，她見到元帝有所懷疑，便急著想要解釋一二，誰知她剛想開口，便直接被淑妃打斷了。

「臣妾與妹妹同為後宮嬪妃，雖不能為皇上解憂，但自是也不能給皇上添亂的，當然應該和睦些才是。」淑妃說完，還暗自朝程貴妃使了個眼色。

這次，程貴妃倒也不算太蠢，領會到淑妃的用意後，立即笑著回道：「可不是嘛！皇上，您是不知道啊，姊姊因為年紀比臣妾大許多，平日裡對臣妾還算是挺照顧的，只是姊姊好像年紀漸長，精力也不太行了，否則妹妹怕是會經常打擾姊姊呢！」

聞言，淑妃臉色一僵，似是很介意程貴妃說起她年紀大的事，遂語氣不善地回道：「姊姊自是和妹妹比不得，畢竟妹妹沒生育過，哪能知道女子生養後的辛苦呢！」

若說年紀大是淑妃的芥蒂，那得寵多年卻無子便是程貴妃心底最深的痛了，因此程貴妃的臉色立即便拉了下來。

果真，在淑妃和程貴妃的這一唱一和下，元帝心裡的疑慮似是被打消了一些，臉色也好了很多。

看到這種結果，溫阮並不氣餒，畢竟這種挑撥離間的事，她本來也沒打算一次就能成功，但總的來說，溫阮的初步目的也算是達到了。

畢竟，猜忌一旦開始，便不會停止。

今日，她已經成功地在元帝的心裡種下一顆懷疑的種子，以後只要碰到一點蛛絲馬跡，這顆種子便會悄無聲息地發芽生根，一發不可收拾。

看到元帝的反應後，淑妃裙襬下一直緊攥著的雙手終於慢慢鬆開了。

坐在下首的五皇子也若有所思地看向溫阮，只是打量了許久，卻發現溫阮從始至終都是那副天真無邪、一無所知的樣子，五皇子不得不相信，她應該只是誤打誤撞。

程貴妃這邊也終於鬆了口氣。元帝的猜忌心有多重，她可是比誰都清楚，今日這番折騰，以後她們必定要再加倍小心才行了。

想到這兒，程貴妃有些憤恨地看向溫阮，她沒料到今日竟差點在這小丫頭身上栽了跟頭，心裡頓時覺得憋屈得很。

不過，程貴妃似是想到了什麼，眼珠子突然轉了轉，一計湧上心頭。

程貴妃看了一眼溫阮，心裡忍不住得意道，這小丫頭倒是提醒了她，那她便以彼之道還之彼身，乘機讓溫甯侯府和太子也遭元帝猜疑一番吧！

「對了，看臣妾這腦子，就說有什麼事給忘記了吧，還好這會兒想起來了！」說罷，程貴妃便看向元帝，問道：「皇上，今日太后娘娘怎麼沒來宴會呀？這平日裡，太后娘娘免了後宮嬪妃的請安，算起來，臣妾也是好久沒見她老人家了，本還想著今日定要好好跟她請安呢！」

元帝瞥了程貴妃一眼，語氣有些不豫。「母后她不喜喧譁，甚少參加宮宴，妳也不是第一天入宮了，這事還用朕再告訴妳嗎？」

太后非元帝生母，自元帝掌權以來，對太后一向忌憚，再加上當年他即位之初，有些流言蜚語，說若是沒有太后，他怕是沒有能力登上這帝王之位，對此他甚是介懷。

只是，元帝再是介懷，明面上對太后仍要畢恭畢敬的，畢竟，他可不敢頂著德行有虧的名聲，在史書上留下濃重的一筆。

至於私下裡，關於太后手裡有多少籌碼，這麼多年了，元帝仍未完全弄清，更是不敢貿然行事。

所幸這些年太后深居簡出，卻也合了他的心意，此時程貴妃突然提起她，確實惹了元帝不快。

程貴妃聞言，忙誠惶誠恐地請罪。「皇上恕罪，是臣妾疏忽！只是今日太后她老人家親自派人去臣妾的宮裡，把溫甯侯府的小丫頭接了過去，臣妾便以為太后娘娘會來出席宴會，這才問了問的。」

聞言，元帝神色驟然一變，目光直接移到了太子身上，其意不說自明。

見狀，太子倒是淡定自若，還明知故問道：「怎麼了，父皇？兒臣有何不妥嗎？」

元帝目光一凜。「你近日去擾你皇祖母清修了？」

相比於皇子們在朝堂上的結黨營私，元帝其實更怕太子或任何一位皇子與太后扯上關係，若真是如此的話，他屁股下這把龍椅怕是要坐得提心吊膽了。

「回稟父皇，兒臣未曾。」太子趙卓煜直視著元帝的眼睛，神色坦然。

元帝仍是半信半疑，但他也知道從太子那裡估計問不出什麼了，於是，他把主意打到了溫阮的身上。「小丫頭，能告訴朕，在慈甯宮妳都做了些什麼嗎？」

溫阮乖乖點頭，似是認真的在回憶。「吃了好多好吃的糕點，還有甜甜的糖水喝呢！喔，對了，太后娘娘還見了我，問了幾個問題，然後，桂嬤嬤就把我送到我娘親身邊了。」溫阮說道。

「那太后都問了妳什麼問題呢？」元帝故作很隨意的樣子問。

「太后娘娘問了我師父的事情，她老人家好像想讓我師父幫永寧郡主治病來著，可是我師父已經去世了，所以，後來太后娘娘好像很失望呢！」溫阮把之前在慈甯宮和太后對好的說辭，一股腦兒地全給說了出來。

溫阮不得不感慨一句，果然薑還是老的辣！臨出慈甯宮前，太后便再三交代她，關於她可以醫治永寧郡主的事，對外千萬要守口如瓶，特別是在元帝面前，以免引來不必要的麻煩。

聽完溫阮的話，元帝若有所思。以太后對永寧的重視，若她得知溫阮回來了，一時情急去程貴妃那裡帶走了溫阮，向她詢問鬼手神醫的消息，這也能說得通。

鬼手神醫去世的消息，元帝已從墨逸辰那裡得知，而且還知道臨河縣城治瘟疫的方子，正是鬼手神醫留下的，通過溫阮這小丫頭的手獻了出來。

不過，想到這兒，元帝卻又暗自鬆了口氣。之前對鬼手神醫去世的消息，他還覺得有些惋惜，可此時，元帝卻又不禁感到慶幸。

若是太后真的通過溫阮這小丫頭找到了鬼手神醫，且醫治了永寧的病，那怕到時候，太后必是要站在太子一方了，這對他來說可不算是什麼好事啊！

太子自是猜到了元帝的心思，心裡不禁劃過一絲嘲諷，他父皇怕是太小看他了吧？既然他敢請太后幫忙，自是做好了萬全的準備，又怎麼會留下什麼致命的把柄呢？

當然了，接下來一段時間，被元帝多忌憚些那是不可避免的，不過太子卻不甚在意。

過幾日，他正好可以乘機提出監督修繕宗廟之事，相信元帝定會順水推舟地允諾了此事，正好，他的計劃也可以順利進行了。

溫阮也知道，關於她懂醫術之事，不可能完全瞞住，或者說這事她本也未打算一直瞞著。

難道就為了怕元帝猜忌，她還能從今往後都不再行醫了嗎？這顯然也是不可能的。

所以今日，有些事情還是必須透露一些，虛虛實實地講出來，往往比守口如瓶會更讓人信服。

「阮阮自幼跟著師父學醫，略懂一些醫術，看著太后娘娘失望的樣子便有些於心不忍，於是主動請纓，想要給永寧郡主瞧瞧病，只是……」溫阮看著元帝，似是猶豫了一下。

「只是什麼？」雖然元帝很清楚永寧的病有多棘手，又豈是一個黃毛丫頭能有法子的，但心還是不禁又被提了一下。

「只是，阮阮學醫不精，永寧郡主的病，我也治不好。」溫阮說著，還頗為羞愧地低下了小腦袋。

這下元帝徹底鬆了口氣。「好了，妳也不用自責，這事算起來也不是妳的錯。正好，既然提到了鬼手神醫，朕倒是想起來一件事。小丫頭，聽說在臨河縣城治療瘟疫的方子和預防瘟疫的法子，都是妳獻出來的？」

溫阮點了點頭，然後想到了什麼，又搖了搖頭。「那方子是我師父給我的，他去世前得知臨河縣城發生了水災，猜測日後可能會有瘟疫，便整理出了一份災後預防瘟疫的法子，說有機會的話讓我獻給朝廷。還有，那治療瘟疫的方子也是。只是我師父也說了，瘟疫發生的原因不一樣，開方子用藥自然也不同，這方子也不是萬能的，不能治所有的瘟疫呢！」

當初離開臨河縣城之時，墨逸辰便知道在那裡的事怕是隱瞞不住，於是兩人商量好了，像是災後預防瘟疫的冊子，他們決定上交給朝廷，待日後若是再發生水災，也可推行下去，避免瘟疫的發生。

至於治瘟疫的藥方子，便從後期溫阮替下田村村民治病時開的方子裡，隨便選了一張，說是鬼手神醫留下的，也算是給了朝廷一個交代。

聽到溫阮的話，元帝也未生疑，這些話，之前墨逸辰向他彙報臨河縣城賑災事宜的時候也提到過，兩人的說辭並未有出入。

「這些雖是鬼手神醫所貢獻，但鑒於他老人家已逝世，且小丫頭妳又是他唯一的徒弟，這些東西亦是經過妳之手獻給朝廷的，那今日，朕便把這份賞賜給妳如何？」元帝看著溫阮，不緊不慢地說道。

溫阮一臉非常意外的樣子，面上一喜，忙俯身謝恩。「多謝皇上姑父賞賜！」

元帝頗為滿意地點了點頭，睨了他身旁的太監一眼。

太監會意，忙拿出事先備好的聖旨，宣讀了起來。

「奉天承運，皇帝詔曰，溫甯侯府溫阮，在臨河縣城瘟疫的解決上立下了大功，為表嘉獎，特賜下黃金千兩、良田百畝、綾羅綢緞……」

聽著太監宣讀的賞賜之物，溫阮眼冒金光。臥槽，這皇家果然財大氣粗，賞起人來絲毫不含糊的！真金白銀、綾羅綢緞，她這是要發財的節奏啊！

終於，太監宣讀完了聖旨，溫阮忙行禮謝恩，然後乖巧地接過了太監手中的聖旨。至於這些賞賜嘛，宴會後，自會有人給她送到溫甯侯府。

「正好趁此機會，順便把臨河縣城賑災之事也論功行賞吧。」元帝又說道。「此次臨河縣城賑災之事，鎮國公府世子首當其功，差事完成得很不錯。讓朕好好想想，到底賞你點什麼好呢？」

墨逸辰聞言，起身來到宴會大殿中間，抱拳行了一禮後，說道：「稟皇上，這都是隨行官員和臨河縣城官員的功勞，微臣不敢擅自居功。而且，為皇上辦事，也是微臣為人臣子的本分。」

元帝卻擺了擺手，說道：「其他人朕自會論功行賞，只是，你作為此行賑災的主事官員，朕自是要賞賜的，這是恩典，你不要再推拖了。」

聞言，墨逸辰畢恭畢敬地回道：「微臣遵命。」

元帝狀似認真地思考了一番後，突然說道：「說起來，你也老大不小了，你這婚事還未有著落吧？朕今日便給你賜婚如何？朕的七公主正好和你年紀相仿——」

「回稟皇上，臣的婚事，家母一早便給定下了，相信大家也都有所耳聞，便是溫甯侯府的小姐。」墨逸辰不卑不亢地回道。

墨逸辰話落，眾人齊刷刷地看向站在一旁的小豆丁溫阮，在兩人之間來回打量一圈後，一致覺得墨逸辰這是在開玩笑。

溫阮也是一愣，剛剛她還在吐槽元帝，既然在問別人話了，為什麼不讓她先回去，難道就不覺得她站在旁邊很多餘嗎？這下完全不多餘了！

不過，雖然她之前答應過墨逸辰，回到京都府後可以幫他擋一擋桃花，但是這猝不及防地被提起，還是有點不適應啊！特別是在這眾目睽睽之下，總感覺自己是被人觀賞的猴子。

元帝眉頭緊皺，語氣有些森然。「胡鬧！你們兩人年齡這般懸殊，難道你還能一直等到這小丫頭成年不成？依朕看，你們這樁婚事，當年本就是陰差陽錯，豈能當真？正好今日你們兩家都在，趁這機會把婚約解除了也好，免得互相耽誤了。」

不料墨逸辰卻堅持道：「微臣多謝皇上好意，但此婚約是家母定下的，且兩府已交換了信物，便不是兒戲，微臣自是等得起。」

元帝臉色陰沈，看向鎮國公。「鎮國公，你怎麼看？也是要認下這樁婚約？」

鎮國公聞言，看了墨逸辰一眼，在心裡默默嘆了口氣。「回稟皇上，這是我家夫人親口定下的婚約，我們鎮國公府又豈能言而無信？自是要認下的。」

「那溫甯侯府呢？」元帝又看向了溫甯侯府的眾人。

對於墨逸辰突然提起婚約一事，溫甯侯府的眾人也是一愣，他們本來打算這次宮宴一結束，便找個機會親自登門退了婚約的，只是沒想到會突然鬧出這麼一齣。

而且，此時墨逸辰提起婚約一事，所謂為何，大家都心知肚明。雖然自己的寶貝被人當了擋箭牌有點不悅，但是衝著兩府的關係，他們也不能現在拆他臺啊，只能事後再算帳了。

老侯爺無法，只能硬著頭皮說道：「回稟皇上，此事鎮國公府都認下了，我們自是沒有拒絕的理由。」去他的沒有拒絕的理由！他有一千個、一萬個理由好不好？可他就是不能說啊！老侯爺甚是憋屈。

聞言，元帝的臉色已陰沈如墨，眾人連大氣都不敢喘。

許久，才聽到元帝開口說道：「戰場上刀劍無眼，鎮國公府身為西北軍的主帥，若府上的下一輩久無子嗣，亦不利於軍中人心安穩，而溫家丫頭顯然年紀尚小，為了大局考慮——」

此時，「啪」的一聲，程貴妃身旁的侍奉宮女突然失手打碎了一個杯盞，也打斷了元帝未說完的話。

程貴妃神色一驚，忙訓斥道：「混帳東西！不想要命了是不是？」

「娘娘，您、您的臉……」宮女跪在地上，結結巴巴地說道。

眾人聞言，紛紛看向程貴妃的臉，這不看不要緊，一看差點沒叫出來。

元帝因離程貴妃比較近，他一扭頭，簡直就是直接嚇到。

只見程貴妃臉上有一大片紅疹，密密麻麻的，在她原本白皙的臉上更是格外明顯，而且她臉頰上還有幾個大的膿包，瞧著已經開始潰爛了，著實瘆人啊！

程貴妃此時也發現自己臉上的異樣，她雖不知實際是什麼情況，但看到眾人的反應，只覺得難堪和屈辱，於是匆忙間，只能用衣袖把自己遮擋起來。

宮人們頓時一片慌亂，無法，元帝及眾位嬪妃只能先隨著程貴妃直接回了後宮，一場好好的宮宴便這樣草草結束了。

就在現場一陣雞飛狗跳之時，墨逸辰怕溫阮被誤傷，直接把她帶到了一旁的角落裡，然後，溫阮便興致勃勃地欣賞起了自己的勞動成果。

當她看到程貴妃驚慌失措的樣子，以及那張慘不忍睹的臉時，只覺得相當解氣啊！只是，她略微有點遺憾，程嫣然並未中招。可能是尚未及笄的原因，程嫣然全場竟沒碰一滴酒，運氣也真是夠好的。

「阮阮，想到什麼事了，竟這麼高興？」墨逸辰在一旁不解地問道。

溫阮一愣，這麼明顯嗎？她明明已經極力克制了呀！

「我都發財了呀，能不高興嗎？今晚我可是得了黃金千兩呢，嘖嘖嘖，那可都是金子啊！」

墨逸辰一頓，問道：「妳就這麼喜歡金子？」

溫阮順口回道：「當然啊，特別是這種白白送上門的，更喜歡！」

墨逸辰想了想，說道：「好，我那兒還有些金子，回頭我讓下人收拾一下，都給妳送去吧？」

溫阮一怔，她就是隨口一說好不好？再說了，這平白無故的，他送她金子幹什麼？

「不要！君子不吃嗟來之食，懂不懂？」溫阮義正辭嚴道。

墨逸辰。「……」

不是說了喜歡「白白送上門的」嗎？這會兒又不吃嗟來之食了？所以，這到底是喜歡還是不喜歡呢？

第十五章

自從宮宴結束後，溫阮算是閒了下來，每日過起了鹹魚般的快樂生活，逗逗瑞瑞小團子、陪美人娘親和祖母她們聊聊天，閒暇時，則看看從鬼手神醫那裡帶回來的醫書和手劄，日子過得是相當愜意。

之前答應溫浩輝做面膜生意的事，溫阮自是沒有忘記，除了那天做的消炎補水的面膜外，她還給了他一些其他的藥妝方子，把溫浩輝高興壞了，直接買了一些人，準備在京郊外建個作坊，這些日子也在緊鑼密鼓地籌備著。

宮宴後的第二日，太后便藉口帶著永寧郡主住進城郊外的皇莊，而溫阮每隔幾天便會過去一趟，為永寧郡主施針。當然了，這些事情都是秘密進行的。

這天，又到了給永寧郡主施針的日子，溫阮收拾一番後，便自覺地來到她祖父的書房，等著看今日由誰護送她過去。

溫浩傑是幾兄弟中功夫最好的，若無意外，向來都是他陪溫阮一起過去的。

然而，今日便是個意外。當溫阮邁進書房後，第一眼看見的人，竟然是太子趙卓煜。

「太子表哥，你怎麼在這裡？」溫阮眨著圓溜溜的大眼睛，問道。

趙卓煜輕笑了笑，回道：「今日，由我陪表妹去皇祖母那裡。」

今日一早，趙卓煜便收到了太后的密信，說讓他今晚務必陪溫阮去一趟皇莊，有要事相商，所以他天一黑，便喬裝來到了溫甯侯府。

說到這兒，趙卓煜不得不感慨，他這個表妹果真是個小福星，當日讓太后去鐘粹宮救出溫阮，純屬意外之舉，卻沒想到這個表妹竟直接把太后給拉攏了過來。

這麼多年，若說趙卓煜沒有拉攏太后之意，那是不可能的，畢竟像太后這種前朝後宮皆不可小覷的助力，別說他了，哪個有意問鼎那個位置的皇子，這些年沒暗中使過法子？

只是，這些人都被太后拒之門外罷了。這一點她老人家倒是一視同仁，堅決不和後宮中的任何一位皇子、公主扯上關係，這麼多年一直獨善其身。

這也正是太后的精明之處，以她的資歷和手中的底牌，無論哪位皇子坐上那個位置，她的地位都不會變，既然不管結果如何，對她都不會有影響，她又何苦蹚這一趟渾水呢？

而趙卓煜正是看透了這一點，所以這些年雖也有過拉攏之意，但在太后面前卻從未表現出來，因為他很清楚，若沒有足夠能打動太后的東西，一切都會是徒勞無功。

而能打動太后的，無非便是永寧郡主。但永寧郡主的心疾有多難治癒，眾人都心知肚明，更別提她臉上那道觸目驚心的傷疤了。

這些年，太后幾乎付出了全部的心力，在各國間遍尋名醫，最後也只是暫時保得永寧郡主的性命無虞。

沒想到，他這表妹小小年紀，醫術竟然這般了得。

但趙卓煜也清楚，溫阮之所以主動提出給永寧郡主醫病，很大一部分原因也是為了溫甯侯府和他的太子之位。

聽到趙卓煜的話，溫阮只是「喔」了一聲，倒也沒多問。反正在她看來，自太后願意讓她出手幫永寧郡主醫病起，太后這條金大腿她算是替溫甯侯府和太子表哥攻掠了，她自然也就功成身退了。

溫阮來到書房後，眾人也沒多做耽擱，她和太子表哥帶上暗衛，徑直施展輕功，翻過城牆出了京都府。

出城後，幾人很快來到了停放馬車的地方，有車夫早早在一旁等著，溫阮被趙卓煜抱上馬車後，他自己也隨後坐了進來。

馬車行駛在黑夜中，冷一和太子帶的其他暗衛，均隱匿在夜色中，暗中跟隨。

坐在馬車中的溫阮也沒閒著，藉著油燈的光亮，暗暗打量起了這輛馬車來，只是這馬車本就平常，看了一圈後也就沒啥意思了，溫阮不禁有些意興闌珊。

坐在一旁的趙卓煜自是沒有錯過溫阮的反應，不禁失笑，果然還是小孩子心性啊！

「太子表哥，怎麼了？你笑什麼啊？」溫阮不解地問道。

趙卓煜斂了斂笑意，說道：「沒有，只是覺得今日失算了，這馬車似乎有些寒酸，讓阮阮表妹見笑了。」

溫阮自是聽出了趙卓煜的調侃之意，於是順著他的話說道：「嗯嗯，是寒酸了點，主要還是和太子表哥的身分不般配啊！」

「喔？那阮阮表妹覺得，什麼樣的馬車才能與我的身分般配呢？」趙卓煜饒有興致地問道。

溫阮眼珠子轉了轉，眼底劃過一抹戲弄之色，娓娓道來。「什麼樣的馬車嘛，當然是要……」

聽到溫阮的描述，趙卓煜有些一言難盡，這哪是什麼馬車，分明就是行走的女子閨閣啊！不過，趙卓煜也很清楚，這表妹是故意逗他。

兩人一番玩笑後，氣氛融洽了許多。算起來，除了宮宴那日，今日算是兩人第一次見面，溫阮待他沒有見外，也不顯生疏，趙卓煜覺得很好，這才像一家人，

「阮阮，聽外祖父說，在夏祁國各地開醫館之事，是妳提議讓我也參與其中的，為

什麼？」趙卓煜眼底劃過一抹異樣。

他知道，無論是開醫館，還是暗中在各地培養勢力，以溫甯侯府的實力，完全可以自己做。而且，趙卓煜也很清楚這背後有多大的好處。但正是因為知道，他才更感意外。

溫阮沒想到他會突然問起這事，愣了一下，回道：「沒有為什麼啊，咱們不是一家人嘛，有好處的事，當然要一起做。再說了，這樣利國利民的名聲，太子表哥不是更需要嗎？所以，阮阮才想著讓你也來的呀！」

許久後，只聽到趙卓煜輕聲嘆了口氣，說道：「阮阮，妳沒必要考慮這麼多，無論什麼時候，不論我處在什麼位置，都永遠不會猜忌溫甯侯府的。」

溫阮先是愣了下，不過很快便回過了神。

她一向知道，與聰明人說話，就沒必要再裝糊塗，而趙卓煜顯然是難得一見的聰明人，所以，她也不再遮掩。「表哥，有句話叫世事難料。」

「不，這件事在我這裡，完全可以預料。」趙卓煜眼裡閃過一抹堅毅。

在趙卓煜看來，若有朝一日他連溫甯侯府都猜忌了，那這世間似乎也就真的沒有了任何留戀。

這權勢、這帝位本就不是他所貪戀的，若不是因為不爭的話，溫甯侯府和他便會沒有活路，他又何苦深陷其中呢？

溫阮自是沒有錯過趙卓煜眼底的那抹黯然之色，她知道因為她的不信任，讓他受傷了，這也讓她心裡很愧疚。

其實，這些日子以來，溫阮也大概能感覺出來，溫甯侯府與太子的關係，並不像一般皇子與外家的關係那樣，摻雜著利益衝突。他們之間的關係很純粹，就只是親人之間的牽絆。

「太子表哥，對不起，阮阮並無其他的意思，也不是不相信你，相反地，阮阮很相信你，相信你無論何時定不會猜忌溫甯侯府，我也很相信祖父他們，他們也定不會為了一己之私，生出什麼妄想的。可是，太子表哥，你不會猜忌溫甯侯府，但你能保證，日後你的子孫後輩們也能如此嗎？溫甯侯府也一樣，誰又能保證，在利益的誘惑下，後輩中就沒有人會利慾薰心，從而走上歧路呢？」溫阮反問道。「所以，太子表哥，我們既然已經知道弊端，那麼從一開始就要去籌劃規避才是。」

聞言，趙卓煜一怔，似是在認真思索溫阮的話，然後，無言地望著窗外的黑夜，眼神漸漸深了下來，許久才收回目光。

「阮阮，妳說的沒錯，是表哥我想差了。」

趙卓煜自是想通了其中的深意，不免嘆息一聲，沒想到他竟還不如這小表妹想得明白。是啊，既然知道有隱患，何不一開始便去規避呢？

只是，當看著溫阮那張稚嫩的小臉時，趙卓煜心頭不禁一悸。「阮阮，以後這種事情妳就不要再費心了，有表哥和家裡的其他人呢，這些都交給我們就好，妳只要平平安安地長大就行。」

溫阮一愣，突然看懂了趙卓煜眼中的擔憂，心裡不禁一暖，他這是擔心她慧極必傷啊！

於是，溫阮乖巧地點了點頭。「表哥放心，阮阮會的。」

馬車裡，一大一小的兩人相視一笑，一切盡在不言中。

京郊的皇莊內，永寧郡主正獨自站在閨房的窗前，看著窗外的夜色發呆。

此時，太后在桂嬤嬤的攙扶下走了進來。

「寧兒，夜裡涼，別吹太久的風，免得著涼了。」太后輕聲勸道。

聞聲，永寧郡主轉過身來，看到太后，眼中露出了笑意。

「外祖母不用擔心，寧兒現在的身體好多了，吹點風不礙事的。溫家妹妹也囑咐我，要多開開窗透氣，這樣有益於我身體的恢復。」永寧郡主說道。

聽到是溫阮的交代，太后便點了點頭，也沒再多說什麼，走到永寧郡主身邊，看了看她的臉，很欣慰。

「溫甯侯府這個小丫頭，果然很厲害，哀家瞧著寧兒臉上的疤淡了許多，相信用不了多久，寧兒出門就不需再用面紗遮面了。」太后笑道。

桂嬤嬤也在旁邊笑著打趣道：「是啊，以咱們郡主這容貌，屆時定會轟動整個京都府的，多少好兒郎怕是排著隊都要見咱們郡主一面呢！」

永寧郡主聞言，直接脹紅了臉，低下了頭，只輕輕地說了聲。「嬤嬤，哪有您說的這麼誇張，您就不要再取笑永寧了。」

看著永寧郡主嬌俏含羞的模樣，太后心裡也甚是歡喜。以前因為永寧臉上的疤痕，她們何曾敢同她這般玩笑？每每提起她的臉都是小心翼翼的，她還從未見過永寧這般模樣呢。

不過，這才是豆蔻少女應有的樣子啊！靈動活潑，對生活和未來充滿了希望。

「好了，桂嬤嬤妳就別打趣這丫頭了，她臉皮薄，小心待會兒她小性子一上來，該不理妳了。」太后也笑著說道。

永寧郡主低眉垂眼，面紅耳熱道：「外祖母胡說，寧兒才不會耍小性子呢！」

看到永寧郡主的反應，太后同桂嬤嬤相視一笑，卻也沒再繼續打趣她。

「寧兒，待會兒溫家丫頭就該過來了，妳身子若有什麼不舒服的地方，記得一定要同她講清楚，病不忌醫，才能早日康復。」太后語重心長地交代道。

太后之所以這樣交代，也是事出有因。以往的時候，永寧對御醫常常有所隱瞞，身體不舒服也硬撐著，多次險些釀成禍事，太后每每想起，仍心有餘悸。

聽到太后的話，永寧郡主有些羞愧地低下了頭。之前是她太不懂事了，總覺得反正身子就這樣，沒什麼盼頭了，因此每每御醫過來給她看病，她也很是怠慢，湯藥什麼的也總是有一天沒一天的喝，確實累得外祖母她老人家跟著操心了。

「外祖母，您放心，寧兒以後再也不會這樣了，定會配合溫家妹妹好好醫病的。等寧兒把身子養好了，還要在您身邊盡孝呢！」永寧郡主愧疚地說道。

太后聞言，一臉欣慰地拉起了永寧郡主的手。「好孩子，會好的，一切都會好的。」

太后和桂嬤嬤離開後，永寧郡主仍然一人獨坐在窗前。她抬手輕撫著臉上的那道疤痕，嘴角微微翹起，一貫無慾無求的雙眸中，亮出點點星輝，直達眼底。

是啊，一切都會好的，連臉上這道被人視作不祥的疤痕都要消失了，她定也可以重新開始。

太后從永寧郡主的房裡出來後，桂嬤嬤便攙著她回了臥房。因年紀大了，太容易傷神，所以空閒下來時，桂嬤嬤便會親自幫太后按摩一番。

「前院安排了嗎？等太子和溫家小丫頭過來了，溫家小丫頭還是去永寧那裡給她施針，但記得，把太子帶到哀家這裡。」太后閉著眼睛躺在軟榻上，桂嬤嬤正在為她按摩頭部。

桂嬤嬤回道：「都安排下去了，前院留的人都是信得過的，其他的一早都被老奴給支開了，娘娘您就放心吧。」

聞言，太后輕「嗯」了聲，便沒再多言，逕自躺在那裡閉目養神。

桂嬤嬤看著太后，似是猶豫了一下，問道：「娘娘，您真的決定了嗎？真要把那東西給太子？」

雖然桂嬤嬤講得含糊，但太后卻完全明白她的顧慮。「放心，哀家年紀大了，自是不想再折騰，但這次和上次不同，太子是個有能力和魄力的儲君，哀家於他，只是錦上添花而已。」

奪嫡之路有多凶險，陪著太后一路走來的桂嬤嬤自是全都看在眼裡。旁人只知道太后多次力挽狂瀾，助元帝登上皇位，但卻無人在意，太后經歷過多少次死裡逃生，又失去了多少。旁的不說，太后唯一的親生女兒不就葬身於此嗎？

只是那時候，是不得不爭，太后別無選擇。但現在不同了，太后完全可以置身事外的，桂嬤嬤自是不希望自己的主子再次深陷其中。

太后如何不知桂嬤嬤的心思，只是她畢生圖謀的，也只是為了讓女兒有所依仗，但現在女兒去了，只留下了永寧這一個血脈，她定要替女兒守護好才是。

再說了，那東西本來就是夏祁國歷屆君主之物，當時她之所以沒有交給元帝，也是因為元帝疑心太重，若這東西從她手裡交出去，按照元帝的心性，怕是不會感激，反而會更加忌憚她。

太后考慮得很簡單，如今把這東西交到太子的手裡，也算還了些溫阮救治永寧的恩情。

另外，太后還有一個小心思。

這些日子以來，每次溫阮過來給永寧施針，都是溫浩傑陪在身邊的，太后自是也多注意了他一些。

她見溫浩傑與永寧年紀相仿，一身正氣，對待妹妹更是關懷備至，再加上溫甯侯府不納妾的規矩，太后也是有所耳聞的，於是，她便生出了日後讓永寧嫁進溫甯侯府的心思。

只是，太后也知道，這種事情要順其自然，旁人不好強加插手，只能看兩個孩子的緣分了。

當溫阮過來時，永寧郡主正倚在窗邊望月，溫阮抬了抬手，讓宮人先下去了，而她自己則躡手躡腳地走到永寧郡主旁邊，偷偷看起了美人。

過了好一會兒，永寧郡主似是有所察覺，回頭看了一眼，正好看到身後雙手托腮瞧著自己的溫阮，永寧郡主先是一愣，隨後匆匆起身，從窗邊走了過去。

「溫家妹妹，妳什麼時候來的？都怪我想事情太出神，平白讓妳在一旁等著了。」永寧郡主一臉歉意地說道。

溫阮擺了擺手，笑吟吟地回道：「這不關郡主的事，是我自己見了美人便忍不住多看了會兒，這才沒喊郡主的。」

聞言，永寧郡主嗔怪地看了溫阮一眼。說實話，這些日子來她已經漸漸習慣了溫阮時不時地便會說出這些話。

第一次聽溫阮說這話時，永寧郡主的第一個反應便是溫阮在嘲諷她。

只是，當她對上溫阮清澈的眼神後便知道，溫阮並無惡意，而且相處後她更是發現，溫阮甚至比她更急迫地想要治好她臉上的疤。

有一次，永寧郡主實在沒忍住，問了溫阮原因，誰知道這個小丫頭卻給了她一個讓人哭笑不得的答案。

她竟說：「愛美之心，人皆有之，早日治好妳臉上的疤，便能早日看到妳更美的樣子，我當然著急啊！」

想到這兒，永寧郡主便忍不住感慨，她算是看明白了，這小丫頭古靈精怪，歪理邪說一把一把的，但有的時候，又確實能說到人心上去。

一開始溫阮來替她治病時，她是很抗拒的，當外祖母拿來溫阮製的祛疤藥膏，說讓她試試時，那時因她心裡對這道疤的心結太重，並不願意去試，後來，這個小丫頭竟然親自來說服了她。

她記得那天，溫阮第一次勸說她時，並未同她保證她的藥有多好用，而是先主動和她聊起了天。

那天，在小丫頭童言童語以及偶爾插科打諢的引導下，她竟然慢慢同溫阮敞開了心扉，在不知不覺間，把她這麼多年來的顧慮、擔憂、恐懼，甚至心底深處的自卑都講了出來，那也是她第一次正視自己的內心。

但當她講出這些時，小丫頭並沒有被嚇到，更沒有可憐她，而是平靜地講出了一番令她印象深刻的話。

她說：「我師父說過，在這世間，你永遠不可能讓所有人喜歡你。即便你是神仙，也有那不信神佛之人；又即便你是金子，世間仍也有視錢財如糞土之人。所以，何必活在別人的眼光裡，讓疼愛你、喜歡你的人難過呢？」

就是因為這番話，解開了她這麼多年的心結。

「郡主，咱們先施針吧。這治療也有一個療程了，稍後，藥方子也是時候換一換了。」溫阮把自己隨身攜帶的銀針包拿了出來，擺到了床邊的木桌上。

永寧郡主輕點了點頭，便自己開始寬解衣帶，只是在溫阮毫不掩飾的打量下，永寧郡主只能低眉垂眼，面紅耳赤地解開上衣。

看著永寧郡主嬌羞的俏模樣，溫阮忍不住感慨，果然仙女就是仙女，舉手投足間皆是美啊！

施針的過程很順利，不久，溫阮便收了針，然後對著仍趴在床上的永寧郡主說：「好了，郡主，妳起身吧。」

永寧郡主自是沒有耽擱，很快便把衣衫整理好，從床上走了下來。

「溫家妹妹，妳不用總喚我郡主，顯得太生疏了。若妹妹不嫌棄的話，可直接喚我一聲姊姊。」

「好啊好啊，我求之不得呢，那日後我便喚妳寧姊姊！那寧姊姊，妳也不要再喚我什麼溫家妹妹了，就直接喊我阮阮吧！」溫阮笑嘻嘻地說道。

「好，阮阮，寧姊姊記住了。」永寧郡主眉眼彎彎，笑得像個剛得了糖的孩子一般。

溫阮似也被她的情緒感染，整個人也笑得燦若朝陽。

從皇莊回到溫甯侯府後，趙卓煜和溫阮直接來到書房，而她祖父他們都在書房裡，顯然是在等他們回來。

然後，剛進到書房，趙卓煜便當著眾人的面，一臉慎重地拿出了一塊玄鐵權杖。

眾人盯著太子手中那塊權杖，面面相覷，顯然並不知道這是何物。

「這是……影衛軍的虎頭牌！」老侯爺最先反應過來，一臉震驚地說道。

聞言，眾人神色驀地一變，齊刷刷地看向趙卓煜，當趙卓煜給出肯定的答案後，眾人又均是一臉喜不自勝之色。

溫阮有點懵，這屋內，好像只有她一個人不知道這影衛軍是做什麼的吧？不過，看大家的反應，貌似很厲害的樣子。

「之前便聽說過，皇上即位時，並未找到虎頭牌，所以遲遲沒有辦法接管影衛軍，當時還有人推斷，這東西是在祁王那裡，只是沒想到，竟然是在太后的手裡。」老侯爺頗為感慨地說道。

趙卓煜也很是意外，他沒有料到這東西會在太后手裡，更沒有料到，太后今日會把這塊虎頭牌交給他，而且把這支影衛軍的所在之地也一同告訴了他。

有了這支影衛軍意味著什麼，大家自是心知肚明，那可是相當於擁有了另一支護城軍啊！

「表妹，太后讓我問妳，她送的這份禮物，妳可還滿意？」趙卓煜看向溫阮，笑著問道。

溫阮一愣，突然反應過來，原來這就是那天太后說的，要送給溫甯侯府和太子的大禮啊！

「嗯嗯，滿意！」溫阮點了點小腦袋，給出了肯定的答案。只是話剛落，她又弱弱地問道：「可是，我能問問，這影衛軍是做什麼的嗎？」

眾人。「……」

妳都不知道是幹什麼的，那妳這句「滿意」是不是太敷衍了些啊？

趙卓煜看著溫阮一臉迷茫的樣子，不禁失笑，但還是耐心地解釋道：「這影衛軍是夏祁國皇室的……」

等到趙卓煜把關於影衛軍的來龍去脈講了一遍後，溫阮不禁愣然，到了這會兒她才終於明白，怪不得剛剛大家會有那種反應啊！

原來，這影衛軍是夏祁國的一支隱秘軍隊，職責就是守護夏祁國皇室。這支軍隊雖規模不大，只有幾千人，但無論從士兵的個人素質，還是總體的作戰水準來說，以一敵十完全不成問題。

最主要的是，這支軍隊短小精悍，且就駐紮在京都府附近，若一旦皇室這邊遇到什麼突發情況，影衛軍在最短的時間內便可趕過來救援，相當於是一塊穩妥的護身符。

而且，在夏祁國的歷史上，影衛軍在為數不多的幾次宮變中都發揮了至關重要的作用。正因為有這支軍隊的存在，對外可達到震懾的作用，而對內，掌管著這支軍隊的皇室也能踏實心安。

當年祁王奪嫡失敗後的反撲，元帝正是因為沒有影衛軍的護衛而險些敗北，這件事情在當時掀起了不小的風波，這些年也正是因為沒有接管影衛軍，元帝雖坐在那把龍椅上，卻也寢食難安。

而現在太后把這支軍隊交給了趙卓煜，自是為他的東宮之位又鞏固了一層，畢竟這可是一個分量不輕的籌碼，影衛軍是皇室的隱秘軍隊，掌握了它自然也是身分的象徵。

現在趙卓煜有了影衛軍的玄鐵權杖，那接下來便是正式接管的問題了。按照慣例，趙卓煜需親自去一趟駐守之處，接管影衛軍。

「外祖父，過些日子，我要去接管影衛軍，若是可以的話，我想讓浩傑和我一同前去。」趙卓煜看向老侯爺，若有所思地說道。

老侯爺也沒多想，只以為趙卓煜是想讓溫浩傑貼身保護他，便直接回道：「嗯，影衛軍那邊情況如何，咱們尚未可知，讓你一個人過去我也不放心，正好浩傑最近武功精進不少，就讓他同你一起去吧！」

趙卓煜見眾人沒理解他的意思，遂又解釋道：「若無意外，我想讓浩傑留在影衛軍一段時間，所以，他在離開之前，京都府這邊要做一下妥善的安排。」

畢竟，溫浩傑這麼大個人突然在京都府消失了，若不妥善安排，定會引起有心之人的注意，屆時若被他們發現什麼端倪，那就得不償失了。

「讓我留在影衛軍？」溫浩傑不可置信地問道，其他人也均是一臉震驚。

趙卓煜點了點頭，說道：「沒錯，我是這樣打算的。主要是我剛接管影衛軍，需要一個信得過的人在那裡幫我盯著些，浩傑自然是不二人選。其實，以浩傑的能力，完全可以在京郊的禁衛軍中謀份差事，但因為我的原因，父皇忌憚溫甯侯府，自是不願浩傑涉足軍中，這才讓浩傑遲遲沒有個正經的差事。正好，趁此機會，可以讓浩傑進影衛軍歷練一番。」說到這兒，趙卓煜想了想，又補充道：「當然了，若浩傑沒有這方面的意願——」

「我有、我有！」溫浩傑猛地從椅子上站了起來，一臉的迫不及待，好像生怕說慢了就不讓他去了似的。

看著在那不停傻樂的溫浩傑，溫阮不禁捂臉，一言難盡地看向趙卓煜，似乎在說：你確定我這二哥去影衛軍能幫你盯梢，而不會被人給賣了？

看到溫阮一臉糾結的表情，趙卓煜啞然失笑。顯然，他這個小表妹還沒來得及完全瞭解她二哥啊！或者說，是溫浩傑在溫阮面前掩飾得太好了。

其實，像溫浩傑這種人畜無害的憨厚模樣，反而容易讓人放下戒心。而且，溫浩傑也並非表面上看著這麼簡單，他膽大心細，謀略方面經過老侯爺這麼多年的精心栽培，自然也是不差的。

旁的不說，這些年哪次交給他的潛伏任務，他不都是行之有效地完成了？由此可見，溫浩傑絕對擔得起大任。

溫浩傑此時可管不了這麼多，他現在滿心滿眼只有即將要加入影衛軍的狂喜！影衛軍是什麼存在，相信凡是夏祁國的武將都略知一二。

趙卓煜看著溫浩傑的樣子，不禁想起在皇莊時同太后的那番對話。其實，最先建議溫浩傑去影衛軍的，正是太后。

當時，趙卓煜從太后她老人家手裡剛接過了虎頭牌，太后便看著他，說道——

「太子，若哀家沒猜錯的話，按照以往慣例來看，你接管影衛軍後，應該會物色一批年輕的將門子弟送進影衛軍，為夏祁國培養將才吧？」

趙卓煜自是有此打算，遂也沒有隱瞞太后。「是的，皇祖母，只是此事還急不得。父皇多疑的性子，想必您也是瞭解的，所以，至少在父皇在位時，孫兒不準備有什麼大動作。」

以往送去影衛軍磨練的世家子弟，都是經過層層篩選的，動靜自然不會小，但那時候影衛軍都是掌管在皇帝手上的，這樣做自然沒有問題。

可現在對趙卓煜來說，卻有些不適合了。

所以，為了保險起見，在他身為太子的期間，這件事只能先擱下了。

「哀家倒是有一個建議，太子可願聽上一聽？」太后問道。

趙卓煜恭敬地回道：「皇祖母請講，孫兒自當洗耳恭聽。」

太后微微頷首後，幽幽地說道：「這些日子，哀家瞧著你外家溫甯侯府的二表弟便不錯，人你也信得過，何不讓他去影衛軍裡歷練一番？若是來日有個萬一，太子手裡亦有將才可用不是？」

趙卓煜一怔，自然知道這是個不錯的建議，就算太后不提，容他緩一緩也是會想到的。只是，太后此時為什麼會獨獨提起溫浩傑呢？

這些年，趙卓煜對太后也算是有一定的瞭解，能容太后費心的人，必是讓她老人家有所圖的，而她所圖之事，從來都是……

「皇祖母，您是何意不妨直說。但有一點孫兒需要提前跟您說明，孫兒是絕不會拿溫甯侯府的任何人當作籌碼的。」趙卓煜說道。

太后輕聲笑了出來。「太子果然是七竅玲瓏心啊！哀家只是提了個建議，你便猜到了哀家的心思。沒錯，哀家是生了把永寧嫁入溫甯侯府的打算，但哀家同你一樣，也絕不會拿永寧的幸福做籌碼。日後兩人若非情投意合，哀家絕不提此事。當然了，太子大可放心，哀家這個建議，太子若是不願，哀家也不會強求，就當哀家從未說過這話吧。」

趙卓煜自然也猜出太后此舉背後的深意，此時，京都府局勢尚未明朗，如若此時貿然提起兩人的婚事，就算屆時兩人真的情投意合，怕此事也是難成的，背後自是不缺阻撓之人，元帝和五皇子一派便是首選。

倒不如此時將溫浩傑送去影衛軍磨練幾年，這樣的話，他人不在京都府，自然他的婚事也會因此耽擱下來。

待他來日回來之時，說不定這京都府的局勢已差不多要明朗，此事若那時被提起，便會多了許多把握。

從此事來看，趙卓煜不得不承認，太后才是真的老謀深算啊！

而溫浩傑這會兒可不知道這背後還有這麼多彎彎繞繞，此時他正沈浸在要去影衛軍的喜悅之中不可自拔，激動的心情久久不能平復，遂拉著溫浩輝一起去了溫甯侯府的練武場，說要同他切磋切磋。

溫浩輝極不情願地被溫浩傑拉走了，眾人看著兩兄弟走出書房後，皆是滿臉無奈地搖了搖頭。

「外祖父、舅舅，今日浩傑去影衛軍的事，是太后先提起的，太后也承認，她有意與溫甯侯府結親。」趙卓煜如實地同眾人說道。

溫阮一愣。什麼？太后有意同他們家結親？那豈不就是要把永寧郡主嫁進來嗎？而且，聽太子表哥這話，太后是看上她二哥了？

「不過，太后也明確表示，主要還是得看浩傑和永寧郡主兩人的意思，若兩人無意，此事今後便不提也罷。」趙卓煜又補充道。

趙卓煜話落，屋內眾人都直接看向溫阮，顯然是想問她，這些日子，溫浩傑陪她去皇莊，兩人之間是否有看對了眼？

溫阮沈默了片刻，還真別說，她之前沒往這方面想時，倒也沒覺得有什麼，但這會兒想想吧，突然又覺得之前很多事情貌似都是有些端倪的。

比如，原來之前她二哥和永寧郡主便見過，這事永寧郡主同她說過，說是有一次外出時，馬車壞了，是她的傻二哥幫忙修的。這也算變相的英雄救美了吧？

還有，每次她去給永寧郡主施針，郡主都會有意無意地提到她二哥，就說剛剛在皇莊吧，她要離開時，永寧郡主出來送她，看到陪她的人是太子表哥時，永寧郡主好像確實有些失望呢！

至於溫浩傑對永寧郡主呢，應該也是有些好感的吧？至少每次見到人家，他都笑得挺開心的。

臥槽！溫阮這才發現，兩人郎情妾意地在自己面前上演了這麼多次，她竟然當了個「睜眼瞎」！

看溫阮許久沒說話，眾人便以為她也是不知道的，於是，老侯爺便一錘定音道：「算了，隨他們去吧！兩人若有緣分，咱們自是不會攔著就是了。」

眾人聞言，紛紛表示贊同，一致覺得，這種事情還是順其自然的好。

但這個眾人卻不包括溫阮，她現在可是摩拳擦掌，暗搓搓地決定要給兩人牽紅線呢！

開玩笑，順其自然那是話本裡的橋段，現實裡啊，還是需要些推波助瀾的。

「對了，聽說過兩日，表妹要去梓鹿書院進學了？」趙卓煜隨口問了一句。

一聽趙卓煜提起這件事，溫阮便立刻像霜打的茄子一般，蔫了！就連剛剛熊熊燃起的八卦之火，也被瞬間潑滅了。

真的是天道好輪迴，蒼天饒過誰啊！她千防萬防，還是沒防住，沒錯，「之乎者也」最終還是向她下了手！

「嗯吶，太子表哥，阮阮的好日子要到頭了呢！」溫阮苦哈哈地訴著苦，小模樣可憐極了。

老侯爺一看溫阮這般模樣，心疼極了，立即說道：「阮阮不想去，咱就不去，沒什麼大不了的！祖父也最煩那些『之乎者也』了，乏味枯燥得緊，這好好的人都能給讀呆了，不去也罷！」

溫阮頓覺遇到了知音，感動得快要哭了，果然還是祖父懂她啊！於是，兩人便又上演了一場「祖孫情深」的戲碼。

其他人聞言，面面相覷後，均是一言難盡地看向老侯爺。想當初，他老人家讓他們好好讀書時可不是這樣說的，什麼書中自有黃金屋、書中自有顏如玉的，那可是張口就來啊！

不過，溫阮也知道不去是不可能的，主要是一想到美人娘親的眼淚，她真的是怕了！

當時聽說要去書院，溫阮可是極力抗爭過的，可是，最後還是沒能扛住她美人娘親的眼淚攻勢，無奈地妥協了。

說到這兒，溫阮又忍不住憤憤地看向溫啟淮。「還不都怪爹爹！自己的媳婦都管不好，累得女兒跟著受苦呢！」

溫啟淮悻悻然地摸了摸鼻子，一臉討好地說道：「阮阮啊，爹爹也是沒法子呀！主要是，爹爹也最怕妳娘哭了。」所以，他也是愛莫能助啊！

見狀，溫浩然也過來勸道：「阮阮，其實去進學也挺好的，還可以練練妳的字，日後啊，妳再開藥方時，字好看些不是更好？」

趙卓煜也在旁幫話道：「對啊，表妹，字如其人，這字就如同人的外貌一般，自然是越出色越好啊！」

可是，溫阮卻不以為然，氣哼哼地看著兩人控訴道：「大哥，我要批評你了！成大事者要不拘小節，字不好看怎麼了？藥效不也是半分都不會減嗎？所以，這又有什麼關係呢？治病救人，又不是看你藥方子上的字好不好看啊！還有，太子表哥，哼，我真是看錯你了！你怎麼能這麼膚淺呢？看人不能只看表面的，心靈美才是真的美，懂不懂啊？」

溫浩然。「……」

趙卓煜。「……」

真恨不得把剛剛多嘴的自己，拉過來暴打一頓！

不管溫阮如何抗拒，她去梓鹿書院進學的日子，終於還是到來了。

經過這幾日的心理建設，溫阮也算是勉強看開了，反正不開心是一天，開心也是一天，那不如就做一個快樂的小學渣吧！

於是，這天一大早，彩雲把溫阮從被窩裡拉出來時，她也只是稍稍的反抗了一下，便認命地起來了。

可就從溫阮開始用早膳起，便有一波接著一波的人來到她的汀蘭苑，後來，整個溫甯侯府的主子們幾乎要聚齊了，竟然連瑞瑞小朋友都來了，說是要送她去書院！

看著齊排排站著的眾人，溫阮目瞪口呆。她就是去上個學而已，又不是做了什麼光宗耀祖的事，這麼大的場面，會不會太誇張了點啊？

還有，梓鹿書院此行，她可是立志要做小學渣的，要真是今日讓溫甯侯府舉家把她送去了書院，鬧出這麼大陣仗，那日後她學渣本性暴露了，有點丟不起這人啊怎麼辦？

溫阮的小腦袋飛速運轉，拚命想著對策。「祖父、爹爹、二叔，還有大哥，你們怎麼沒有去上早朝啊？」

老侯爺聞言，樂呵呵地說道：「我們昨日便都告假了。咱們阮阮今兒第一天去書院呢，當然是要去送妳了。」

溫阮。「……」這麼任性，說請假就一家人全請假了，真當朝廷是溫甯侯府開的啊？難道他們就不怕被炒魷魚嗎？「那個……祖父，這不太好吧？上朝這麼重要的事，怎麼能說告假就告假呢？要不，你們還是趕緊去上朝吧？」溫阮一臉真誠地建議道。

誰知老侯爺卻擺了擺手，滿不在乎地說道：「都告假了，還去什麼去？再說了，這上朝哪天不能去？可我寶貝孫女第一天入學這麼重要的日子，咱們可不能錯過啊！」

其他人聞言，也都贊同地點了點頭。

看著眾人一臉期待的樣子，溫阮心裡無聲地嘆了口氣。算了，反正丟人這種事，一次兩次的，習慣了就好。既然大家願意送，那就讓他們送好了，還是不要掃他們的興致了。

於是，溫甯侯府一行人便興致勃勃地出了府。

雖然有了心理準備，但當溫阮看到門口這一排馬車時，還是忍不住又默默地嘆了口氣。唉，今日怕是真的要出名了。

梓鹿書院離溫甯侯府並不算太遠，乘馬車的話，大概也就一刻鐘的時間吧，所以，眾人很快便來到了書院門口。

這來都來了，到了要分開的時候，大家自然是要依依惜別一番的。

當然了，因為人太多，大家你一句、我一句地交代著，確實花了不少功夫，最後時辰快差不多了，於是便由老侯爺這位長輩前來做個總結。

「阮阮啊，在學堂裡若是有人欺負妳，不要怕，能打得過的，咱就直接打回去！打不過的嘛，咱也千萬不要逞一時之氣，可以去找妳幾個哥哥幫忙打回去！反正吃什麼咱們都不能吃虧就是了！」老侯爺苦口婆心地交代道。

溫阮。「……」她終於理解為什麼溫浩然說她最像祖父了，原來在打架鬥毆方面，祖孫兩人的想法簡直是不謀而合啊！「放心吧，祖父，打架這一塊，您孫女我經驗豐富，肯定不會吃虧的！」溫阮邊說邊舉起自己的小拳頭，奶凶奶凶的。

老侯爺一看溫阮的樣子，頓時樂得不行。「不錯不錯，這才是我孫女，可比妳幾個哥哥強多了！」

溫啟淮不忍看到自己粉雕玉琢的小閨女被自己的老爹「教壞」了，於是連忙勸道：「阮阮啊，咱們君子動口不動手啊！妳看妳嬌嬌弱弱的，那小拳頭落在身上，怕是和撓癢癢沒啥差別吧？所以，咱們還是不能和人打架呀！」

見過溫阮打架的溫家三兄弟和齊家兩兄弟，紛紛轉頭看向溫啟淮。真的好想告訴他，他口中嬌嬌弱弱的小閨女，打起架來到底有多凶殘！

聽到溫啟淮的話，老侯爺不耐煩地看了他一眼，說道：「你就得了吧，還君子動口不動手呢，好好的孩子，都被你給教迂腐了！」

溫啟淮。「……」他真是太難了！自己軟軟糯糯的小閨女眼看著就要被教凶殘了，可他卻束手無策啊！誰讓那教的人卻偏偏是自己的親爹呢！

不過，說罷，老侯爺似乎也是有些不放心了，於是扭過頭看向溫浩輝、溫浩銘、齊令衡三兄弟，交代道：「你們是哥哥，在書院裡，記得要照顧好妹妹。」

「知道了，祖父／外祖父！」三兄弟異口同聲地保證道。

這時，一旁的齊令羽也不甘落後，拽了拽老侯爺的衣襬，仰著小腦袋，認真地表態。「外祖父，羽兒也會保護表姊的！」

沒錯，齊令衡和齊令羽前段時間已經入學了，貌似溫阮還和齊令羽在同個學舍，也就是說，除了姊弟關係外，兩人還是同班同學的關係了。

這個溫阮倒不是很意外，兩人本來年紀就相仿，又都是啟蒙的年紀，在一個學舍也無可厚非。

聞言，老侯爺一臉讚賞地看著齊令羽。「不錯不錯，羽兒小小年紀就知道要護著表姊了，不愧是我們溫甯侯府的子孫啊！」

不過，說到底，齊令羽和她年紀相仿，也還是個孩子，溫阮怕齊令羽感覺自己受到了冷落，遂拉過他的小手，說道：「表弟，你年紀小，不用保護表姊。放心，以後表姊會罩著你的！」

誰知齊令羽一聽卻不樂意了。「那不行！表姊是女孩子，羽兒是男孩子，男孩子本就應該要保護女孩子的！」

哇，這是什麼寶藏男孩子啊？小小年紀就有暖男的潛質，這日後可還得了！

溫阮實在沒忍住，伸手捏了捏齊令羽肉嘟嘟的小臉。

齊令羽一愣，鬧了個大紅臉。「表姊，夫子說了，男女授受不親，妳以後不要隨便捏羽兒的臉了。」

看著齊令羽一板一眼的小模樣，溫阮不禁笑道：「表弟，我可是你親姊，咱們倆身上流著同樣的血脈，我捏你的臉是親人間表達喜歡的方式，難道表弟不希望表姊喜歡你嗎？」

聞言，齊令羽糾結了一小下，說道：「那表姊妳還是捏吧。不過，表姊，以後妳捏羽兒的臉時，要避著點夫子們，書院裡的夫子們可凶了呢，若被夫子看到了，他們定會訓斥妳的！」

溫阮自是不會拒絕齊令羽的好意，遂笑著應了下來。

而溫甯侯府眾人看到兄妹兩人關係如此好，亦是一臉欣慰之色。

時辰確實不早了，溫阮幾兄妹也是時候進書院了，可就當他們走到書院門口時，瑞瑞小團子卻從馬車那邊趕了過來，衝著溫阮大喊——

「姑姑、姑姑……」

溫阮一回頭，正好看到她大哥溫浩然抱著小團子朝她走來。剛剛在路上時，小團子因為早上起得太早，在馬車上睡著了，眾人便沒叫醒他，誰知這會兒正巧醒了。

看著小團子雖小，但人家一大早送她這位姑姑來學堂，也是需要話別一下的。於是，溫阮便快步走向了小團子。

「瑞瑞啊，姑姑要去學堂了，晚上回家再找你玩呀！」溫阮笑著說道。

瑞瑞一聽，也嚷嚷道：「姑姑去，瑞瑞也去！」

「瑞瑞，聽姑姑說，書院裡並不好玩，咱不去哈！」溫阮苦口婆心地勸道。

「去，瑞瑞去！」小團子邊說，還邊想從溫浩然懷裡掙扎下來。

溫阮一言難盡地看著瑞瑞小團子，嘖嘖嘖，果然是年紀小，不知這社會的險惡啊！

「瑞瑞啊，別怪姑姑沒有提醒你，你以後定會後悔的。」溫阮語重心長地說道。

溫阮等著看小團子哭著鬧著，不願去上學的一天。

小團子眨著忽閃忽閃的大眼睛，衝著溫阮傻樂個不停，顯然不理解她話中的意思。

溫阮一噎，莫名有種對牛彈琴的感覺。

唉，果然打敗你的從來不是天真，而是無知啊！這大概就是所謂的無知者無畏吧！

被瑞瑞小團子纏得不行，怎麼都勸不住了，硬要跟著去書院，溫阮算是徹底沒轍了，於是，只能求助地看向溫浩然。

溫浩然會意，面無表情地說道：「瑞瑞，姑姑要去讀書了，和姑姑說再見。」

聞言，小團子還有些不情願，剛想說些什麼，但被溫浩然冷冷地瞪了一眼，立即乖乖地改口道：「姑姑，再見。」

「……」就這麼簡單？溫阮有些一言難盡，真是白瞎了她剛剛苦口婆心地同小團子講了這麼多道理啊，到頭來竟還不如溫浩然的一句話有用！

不行，溫阮暗暗決定了，改日她定要好好教育教育瑞瑞小團子，看人下菜碟這種思想可要不得！

第十六章

溫阮終於成功進到了書院，而溫浩輝、溫浩銘和齊令衡三兄弟把她和齊令羽送到了他們的學舍，三人前前後後忙活了半天，確保一切都妥當後，這才離開。

只是，在臨離開前，溫浩輝卻故意當著溫阮同窗們的面，大聲說道：「妹妹，若是有人欺負妳，記得告訴哥哥，哥哥來幫妳出氣！」

呃……這怎麼突然恐嚇上了？溫阮一囧。三哥啊，以大欺小什麼的，不太好吧？

看著屋內一群小蘿蔔頭下意識縮脖子的反應，溫阮忍不住扶額，於是，連忙半推半送地把溫浩輝他們給送了出去。

回到學舍後，發現大家躲躲閃閃的樣子，溫阮一樂，看來上學第一天就把同學關係給搞僵了，她也是夠厲害了！

不過，溫阮卻也沒太放在心上，重新坐回了自己的位子。一群小蘿蔔頭而已，過兩日，她自有方法同他們緩和關係就是了。

齊令羽的位子就在溫阮旁邊，於是，兩人自然而然地湊在一起說話，可就在兩人有一搭、沒一搭聊著的時候，溫阮一抬眼，竟然發現一個熟悉的身影——齊思思。

溫阮扭過頭看向齊令羽。「表弟，齊思思也在這裡讀書嗎？」

齊令羽點了點頭。「嗯，她是前兩天才來的。」

「那她有沒有欺負你？」溫阮忙問道。

齊令羽搖搖頭。「沒有。前幾天，哥哥每日下學了會過來接我。」

溫阮「哼」了一聲，估計是還沒來得及，不過，以後齊思思怕也是沒機會了。

看到齊思思，溫阮倒是想起來她小姑母和離之事了。沒錯，在宮宴之前，她二叔便把這件事辦妥了，如今她小姑母已經和離，並且齊令衡和齊令羽兩兄弟也被帶到了溫甯侯府。

不過，當時齊家卻咬死了一個要求，那便是要他們交出齊磊和程嫣雯所中之毒的解藥。溫二叔來問溫阮時，為了避免夜長夢多，溫阮很爽快的同意了，但她只同意給一份解藥，至於兩個人誰吃，那她就不管了。

後來，齊府那邊倒也沒再糾纏，同意了，這樣溫嵐便正式與齊磊和離成功。

溫阮大概也能猜到，齊府那邊之所以答應得這麼爽快，無非就是想著拿到一份解藥，然後再找程嫣然分析這份解藥的成分，配出另一份來罷了。

但是，配不配得出來，那就要看他們自己的本事了，畢竟，這解藥裡可是有一味藥，它無色無味，很難輕易察覺出來的。

若解藥裡少了這味藥，毒也是能解，只不過這中毒之人啊，就會留下點後遺症了，而這後遺症，便是心悸的毛病。

齊思思恰巧也看見溫阮他們了，可就在她想要過來時，夫子拿著戒尺和書本走了進來，無奈，她只能不甘心地坐回到自己的位子。

夫子進來後，學子們紛紛正襟危坐。

溫阮自然也不例外，乖乖地坐好，努力裝出一副「我是好學生」的模樣。

果然，夫子看了她一眼後，頗為滿意地點點頭，然後便翻開書本，領著大家讀了起來。

「人之初，性本善，性相近，習相遠……」

為了不被夫子抓包，溫阮也只能同其他學子一樣，搖頭晃腦地跟著讀了起來。

只是，她一邊讀一邊暗暗吐槽，古人這是什麼鬼習慣？讀書就讀書唄，晃什麼腦袋啊？都把她晃暈了！

還好夫子只帶著大家讀了一段，就逕自在講臺上講起了釋義。只是，聽著夫子催眠般的聲音，溫阮上下眼皮直打架，要不是覺得入學第一堂課便睡覺有點過分了，溫阮這會兒鐵定睡著了。

就在溫阮拚著全身意志力同瞌睡奮力抗爭時，學舍門口突然傳來一聲響，嚇得溫阮一個激靈，忙抬頭看去，誰知卻看到了她二哥，溫浩傑！

溫阮一愣，難道二哥知道她快撐不住了，來救她的？唉，不對啊，她二哥不是已經不在梓鹿書院進學了嗎？

為了讓溫浩傑進影衛軍，溫甯侯府已經在為他安排了，第一步便是離開梓鹿書院，而接下來，若無意外，京都府很快便會有消息傳出，溫甯侯府的二公子溫浩傑，要外出遊歷了。

「夫子，學生溫浩傑，找舍妹溫阮有急事，冒昧打斷您上課，請您見諒。」溫浩傑抱拳作揖道。

夫子一看是家人，想著有什麼急事，也沒多攔，抬了抬手便放溫阮出去了。

於是，溫阮便揹著自製的小書包，噠噠噠地跑出了學舍。

「二哥，你找我什麼事啊？」溫阮一走出學舍，便直接開口問道。

話落，溫阮才注意到，溫浩傑身邊竟然還站著一位少年，瞧著年紀應該和溫浩傑差不多，只是此時，這位少年卻眼眶微紅，一臉的焦急慌亂之色。

溫浩傑也是一臉凝重。「妹妹，妳能幫二哥救個人嗎？」

溫阮一愣，不過看溫浩傑的樣子，她也知道二哥想讓她救的人，對他來說應該是很重要的。

「二哥，我是你妹妹，放心，你想救的人，妹妹一定會竭盡全力。」溫阮一臉認真地看著溫浩傑，承諾道。

溫浩傑沒想到溫阮竟然這麼信任他，什麼都沒問，就這麼鄭重地給了他承諾，心底很觸動。「妹妹，謝謝妳！」

「二哥，我們是親兄妹，道謝這種話以後別說了，太生分，我不喜歡聽。」溫阮嘟著嘴說道。

溫浩傑慎重地點點頭。「好，二哥以後不說了。」

「那二哥，你先同我說說，你讓我救的人是什麼情況？要儘量說得詳細一些。」溫阮說道。

溫浩傑聞言，拉過一旁的少年，說道：「李賀，你來同我妹妹說吧！李大哥現在是什麼情況，你比我要清楚得多。」

這位叫李賀的少年自是沒有推拖，忙上前說道：「溫家妹妹，我大哥的腿在戰場上受傷了，軍醫和宮裡的御醫都說傷口潰爛嚴重，要截肢才能保命。可是，我大哥是武將，若是截肢了，他下半輩子就毀了！妳有什麼法子，能救救他嗎？」

溫阮一聽，心裡大概有了猜測，這應該是傷口感染了。「你大哥現在是不是在發燒，還昏迷不醒？」

李賀一看溫阮竟能準確說出他大哥的症狀，頓時像看到了救命稻草一般，一把拉住她。「沒錯沒錯！我哥現在就是燒得昏迷不醒了，不然他肯定誓死也不會同意截肢的！溫家妹妹，妳快去救救我哥吧，我怕去晚了，我爹娘真的讓軍醫把他的腿給截了！」

溫阮聞言，神色一緊，看向溫浩傑。「二哥，我需要回府去拿點東西。」

溫浩傑會意，看著李賀說道：「李賀，你先回你家，去阻止軍醫給李大哥截肢，我帶我妹妹先回一趟溫甯侯府。千萬記住，一定要等我們過去。」

李賀聞言，拚命點頭，眼眶裡有淚花閃過。「放心，我拚了命也會把大哥的腿護著！浩傑、溫家妹妹，我在府裡等你們！」話落，李賀便轉身跑了出去。

溫浩傑也俯身抱起溫阮，施展輕功朝著書院外飛去。

溫浩傑是騎馬趕來書院的，當他帶著溫阮來到書院外，便抱著她縱身上馬，朝著溫甯侯府的方向奔去。

耳邊疾風呼嘯而過，溫阮坐在馬上，後知後覺地想起了一件事——

哇嗚，她第一天進學堂就蹺課了，真不愧是她啊，妥妥的小學渣了！

溫浩傑騎馬的速度很快，說實話，溫阮心裡有點怕怕的。還有，從書院到溫甯侯府之間有一段路是鬧市，她二哥竟然在鬧市縱馬！溫甯侯府的家規一向很嚴，溫阮想，回頭二哥怕是要被祖父家法伺候了。

不過，溫阮看到溫浩傑不管不顧的樣子，也不禁有些好奇，兩人之間究竟有著什麼樣的交情？

「二哥，你讓我救的那位李大哥，對你很重要嗎？」溫阮試探性地問道。

溫浩傑頓了一下，回道：「小時候李大哥救過我，而且，我之所以習武，也是受他影響……」

原來李賀的大哥李吉，在溫浩傑小時候曾救過他一命。那時候，溫浩傑貪玩，一個人跑到了城郊外，差點被奸人所害，正巧碰到李吉從軍營當差回來，從奸人手裡救了他。

但因對方人多，李吉那次也是相當於虎口奪食，負了重傷才把他給救回來。這份恩情，溫浩傑自是銘記於心。

那次之後，溫浩傑便一直以李吉為榜樣，開始刻苦習武，希望有朝一日也能像他一樣，在戰場殺敵，守衛夏祁國的國土。

聽完溫浩傑的話，溫阮了然，原來是救命恩人，外加啟蒙偶像的角色啊！怪不得她二哥會這麼緊張。

於是，溫阮輕聲安撫道：「二哥，你別擔心，前些日子我不是製了一些藥嗎？若無意外的話，那些藥裡有能救李大哥的。」

前兩天，溫阮看溫浩傑要去影衛軍了，覺得刀劍無眼，於是便製了一些藥，其中自然是有金瘡藥、消炎殺菌藥粉，以及還有傷口不小心感染後的急救藥等等。

她本是準備等溫浩傑離開時讓他帶著，以防萬一，沒想到今日竟先派上了用場。

聽到溫阮的話，溫浩傑確實被安撫了，不由得鬆了口氣。在溫浩傑心裡，他妹妹是最厲害的，若她說可以，就一定還有迴轉的餘地。

兩人很快來到了汀蘭苑，溫阮把之前製的那些藥挑了一些放進小藥箱，還有她行醫時常用的工具，比如簡易版的手術刀什麼的，也放了進去。在臨離開前，溫阮想了想，又走到一個櫃子前，把那裡面的一個藥瓶也帶上了。

這瓶藥可是她費了好多功夫才製出來的，數量不多，但關鍵時刻卻能救人一命。

溫阮提著小藥箱走出屋子，溫浩傑順手接了過去。「二哥，我準備好了，咱們趕緊過去吧。」

她也怕若是真去晚了，軍醫已把人給截肢了，到那時候縱然她有再多的法子，也是為時晚矣。

溫浩傑自然也不敢耽擱，於是一手抱著溫阮，一手提著藥箱，朝著李府趕去。

李府這邊，情況確實不樂觀。

李賀一路縱馬狂奔，趕到了他大哥的院子，此時，軍醫已經準備要替李吉截肢了。當李賀趕到屋子裡時，正巧看到他大哥被幾個士兵按住，而軍醫手中的刀已經落在他大哥的腿上了！他不顧一切衝過去，一把拉開軍醫，隻身張開雙臂擋在了李吉的床前。

「你們不能給我大哥截肢，等他醒來會生不如死的！」李賀喊道。

軍醫險險穩住了身子，看到李賀的樣子，他轉過身，為難地看向一旁的李將軍。

李將軍一臉沈痛之色。李吉是他的長子，自幼好強，心高氣傲，他何嘗不知若是截肢了，長子會生不如死？可是，他現在沒有選擇，他不能眼睜睜地看著兒子不治身亡啊！

就是因為不忍心長子被截肢，他不惜快馬加鞭從邊關帶著他趕回來，只希望御醫及京都府的名醫們能有法子保住吉兒的腿。

可是，從昨晚回到京都府後，御醫和名醫來了一批又一批，均是束手無策。剛剛軍醫也說了，若是再耽擱下去，怕是有性命之憂，所以他也只能忍痛同意截肢。無論如何，還是得先把兒子的命給保住。

「賀兒，別胡鬧！你快讓開，讓軍醫替你大哥醫治！你大哥這腿注定保不住了，你難道還要看著他連命也搭進去嗎？」李將軍高聲喝斥道。

李賀卻寸步不讓地攔在床前。「爹，咱們再等等行不行？浩傑和溫家妹妹待會兒就過來了，說不定他們會有法子保住大哥的腿！」

李將軍雙眉一凝。「溫甯侯府的二小子和那個小丫頭？」

李賀猛點頭，急切地說道：「是的！爹，溫家妹妹回府去拿東西了，說不定她真有救大哥的法子！」

聞言，李將軍有些猶豫，雖然他也知道把希望寄託在兩個孩子身上不可靠，但是如果萬一呢？萬一她真有法子，那吉兒的腿豈不是就能保住了？

這時，一旁的軍醫忍不住提醒道：「將軍，少將軍情況緊急，再耽擱一分，便會凶險一分，屬下擔心，若是再不及時截肢的話，少將軍的性命堪憂，到時候可就一切都來不及了。」

李將軍這時才猛然回過神來，覺得自己太荒唐了，連宮裡的御醫都束手無策的事，兩個孩子能有什麼辦法？不能再這麼耽擱下去了，萬一有個好歹，那才真的後悔莫及！

看了一眼床上生死未卜的李吉，李將軍咬了咬牙，對著門口站著的士兵吩咐道：「把二公子拉過來！」

幾個士兵領命上前。

李賀拚命反抗，但奈何士兵人多，他只能邊掙扎邊喊道：「娘、大嫂，妳們攔著爹啊！大哥醒來要是發現少了條腿，他會活不下去的！」

李夫人聞言，哭得聲淚俱下，但她不能拿大兒子的命賭啊！在她看來，人只有活著最重要，遂狠了狠心背過身去。

李賀的大嫂李少夫人也哭著勸道：「二弟，大嫂知道你的好意，但大嫂現在只希望你大哥活下去！就算他少了一條腿，往後我便做他的腿好了，只要他能活著就行……」

此時，李將軍抬了抬手，讓士兵們把李賀拉出去，然後說道：「軍醫，你動手吧。」

軍醫領命，招呼旁邊等著的士兵，讓他們重新按住李吉，而他自己則拿著刀走向前去。

「不，你給我住手！爹、娘，你們不能這樣！咱們再等一會兒好不好？就一會兒！」李賀拚命地掙扎著，喊道。但不管李賀如何哭喊、哀求，仍起不了任何作用，眼看軍醫的刀就要落下，李賀聲嘶力竭地喊了一聲。「不——」

聞聲，軍醫拿刀的手顫了顫，有些為難地看向李將軍。

李將軍會意，對著拉住李賀的士兵說道：「把人帶出去，離這院子遠一些。」

士兵領命，幾人架著李賀便往門口走去，正巧在門口碰見了剛被下人帶進來的趙卓煜和墨逸辰。

兩人先是一愣，而後趙卓煜看向李將軍，問道：「李將軍，你們這是幹什麼？」

李將軍見到他們，忙上前抱拳行禮。「太子、墨世子，你們過來了。」

兩人抱拳還了一禮，趙卓煜說道：「我們聽說李少將軍受傷了，特意過來看一看。」

一旁的李賀正好趁著士兵不注意，一把掙開，然後跑到床邊，再次擋在了軍醫面前，然後才衝著趙卓煜他們喊道：「太子、墨世子，麻煩你們勸勸我爹，千萬不能給我大哥截肢！」

「截肢？」趙卓煜和墨逸辰聞言，兩人對視了一眼，面上均是震驚之色。

今日，兩人本來在茶樓喝茶，碰巧聽人說李吉負傷從邊關回來了，這才來到李府，準備探望一番，只是萬萬沒料到，情況竟會這般嚴重。

「他們說只有截肢才能救我哥的命，可是，浩傑和溫家妹妹很快就要過來了，他們會有法子保住我哥的腿！」李賀堅持說道。

李將軍一臉痛苦地解釋道：「太子、墨世子，不會有法子了。御醫和京都的名醫都來看過了，結論都一樣，必須要截肢才能保命。」

聽李賀提到溫阮，墨逸辰確認道：「你去找過阮阮了？她怎麼說？」

李賀乍一聽「阮阮」這個名字，有點沒反應過來。

墨逸辰提醒道：「就是你說的溫家妹妹。」

李賀恍然大悟，忙說道：「對！浩傑帶我去書院找了溫家妹妹，溫家妹妹聽說了我哥的情況後，說是要回府拿點東西便過來，要我千萬不能讓他們給我哥截肢。」

聞言，墨逸辰沈吟了一下後，抬頭看向李將軍，說道：「李將軍，若是您信得過晚輩，不如再等等，說不準會有轉機。」

趙卓煜也開口說道：「李將軍，本宮這表妹本宮還算了解，年紀雖不大，但絕不是信口開河的人，本宮也覺得，不如再稍等片刻，如何？」

李將軍很是為難。「可是，犬子確實性命堪憂，我怕萬一……」

「爹，不會有萬一的，您就相信孩兒一次！溫甯侯府離咱們府不算遠，浩傑是騎馬帶著溫家妹妹的，應該很快便來了，咱們就再等一等吧？」李賀哀求道。

李將軍猶豫了一下，似是作了個艱難的決定。「……好，咱們就等一等吧，若有什麼萬一，那也都是命。」

李賀狂喜，忙激動地說道：「那我這就去門口接他們，這樣也能省些時間！」話落，李賀便朝門外衝過去，只是他到了門口，又不放心的轉頭看著屋內的眾人，說道：「你們千萬要等我回來，一定不能給我大哥截肢！」

趙卓煜點點頭，同他保證道：「放心，本宮在這裡幫你看著。」

聞言，李賀這才放心地跑了出去。

當溫浩傑騎馬帶著溫阮來到李府，遠遠便看到了李賀正焦急地等在門口，三人碰面後也沒耽擱，在李賀的帶領下，溫阮順利地來到李吉所在的院子。

只是，當溫阮走進屋子時，第一眼看到的竟是趙卓煜，她明顯感到意外，緩過神後，忙乖巧地打招呼。「太子表哥好！」

看到乖巧的表妹，趙卓煜的嘴角不自覺地彎了彎。「阮阮好。」

正巧這時，墨逸辰也從裡間出來了，溫阮聽到動靜，扭頭看過去，然後，又甜甜地喚道：「逸辰哥哥！」

「……」趙卓煜突然覺得，剛剛那聲「太子表哥」一點也不香了！

「阮阮，妳來了。」墨逸辰看到溫阮後，眉梢微微揚起，笑著迎了上前。

溫阮點了點頭，回道：「嗯嗯，二哥找我來救人。」

看著兩人間莫名和諧的氛圍，一旁的趙卓煜輕咳了兩聲，說道：「阮阮，咱們先進去看看少將軍吧。」

喔，對了，還要救人呢！溫阮心裡忍不住嘆了口氣，她這貪圖美色的毛病什麼時候能改一改啊？

「好，那趕緊進去吧！」溫阮略有些不好意思，拉著拿藥箱的溫浩傑便走了進去。

其他人也忙跟了進去，而走在後邊的趙卓煜卻在路過墨逸辰身邊時，意味深長地睨了他一眼，警告意味十足。

「別以為你和我表妹有婚約在身，你就能這麼有恃無恐。我表妹還小，你若敢有什麼心思，小心你的腿！」趙卓煜霸氣地說道。

墨逸辰聞言一怔，無奈道：「婚約之事也是情勢所迫，這事你也清楚不是？再說了，我是真把阮阮當妹妹待的。」

「我們阮阮缺哥哥嗎？」趙卓煜白了他一眼，傲嬌地走了過去。

墨逸辰。「……」怎麼想當這小丫頭的哥哥就這麼難呢？留在原地懷疑人生的墨逸辰無語望天，半晌後，只能付之一嘆，抬步跟了進去。

屋內，溫阮已經來到床邊，此時正在檢查李吉的傷勢。

傷在小腿處，從傷口來看，應是被刀劍類的利器所傷，傷口幾乎貫穿整個小腿，皮破肉爛，深可見骨，而且傷口處已化膿，感染嚴重。

溫阮又替李吉診了脈，情況十分不妙，確實需要立即治療，否則生命堪憂。

「二哥，把我的藥箱拿過來。」溫阮轉過身，朝溫浩傑伸出了手。

溫浩傑聞言，忙上前把藥箱遞了過去。

溫阮打開藥箱，從中拿出那瓶藥，不禁暗中慶幸，還好把這藥帶來了，至少暫時能給李吉先吊住命。

不過一想到這藥的珍貴之處，溫阮又不禁有些肉疼。唉，算了算了，先救人要緊，之後再想法子找齊藥材，製些出來就是了。

溫阮拿著藥瓶，來到李將軍面前，說道：「將軍伯伯，我這藥丸可以先幫李大哥吊住命，您讓軍醫看看要不要服用吧？」

溫阮這樣做也是留了個心眼的，她現在尚且年幼，若貿然給人用藥，對方怕是也不放心，索性不如把用藥的決定權交到對方手裡，免得好心辦壞事。

還有一個原因，這麼珍貴的藥丸，她怎麼可能這麼稀裡糊塗就給了呢？做好事不留名這種事情，溫阮覺得她此生應該都沒有這種覺悟了。

不管這軍醫的醫術如何，但基本識別藥丸好壞的能力應該還是有的。

確實如溫阮所料，李將軍果然是不放心她，只見他接過藥瓶後，就遞給了一旁的軍醫，示意他檢查一下藥。

「溫家丫頭，抱歉，事關我兒的性命，伯伯必須讓軍醫檢查一下。」李將軍抱拳，微微行了一禮。

「沒事，將軍伯伯，都是應該的。」溫阮忙還了一禮，絲毫沒有不被信任後的惱怒。畢竟，信任這種東西，都是一步步建立起來的。

軍醫倒也算是個識貨的，只見他打開藥瓶倒出一粒藥丸，聞了聞後，臉上驀地出現一抹不可思議的表情，許久，才試探性地問道：「這藥……難道就是靈劑保命丸？」

軍醫雖分辨不出藥丸的具體藥材，但從醫幾十載，基本辨別的能力還是有的，這藥丸裡有好幾味益氣保命的藥材，再加上溫阮剛剛說，這藥丸有吊命的效果，所以，軍醫才敢大膽推測，這就是杏林界盛傳的靈劑保命丸。

溫阮一愣，這靈劑保命丸她倒是在鬼手神醫的手劄上見過，不過她這藥丸還真不是！雖然吧，兩者目的一致，都是為命懸一線之人吊著命，但在藥效上，她這藥丸可比靈劑保命丸要好得多呢！

不過，溫阮也懶得解釋了，索性便認了下來。「嗯……算是吧。」

聽到溫阮的話，軍醫瞬間狂喜，看著李將軍說道：「將軍，這藥丸好啊！可以給少將軍服用。本來屬下還擔心截肢時，少將軍的身體會受不住，但若是服了這靈劑保命丸，截肢後能有七成的生還可能！」

「此言當真？」李將軍聞言，面上亦是一喜。

之前無論是軍醫還是御醫，都一致推斷，不截肢只能等死；但若是截肢的話，也只有五成的把握。沒想到現在一下子提到了七成，他怎能不高興呢？

軍醫猛點頭，連連保證。

李將軍見狀，更是喜不勝收。

一旁的溫阮卻忍不住插話道：「那個……將軍伯伯，您難道就不想把李大哥的腿給保下來嗎？」

「對啊，溫家妹妹既然能拿出這麼厲害的藥，那肯定有法子保住我哥的腿！爹，您怎麼老想著把我哥的腿給截了啊？」李賀頗為不滿地嘟囔道。

李將軍被自家兒子的話噎到不行，什麼叫做他老想著把兒子的腿給截了？這話說的，讓人忍不住想要教訓這臭小子一頓！

不過，李將軍此時可沒那個閒功夫搭理李賀，只見他一臉激動地看向溫阮。「溫家丫頭，妳真的有法子嗎？」

溫阮點點頭。「法子倒是有，只是李大哥的情況非常不好，還是會有一定的風險。」

醫學上本來就沒有百分之百的事，再加上李吉的傷口確實感染嚴重，即便由溫阮出手，還是有一定風險的。

李將軍眉頭一皺。「能有幾成把握？」

溫阮思量了一下，回道：「若您信我，完全按照我的治療方法來，我有八成把握。但是，有一件事情我要提前說明，就是治療後，腿能保住，也能正常行走，但傷口處怕是會不美觀。」

溫阮的治療方法是把周邊感染的爛肉剜去，把炎症控制住，避免傷口感染的區域繼續擴散，而李吉的傷口過深，待治癒後，傷口處肯定會坑窪不平。

「妳說什麼？有八成治癒的把握？」李將軍顯然不太相信自己的耳朵，再次確認道。

不怪李將軍難以相信，主要是軍醫說了截肢才能有七成活命的把握，可這小丫頭說的卻是在保住腿的前提下，還能有八成的把握啊！這放誰身上，怕是都要再確認一番吧？

「是的，八成。」溫阮點了點頭，給了李將軍一個肯定的回覆。

李將軍面露狂喜，一把抓住溫阮，嘴裡不停地說道：「好、好！男子漢大丈夫，美不美觀的有何重要？只要腿能保住就行！」

絕望後又看到了希望，這種劫後餘生的慶幸，能把整個人淹沒，而現在的李家眾人，就在這種淹沒的情緒中久久難以自拔。

「事不宜遲，那我們現在就開始吧。」溫阮從軍醫手中拿回她的藥瓶，倒出兩粒藥丸，讓人給李吉服了下去。

李家人自是沒有意見，紛紛表示一切但憑溫阮作主。

待一切準備就緒，溫阮讓軍醫給她打下手，她先是在李吉的傷口附近灑了些麻沸散，暫時麻痺了神經，這樣待會兒處理腐肉時，他亦能減少些痛苦。

只是在治療的過程中，可能是軍醫第一次同溫阮合作，兩人之間默契極差，每次溫阮都要費好多口舌，軍醫才能堪堪明白她的意思，為此溫阮表示極心累。

「我來吧。」墨逸辰不知何時走到了溫阮身旁，說道：「我來替妳打下手，協助妳。」

溫阮先是一愣，不過想到在臨河縣城時，墨逸辰也是幫她打過下手的，那時兩人的默契很好，於是便點頭應了下來。

就這樣，墨逸辰代替了軍醫的位置，在一旁協助溫阮處理傷口，而之後的整個過程絲毫不見慌亂，甚至很快的兩人便配合得相當遊刃有餘了。

比如，溫阮一個眼神，墨逸辰便知道她想要什麼，下一秒能準確無誤地把藥箱裡的東西拿給她，由此來看，兩人間的默契確實很好。

而看到這副場景的眾人，也是頗為驚訝。

一旁的李賀扭頭看向溫浩傑，詫異地問道：「墨世子這是學過醫？」

溫浩傑還有點懵，不太確定地回道：「應該……沒有吧。」

趙卓煜的眸色閃了閃，旁人也許不知，但他卻很清楚，墨逸辰自是沒學過醫術的，所以眼前這副場景，也只能用默契來解釋了。

想到這種可能，趙卓煜不禁有些堵心，再次看向墨逸辰時，似乎覺得他更加不順眼了。

有了墨逸辰在旁協助，溫阮的整個治療過程順利很多，包紮好傷口後，溫阮也順勢取下李吉身上的最後一根銀針，治療算是大功告成了。

「好了，傷口已經處理好，估計半個時辰就能退燒。還有，這些藥粉我留下，一日三次，要準時給傷口換藥。待會兒我再開個藥方，按照上面抓藥煎服，也是一日三次即可。」溫阮一邊收拾自己的小藥箱，一邊耐心交代道。

此時，李將軍看溫阮的眼神顯然發生了很大的改變，若說一開始他還心懷疑慮，但當親眼看到溫阮施針，以及嫻熟地處理傷口的手法後，他也只剩下滿心的震撼。

當然了，還有她用的那些藥粉，怕也是不俗之物吧？單單說那止血的藥粉，沾血即止的效果，任誰看了，怕是都要驚嘆不已。

同樣目睹了整個過程的趙卓煜，心裡的震驚絲毫不輸給李將軍。之前他只是知道溫阮醫術不凡，但絕沒有此次親眼看到來得震撼。如今看來，他終究還是低估他這個小表妹了。

京都府享譽盛名的四方閣酒樓二樓雅間內，溫阮、墨逸辰、趙卓煜和溫浩傑四人相對而坐。

溫阮抿了口杯盞中的花茶，細細品了一下，清香留於齒間，久久未散，看樣子，這小二確實沒誆騙她，也不枉她特意點上了一壺。

「我都快要餓死了，真希望咱們點的菜馬上就能上來啊！」溫阮捂著肚子，隨口抱怨了一句。

早膳時，因糾結著眾人要送她去書院的事，溫阮進食比平日少了些，再加上這一上午書院、溫甯侯府、李府三地來回折騰，她早就饑腸轆轆了。

墨逸辰聞言，抬手招來了守在門口的侍衛。「你去同掌櫃說，上菜速度再快一些。另外，讓他們先拿些糕點送過來。」

侍衛領命下去了。

墨逸辰扭過頭，看到正在喝茶水充饑的溫阮，輕聲勸道：「阮阮，妳少喝點茶水，待會兒用幾塊點心先墊墊，也不要吃多了，否則飯菜上來後，妳定是要用不下了。」

聞言，溫阮「喔」了一聲，乖乖地放下手中的茶盞，也沒覺得有什麼奇怪的，畢竟，從臨河縣城回京都府這一路上，她被墨逸辰照顧習慣了，只以為他本性就是個細心、體貼的人。

可一旁的溫浩傑和趙卓煜卻是滿臉的難以置信，特別是趙卓煜，他和墨逸辰相交多年，還從未見過他對誰這麼有耐心過！

不過，趙卓煜同溫浩傑對視一眼後，兩人眼中皆表達出同一個意思——突然覺得自己這個親哥哥／親表哥似乎有點不稱職了！

於是，接下來兩人開始暗中與墨逸辰較起了勁。

當飯菜陸續上桌後，墨逸辰剛想給溫阮挾一些她搆不到的菜時，趙卓煜和溫浩傑便徑直拿起了筷子，爭先恐後地給溫阮挾菜，很快地，溫阮的碗裡便堆成了小山。

溫阮一怔，看了看碗裡滿滿當當的飯菜，又看了看墨逸辰手中還未來得及放下的菜，終於後知後覺地發現，此情此景難道就是傳說中的修羅場？

唉，為了不把小型修羅場演變為大型的災難場，溫阮小心翼翼地吃著每個人挾給她的菜，爭取做到雨露均沾，不偏不倚。

在這略顯奇怪的氛圍下，毫無懸念，她吃到撐了。最後，還是在她毫無形象打了個大大的飽嗝後，才險險制止住了他們繼續投餵的舉動。

呃……哥哥太多貌似也有煩惱啊，這爭起寵來還真是難辨！溫阮暗暗地想。

「那個，我吃飽了，你們也快點吃吧，不然菜都要涼了。」溫阮笑吟吟地勸道。

幾人聞言倒也沒說什麼，逕自用起了餐。

一時之間，餐桌上一片和諧，任誰都絲毫看不出剛剛針鋒相對的場景。

溫阮抿了口茶水，一雙大眼睛滴溜溜地左右看著，還真別說，這幾人不愧是世家大族的優雅貴公子，吃起飯來都這般養眼。

很快地，幾人也用完餐食了。

墨逸辰看到溫阮面前的杯盞空了，隨手幫她又添了些，溫阮甜甜地道了謝，這難免又為墨逸辰引來了兩記眼刀。

墨逸辰直接無視了兩人，看向溫阮，輕聲問道：「阮阮，我有一事想要和妳確認一下。」

溫阮隨口應道：「什麼事啊？逸辰哥哥，你問吧！」

「就是李吉的腿傷，若是一開始就用妳那個消炎止血的藥粉，就是當初給陳文宇用的藥粉，是不是就不會發展到要截肢的地步？」墨逸辰問道。

溫阮「嗯」了一聲，如實回道：「不能說完全不會吧，不過，至少會把這種風險降低一半，至於另外一半嘛，還和當時處理傷口的醫者的手法及醫術有關。」

降低一半的風險，那也已經很好了。墨逸辰沈吟了一下，說道：「阮阮，我之前同妳提過的，那個消炎止血的藥，現在有辦法給西北軍供藥嗎？」

之前，溫阮說可以把藥方子給他，那時，墨逸辰的確考慮過是否把藥方子獻給朝廷，從而造福夏祁國各地駐紮的大軍，可從此時京都府的局勢來看，這個法子卻是不合適了，怕是把藥方獻給朝廷後，非但不會得到嘉獎，反而會平添猜忌。如今之計，先看是否可以暗中供藥給西北軍，至於其他的軍隊，他暫時管不了這麼多了。

溫阮攤了攤手，回道：「那你還是和太子表哥商量吧，不管是開醫館，還是製藥的事，現在都是太子表哥管的呢！」

趙卓煜一怔，有些一言難盡地看著溫阮，說道：「表妹啊，若我沒記錯的話，咱們上次商量的結果，不是說讓我參與進去嗎？這參與和主導可是兩回事吧？妳可不能混淆主次啊！」

「那我不管，你們去同我祖父、爹爹他們商量吧！我只提供藥方子，其他的事可跟我沒關係，我不能太累的，不然長不高怎麼辦？」溫阮晃了晃小短腿，嘟囔道：「哼，我萬一要是長不高了，屆時你們誰都別想跑，我會挨家挨戶找你們要賠償的！」

看著溫阮一本正經耍無賴的小模樣，眾人不禁失笑。

墨逸辰更是笑著應道：「好，那此事我稍後同太子私下商量吧，就不煩勞阮阮跟著操心了，咱們還是長身體要緊。」

看到墨逸辰如此上道，溫阮頗為滿意，衝著墨逸辰笑了笑。

見狀，趙卓煜直接扭頭，瞪向墨逸辰。合著好話都被他給說完了，好人也都讓他給當了！還真沒看出來啊，墨逸辰平時一副正直君子作派，關鍵的時候竟是個奸佞小人！

還有，自己什麼時候答應私下裡要與他商量了啊？

幾人從酒樓離開時，趙卓煜真的被墨逸辰拉著去商討給西北軍供藥的事情了。

臨行前，看到趙卓煜一臉生無可戀的樣子，溫阮不厚道地笑出了聲。

午膳後，由於時辰還尚早，若溫阮趕去梓鹿書院的話，應該還來得及聽下午的課。只是對溫阮來說，這是絕對不可能的事啊！這好不容易逃掉的課，豈有再乖乖送上門的道理？

溫浩傑本來就對溫阮有求必應，所以，她稍微撒個嬌，說自己太累了，想回家睡個覺休息一下，溫浩傑便屁顛顛地把妹妹送回了汀蘭苑。

臨離開前，溫浩傑還千叮嚀、萬叮囑院子裡的丫鬟動作輕些，不要擾了溫阮休息，所以，她這一覺便直接睡到了夜幕降臨。

草草用了些晚膳，溫阮一想到明日還要早起去書院，便又爬回了床上，美其名曰，要養精蓄銳。

彩雲和彩霞兩人本以為溫阮下午睡多了，晚上入睡會困難一些，便想著過來陪小姐聊聊天，誰知床上很快就傳來了均勻的呼吸聲，溫阮又睡著了！

彩雲和彩霞兩人對視一眼，頗有些哭笑不得。

月明星稀，暮色四合，此時五皇子的府邸內，一個身影趁著夜色，匆匆走進了五皇子府的書房。

「這麼晚了，外祖父怎麼突然來了？是有何急事？」五皇子驀然起身，有些意外地看向來人。

魏丞相面色有些凝重。「剛剛得到消息，李吉的腿竟然保住了！」

五皇子怔了怔，問道：「不是連藥王都沒有法子嗎？是誰出手醫治的？」

昨日李將軍帶著李吉剛回到京都府時，他們便接到了消息，連夜請來了藥王，今日一早就著人上門，替李吉看了傷，只是傷勢太重，連藥王也束手無策。

在夏祁國，論醫術，藥王雖比不上鬼手神醫，但是也絕對數得上號，若是他都沒法子，其他醫者怕是鮮少有人能診治得了才是。這藥王，正是程嫣然的師父，五皇子他們此次能請到他出手，也是借著程家和程嫣然的關係。

「暫時還不知到底是誰出的手，但探子彙報說，白日裡，太子和墨世子兩人去過李府，還有溫浩傑和溫阮那個小丫頭也去過，其他就沒有了。」魏丞相若有所思地說道：「若我推斷無誤的話，應該和溫阮那個小丫頭有關。別忘了，她可是鬼手神醫的徒弟，我們之前貌似低估她了。」

五皇子卻還是有些懷疑。「但她只有六歲，連藥王都沒法子的病，她又怎麼可能有法子？」

魏丞相卻不以為然。「你別忘了，臨河縣城治瘟疫的方子就是她獻出來的，鬼手神醫究竟留給她多少東西，誰又知道呢？而且，她的醫術究竟如何，咱們尚未可知，若她真是有意隱瞞實力呢？民間有句俗語，會咬人的狗不叫。依老夫看，溫甯侯府這小丫頭可能不簡單，懂得藏拙的人，往往才是有真本事的。」魏丞相縱橫官場幾十載，深諳權謀算計之道，在他看來，越是不可能之事，若一旦成真，後果將不堪設想。「細細想來，自這丫頭出現後，很多事情確實開始慢慢脫離了控制，先是與鎮國公府結親，這西北軍看樣子多半是太子一派了，若是再把李家拉過去，那軍中勢力這一塊，咱們可真就被遠遠甩下了。看樣子，咱們要找個機會把這丫頭除了才是，以免夜長夢多。」魏丞相眼裡閃過一抹狠戾之色。

五皇子聞言，雙眉微皺，似是不太贊同魏丞相此舉。

「此事稍後再議，現在朝中局勢尚不明朗，太子為何要請旨修繕宗廟，而父皇接下來又將有何舉動，這些我們都不清楚，所以此時不宜輕舉妄動，免得再生事端。」

魏丞相似乎還想再說些什麼，卻被五皇子抬了抬手阻止，示意他此事不必再提，魏丞相只能暫且壓下此事，但在心裡卻暗暗決定，回去後一定要再派些人手，盯著些溫阮，千萬不能讓她壞了事。

魏丞相離開後，五皇子獨自一人立在窗前，突然想到那日宴會上，溫阮同太子間無聲交流的場景，心裡不禁有些感慨，是個聰明伶俐、古靈精怪的小丫頭。

五皇子不得不承認，這些年他一直是很羨慕太子的，即便早年喪母，父皇多般算計，甚至連在宮中生存都步履維艱，但不可否認，太子仍是很幸運的，因為他的身後有一群真心實意為他著想的家人。

想起那個言笑晏晏的小姑娘，五皇子心裡不禁嗤笑一聲。這些年他的手上可沒少染過血，但今日外祖父提出要除去那個小丫頭時，他的確於心不忍了。

其實不用旁人說，五皇子也很清楚，溫阮也許會是他們這麼多年籌劃裡的一個變數，找個時機把她除去才是明智的選擇。

但五皇子知道，他那一刻的不忍和猶疑無關其他，只為真心，即便這份真心不是為他，為的是太子，但他就是不忍親手毀去這份純粹。畢竟，這樣的純粹於他而言，是那般珍貴。

相比於溫甯侯府給太子無條件的付出和信任，他的外家丞相府那一雙雙貪婪的目光，想起來不禁讓人更加厭惡。

而他的母妃呢……五皇子心底劃過一絲苦澀，怕是在他母妃心裡，他這個兒子就只是她爭奪皇位的工具吧？

小時候，為了能得到母妃的關注，他拚命地同太子較量，無論在學業上，還是在武功上，他一日都不敢懈怠，結果仍然是得不到母妃的半分讚賞，有的只是無止境的告誡與訓斥。

後來他漸漸長大後，父皇為了制衡太子的勢力，暗暗推波助瀾，更是助長了他母妃奪嫡的氣焰。就這樣，他被一步步逼到了今日這個位置上，卻從未有一人真心詢問過他，是願還是不願？

夜深露重，一陣涼風從窗而入。

他心裡劃過一絲譏諷，若是可以，他情願只做一個閒散王爺，但自他出生那日起，從來都是身不由己。

都說皇家無情，但對他似乎格外無情了些。奪嫡這條路，他是被迫走上的，被他母妃推著，被他父皇當作棋子，被外祖家利用窺探。他的身邊似乎從未有過真心，只有無盡的算計和利用。

他累了，但他也很清楚，既然已經邁上了這條路，剩下的，也只能一條道走到黑，停不下來了。

五皇子默默地凝視著窗外的夜色，這幽沈冰冷的月暈，似是投下了更冰冷的光芒……

第十七章

程府府邸內，程嫣然正畢恭畢敬地聽著一個白鬍子老者訓話，而這位白鬍子老者正是她的師父，藥王。

「通過這次的考校，為師發現，無論是醫術還是毒術，妳皆沒什麼長進。妳知道為師的規矩，門下不留無用之人。」藥王睨了下首的程嫣然一眼，冷冷說道。

程嫣然誠惶誠恐，忙跪地認錯。「師父恕罪！嫣然再也不敢了，日後定會勤加研習醫術和毒術！」

對於程嫣然的話，藥王面上看不出滿不滿意，許久後才冷哼了一聲。「醫術上妳天資一般，日後還是專攻毒術吧。」

程嫣然一愣，隨後恭敬地回道：「是，徒兒遵命。」

訓斥完後，藥王言歸正傳，問道：「上次走得比較匆忙，為師那次研製出的解藥，妳姊姊服下後，可有何不良反應？」

前段時間，齊家從溫阮那裡拿到解藥後，程嫣然自己並沒有把握能配出，正巧那時藥王來京都府辦事，權衡了一下後，她只能勞請師父出手。

程嫣然抬頭看了藥王一眼，稍作猶豫後，道：「回稟師父，我姊姊服藥後，毒已解，無不良反應，一切俱好。」

這答案似是在藥王的意料之中，只見他捋了把鬍子，煞有介事地點了點頭，表示已知曉。

看到藥王並未察覺異樣，程嫣然暗自鬆了口氣。其實，她撒謊了，她師父配出的解藥確有不妥之處。姊姊服下解藥後，毒雖然解了，卻留下了心悸的毛病。

起初，程嫣然也以為這是中了此毒後都會留下的後遺症，可是，溫阮給的那份解藥，被齊磊服下後，他卻無任何不良反應，那時她便大概猜出，問題怕是出在她師父製的解藥上。

但程嫣然也很清楚，藥王是何等心高氣傲的一個人，尤其毒術是他老人家一直引以為傲的本事，若是知曉此事，除了他老人家自己飽受打擊之外，怕是也定會遷怒於她的。

所以，程嫣然選擇瞞下此事，甚至在得到藥王要來京都府的消息後，便提前打發了姊姊程嫣雯回咸陽，為此還不惜答應姊姊把齊思思那個小丫頭送進了梓鹿書院。

「那下藥之人可有眉目？」藥王又問道，這也是此次他來程府的原因。

這些年來，他自詡為天下擅毒第一人，可偏偏這次卻碰了壁。他不得不承認，若無解藥，程嫣雯所中之毒，他怕是也很難解開，對此，藥王心裡頗為介懷。

程嫣然這次倒是如實回答了。「回稟師父，這毒所出之處已經查清楚了，若徒兒沒猜錯的話，應該是鬼手神醫製的毒，而下毒之人正是他唯一的徒弟。」

「竟是鬼手神醫那個老匹夫！」藥王意外之餘，又不禁有些氣憤。「那個老東西不是一向自詡杏林正道，不屑於毒道嗎？怎麼突然也製起了毒？」

若說藥王這輩子最討厭的人，莫過於鬼手神醫了。兩人年輕時都是有些名氣的醫者，便常被人明裡暗裡做比較，而他卻總是稍微遜色的那個。後來他改習毒道，鬼手神醫雖不擅製毒，但每每卻總能破解他的毒藥，這令藥王氣憤不已。

誰知這老匹夫，死都死了還擺了他一道，生前竟也製起了毒，而且似乎隱隱要比他還要高明一些，這是藥王最不能容忍的。

「他那徒弟是誰？毒術及醫術如何？」藥王若有所思道。

程嫣然自是知道藥王的顧慮，略一思考後，回道：「此人是溫甯侯府的小姐，此時尚且只有六歲，不足為懼。」

聞言，藥王臉上的凝重之色似是有些緩和。「黃口小兒，確實不足為懼。不過，鬼手神醫究竟在生前製了多少毒，妳還是要多留意些。若有消息，第一時間通知為師，為師倒要看看那老匹夫的毒能有多厲害！」

程嫣然忙稱「是」，畢恭畢敬的態度，倒是不敢有半分懈怠。

「此次為師要回山裡去閉關製些藥，妳收拾收拾，同為師一起回去吧。在那裡能靜下心來，為師抽空也可指導妳一番，正好可以乘機提升一下妳的毒術。」藥王看著程嫣然說道。

藥王這輩子一直被鬼手神醫壓一頭，此前兩人均未收徒，如今那個老東西收的唯一徒弟竟是個小娃娃，而他門下亦只有程嫣然一個徒弟，雖說當時收徒另有考量，但既然已經入了他的門，自是要比那老東西的徒弟出色才行。

程嫣然顯然也沒料到藥王會突然這樣說，要知道，這些年她雖拜在師父門下，但若真論起指導方面，藥王對她也真的是不太上心。按理說，這種被他老人家親自指導的機會不可多得，她應積極抓住才是，可是，眼前她卻有更重要的事情要做。

「師父，此次我怕是不能跟您一起過去了，家裡近期給我做了一些安排，暫時脫不開身。還有，鬼手神醫究竟給他那徒弟留下些什麼東西，徒兒也想乘機替師父盡快探聽清楚，所以……」程嫣然有些為難地說道。

「那隨便妳吧。」藥王倒也沒堅持，甩了甩袖子，逕自起身離開了。

目送師父離開後，程嫣然不禁鬆了口氣。其實剛剛她所說的那些理由都是藉口，根本禁不起推敲，所幸她師父沒有深究。

程嫣然之所以沒有選擇離開，最大的原因是溫阮那日在宮宴前，她給溫阮下的毒，算算時間，毒發的日子早已過了，但在溫阮身上卻絲毫沒有要發作的跡象，甚至她今日聽齊思思那小丫頭說，她還去梓鹿書院進學了！

此時，程嫣然就算再遲鈍，也發覺事情不對勁了，畢竟那日，她可是親眼看到溫阮戴著玉珮，參加完整場宮宴。

如今這般，只有一個解釋，那就是毒被解了！至於被誰解的，程嫣然隱隱有了些猜測。

另外，那日宮宴上，她姑母臉上突然起紅疹的事，程嫣然也覺得事有蹊蹺。雖然當時御醫和她的診斷都是染上了過敏之物，但現在想想，未免也太巧合了。她姑母整日都待在皇宮中，可從未出現過敏的現象，為何偏偏就在那日見過溫阮之後就出現了？

如今看來，怕是真如姊姊程嫣雯所說的那樣，溫阮那個小丫頭懂醫，亦擅毒。若真是如此，此人她定是留不得了！

程嫣然一直很清楚，無論是她如今在程家的地位、在師父那裡的位置，還是她現在所有的榮光，全是因為她現有的價值。若是有一天她被人比得黯然失色，那麼無論是程家，還是她師父，都會立即選擇拋棄她的。

從小她便明白，不爭，她便會一無所有，而她不能丟掉現在擁有的一切。

程嫣然走到裡間，拿出一封信，然後出聲喚來一名暗衛。「這封信，幫我送去武陵秦家，務必親自交給七公主。」

京都府無人不知，七公主素來迷戀墨逸辰，對他死纏爛打已久。此前她去了外祖家探親，最近一段時間恰巧不在京都府，所以程嫣然推測，怕是現在七公主還尚未得知她賜婚被拒之事吧。

程嫣然一向與七公主交好，自是瞭解這位公主的脾氣秉性，若是她知道墨逸辰為了溫阮拒了皇上給他們的賜婚，定是會不顧一切地趕回來，那屆時，這京都府怕是又有熱鬧看了。

對程嫣然來說，這京都府的水越渾越好，七公主鬧的動靜越大，她越是好乘機動手不是？

第一步已經走出去，那麼接下來，她也就只有耐心地等著了。

程嫣然知道，待解決完溫阮的事後，她確實也該像她師父說的那般，專心研習毒術了。

其實，她何嘗不知，自己在醫術的天分遠不及毒術？但她也想憑藉醫術光明正大地活在陽光下，治病救人、令人敬重，而不是依仗著毒術，在暗無天日的泥沼中苦苦掙扎。

雖說那樣，旁人亦會畏懼，然而更多的怕是只有唾棄。待來日她及笄，正經的世家大族，誰又願意娶她這樣的媳婦呢？而且，她喜歡的那個人，怕是永遠也瞧不上那樣的自己吧？

可是，她沒有選擇。她必須讓自己變得有用、有價值，即便是讓別人畏懼的價值也行，因為只有這樣，她才有能力爭取她想要的一切。

溫阮在書院裡的小日子過得還算不錯，為了緩和與小同學們的關係，她果斷選擇了美食攻略，特意手把手地教家裡的廚娘做了許多點心，有小蛋糕、小餅乾，還有一些奶茶等飲品，趁著一日午休時，家裡的小廝給送了過來，然後，她便成功地收服了一群小蘿蔔頭。

由此可見，吃人嘴軟，拿人手短的道理，無論在哪裡都是適用的啊！

溫阮覺得，小同學間的關係和睦還是非常有必要的，不然每日除了對著這些枯燥乏味的課本外，還要時刻面對緊張的同窗關係，那有多煎熬啊！

像現在就挺好的，和小同學們整日玩鬧嬉笑，書院裡的日子自然也好打發些，就不會這麼無聊了。

這天，溫阮剛和小夥伴從外面回到學舍，便見到一身書童裝扮的小廝等在門口，見她進來，忙上前拱手行禮。

「溫小姐，我是薛太傅的小廝，太傅今日來書院了，遂讓小的過來請您，說是多日不見，想和您話話家常。」

於是溫阮在小廝的引路下，兜兜轉轉地在書院繞了一圈後，來到一幽靜處。圍牆後庭院中，小橋流水與閣樓相應，待走近後才發現，閣樓高高的匾額上，是用楷書寫的三個大字——學淵閣。

小廝把溫阮帶到院中，指著閣樓的方向，告訴她薛太傅在那裡等她，然後便逕自退了下去。

溫阮一人穿過走廊，待走進閣中，她才發現這竟是一棟藏書極豐的書閣。屋內佈置頗為簡單，處處透著古樸的書香氣，讓人不由得想放輕步伐，生怕驚著在這閣內讀書的人。

屋子有點大，一眼望去，入目皆是一排排的書，根本看不清裡面的狀況，溫阮剛想試探性地喚一聲，可一抬頭卻看到牆上掛著「禁止喧譁」的木牌，到了嘴邊的話，只能又硬生生地被她嚥了下去。

這是鬧哪樣啊？難道薛太傅是童心未泯，要和她玩起幼稚的捉迷藏？溫阮不禁惡趣味地想著。

無法，溫阮只能邁著小短腿，試探性地往裡面走了走，一轉彎，就看見前方書架前有一個背影，坐在木椅上，遠遠瞧著，似是位少年在看書。

溫阮想了片刻，決定還是上前叨擾一下，問個路，不然，她是真的沒有信心能夠找到薛太傅。

溫阮怕弄的動靜太大，會顯得沒禮貌，遂躡手躡腳地走上前，待剩幾步之遙的距離時，她才算看清對方容貌。

一襲白衣著身，斯文清秀，儀表堂堂，是位俊逸俏公子。只是，他的眉宇間似是有些憂鬱，不知是被書中內容所擾，還是本身便是位憂鬱少年郎。

視線向下移去，溫阮一怔，她此時才注意到，原來這位少年坐的並不是木椅，而是一把木質的輪椅。她下意識地往他的腿看去，只是在長袍的完美遮掩下，她未看出絲毫異樣。

許是溫阮的目光過於炙熱，正在看書的少年略有察覺，抬頭向她看了過來。兩人四目相對，溫阮有點尷尬，像是偷窺被人抓包了一般。

「那個……不好意思，叨擾一下，我想同你問點事。」溫阮開口時，聲音下意識低了幾分。

對於溫阮的突然出現，白衣少年先是有些意外，隨後還是溫和地說道：「姑娘但說無妨。」

姑娘？溫阮一怔，來到這裡後，這還是第一次有人這麼稱呼她呢，突然覺得自己是不是應該含情脈脈地回一聲「公子」？

呃……還是算了吧，有點惡寒。這話本子裡的橋段，還是不太適合她，主要是眼前的少年這般姿態優雅，若她當真這麼稱呼，總感覺是辱沒了他。

「請問你知道薛太傅在哪裡嗎？剛剛有個小廝把我帶過來，說是薛太傅在這邊等我，可我找了一圈也沒找到。」溫阮眨了眨眼，問道。

白衣少年淺笑著回道：「妳怕是走錯地方了，若我沒料錯的話，薛太傅此時應該在隔壁的雅室，就是這書閣旁邊那間。」

溫柔似是刻在了少年的骨子裡，在舉手投足、隻言片語間被展現得淋漓盡致。

溫阮曾聽說過，這世界上有兩種最極致的溫柔，一是被命運善待的寵兒，骨子裡自然而然長出來的溫柔；而第二種，便是千刀萬剮後仍把溫柔刻進骨血裡的人。

想到這裡，溫阮不禁看向少年的雙腿，但願他不是第二種。

許是在溫阮肆無忌憚的目光打量下略有些不自在，白衣少年的神情有些微怔，道：「是有什麼不妥嗎？」

溫阮聞言，愣了一下，忙回道：「沒有沒有！我這就去隔壁找找看，那個，多謝了。」

白衣少年的嘴角微微含著絲笑意，略一頷首，便沒再說話。意識到自己剛剛的失態，溫阮有些歉意地看了眼白衣少年，欠身行了一禮後，才轉身離開。

走到門口，溫阮忍不住回頭看了一眼。

白衣少年似是重新與閣中書籍融為一體，成了一道難得的風景。

按照白衣少年的提示，溫阮走出閣樓後，很快找到了隔壁的那間雅室，推開竹門進去後，一眼便看到正在低眉沏茶的薛太傅。

聽到門口的動靜，薛太傅抬頭望去，看到溫阮後，笑著說道：「小丫頭，妳真是姍姍來遲，讓老夫好等啊！」

聞言，溫阮毫不猶豫地甩鍋。「太傅，您那小廝有點不可靠啊！這把我帶到院裡便不管不顧了，我差點迷路了呢！」話落，溫阮便毫不客氣地坐到了薛太傅的對面，雙手托腮，垂涎欲滴地盯著他正在沏著的茶，其意不言而喻。

薛太傅無奈地搖了搖頭，把剛沏完茶的杯盞遞到了溫阮面前。「小丫頭，來嚐嚐老夫這沏茶的手藝吧。」

溫阮還真不客氣，笑咪咪地接過茶盞。「那就多謝太傅了，正好我這會兒口渴著呢！」

一盞茶喝完，溫阮也沒嚐出這究竟是什麼茶，但有一點無疑，那就是確實解了渴。

「太傅，您找我過來是有什麼事嗎？不會真的就是為了請我喝杯茶吧？」

「沒良心的小丫頭！當日離開齊林縣城時，還說要上門拜訪，軒軒在家裡都鬧了好幾日了，說妳是不是把他給忘了？」薛太傅道。

溫阮一聽，覺得自己無辜極了，忙辯解。「我哪有？前段時間我一回到京都府，便想著上門拜訪呢，可誰知，這上門送拜帖的人卻說，你們探親還未回來。不信您可以回府問問，可別想冤枉我啊！」

薛太傅當然知道這事，就是故意逗一逗這小丫頭罷了。他也是今日恰巧來到書院，便臨時起意，想要見一見這丫頭的。

「怎麼樣，在這書院待得可還習慣？進學這些日子可否有長進？」薛太傅問道。

天哪，這太傅不會又要檢查人默書了吧？手裡的茶頓時都不香了！

「太傅您知道的，我也是這幾日才入學，那個長進什麼的，暫時還談不上吧？」溫阮職業假笑。

薛太傅怎會沒看出這丫頭在心虛？遂瞪了她一眼，說道：「放心，我今日讓妳過來，不是要檢查妳課業的。」

聞言，溫阮如釋重負，只要不檢查課業、不默書，其他都好辦。

「想必妳祖父同妳講過了吧？進書院後拜在我門下的事，妳考慮得怎麼樣了？」薛太傅問道。

溫阮點了點頭，前兩日祖父同她說過此事，她也思量了一下，雖說她不喜歡默書、練字，對琴棋書畫也沒多大的興趣，但溫阮心裡也明白，這些事情總不能躲一輩子。平日裡家人寵著她，她耍耍無賴大家也便都輕拿輕放，但若是日後再年長些，難道還要在外落個不學無術、無才無德的名聲？

雖說旁人怎麼想、怎麼說，溫阮根本不會在意，但她卻不願意看到她的家人們將來因為她而被人詬病，被各大世家背地裡嘲笑，所以，有些事情即便不喜歡，為了守護他們，她也願意去做。

而薛太傅的確是很好的抉擇，他老人家學富五車、閱歷豐富，且在很多事情上見解獨到，經過上次短暫的接觸，溫阮也很喜歡這個雖有點古板嚴厲，但絕不迂腐的小老頭。

「學生溫阮，拜見老師。」溫阮起身作揖，行了一個拜師禮。

見狀，薛太傅先是一愣，隨後捋著鬍子大笑道：「妳這丫頭倒是爽快，直接便行了拜師禮！好，老夫喜歡！今日這一禮後，妳便算是正式拜於我門下了，日後萬不可再這般懶散，聽到沒？」

上次齊林縣城一見，薛太傅便很喜歡溫阮，在他看來，這小丫頭機靈聰慧，性格更是豁達開朗，甚是入他的眼緣。

「學生謹遵老師教導，日後會頭懸梁、錐刺股，發憤圖強，定不會辱沒師門的！」溫阮臉上一本正經，但說出的話卻明顯是在故意搞怪。

薛太傅忍不住扶額，他似乎看到日後被溫阮氣到跳腳的樣子了，但是又有什麼辦法呢？自己上趕著認的學生，也只能咬牙慢慢教導了。

溫阮又待了一會兒，估摸著要到上課的時辰了，薛太傅便起身把溫阮送到門口，招來小廝送她回學舍。

路過閣樓門口時，恰巧白衣少年坐在輪椅上正被人推出來，溫阮朝他揮了揮手，笑著打招呼道：「你好呀！咱們還挺有緣的，又碰到了呢！」

白衣少年似是沒料到溫阮會這般熟稔，愣了一下，淺笑道：「妳要走了？」

「嗯嗯，要回去上課了。下次見喔！」溫阮言笑晏晏地衝著白衣少年又揮了揮手，然後跟在小廝身後，蹦蹦跳跳地出了院子。

白衣少年看著溫阮離開的方向，輕笑了聲，這小姑娘頗為活潑了些。

「這丫頭還是這般沒規矩，蹦蹦跳跳的成何體統，下次定要好好訓誡她一番才是！」薛太傅從旁邊走了過來，嘴裡雖這般說著，但眼底的笑意卻是出賣了他。

「老師。」白衣少年作揖行禮。

薛太傅輕「嗯」了聲，看向白衣少年說道：「蕭澤，你今日怎麼突然來為師這裡了？」

這位白衣少年名蕭澤，也是薛太傅門下的學生，算起來，是溫阮的師兄。

「學生今日過來，是為了找幾本典籍。」蕭澤回道。

薛太傅微微頷首，倒也沒再追問，而是說道：「那正好，既然來了，便陪為師下一局棋吧！」

蕭澤應了聲「是」，便讓小廝推著輪椅，跟在薛太傅的身後，進了旁邊的雅室。棋盤前，師徒兩人面向而坐，執棋對弈。

「老師，剛剛那位來找您的小姑娘，是您家裡的晚輩嗎？」蕭澤拿起一枚棋子，思考片刻，落了子後，問道。

薛太傅執起一子，俐落地放在棋盤上。「喔，那是你師妹，溫阮。下次有機會再介紹你們師兄妹認識。」

師妹？蕭澤頗為意外，抬眸看了薛太傅一眼。「老師什麼時候又收了學生？好像並未聽到什麼風聲。」

說起來，這也不能怪蕭澤好奇，主要是薛太傅自五年前把他收到門下後，便沒再鬆口收過學生了，各府不少人都在盯著呢，按理說他若是再收學生，應有些風聲傳出來才是。

「剛剛才收的。除了你之外，應該還沒有旁人知道。」薛太傅說道。

蕭澤。「……」

似是想到什麼，薛太傅又說道：「喔，對了，我記得你姊姊嫁進了溫甯侯府吧？巧了，這個小丫頭是你姊姊的小姑子，你應該也聽說過她吧？」

蕭澤神情微愣，他當然聽過了，只是顯然沒料到今日見到的這個小姑娘，竟然就是姊姊常掛在嘴邊的那個小姑子。

薛太傅頓了一下，說道：「這小丫頭是鬼手神醫的徒弟，醫術不錯，有機會的話，你的腿可以讓她瞧瞧，說不定會有轉機。」

蕭澤默默地頓了下，才回道：「有勞老師費心。只是我這腿疾是先天的，看過的大夫都說藥石無醫，學生已經不抱希望了，索性……就這樣吧。」

李吉的腿傷恢復得不錯，自那日去李府替他醫治後，為了避人耳目，李吉的腿傷一直都是交給軍醫照料的。這日，溫阮算好時間，覺得也是時候去複診了，於是便喊上溫浩傑，趁著夜色一起去了趟李府。

來到李府時，李家人早就接到了消息，早早等在李吉的房中，溫阮剛進門便看到半屋子的人，不由得一怔，忙上前行禮。

李賀急哄哄地把溫阮拉到他大哥床邊，說道：「溫家妹妹，咱們就別管這些虛禮了！妳快幫我大哥看看，他這腿究竟恢復得如何？」

看著眾人俱是滿臉關切的樣子，溫阮也不再耽擱，朝著李吉微微點頭示意，便徑直掀開被子，檢查起他腿上的傷。

傷口已經長出新肉，原本感染的部位在處理後也沒復發，整體來講，恢復得很不錯。溫阮又替他診脈查看一番，最終頗為滿意地點了點頭。

「李大哥恢復得不錯，不出意外，再精心養些日子就會痊癒了。」溫阮話落，屋內的氣氛明顯輕鬆許多，眾人狂喜難掩。

李賀更是喜得直接跳了起來，滿屋裡來回跑了幾圈。「我就知道大哥的腿定能保住，定能保住……」

倚靠在床沿上的李吉看著弟弟的樣子，無奈地笑著搖搖頭，然後看向溫阮，抱拳行了一禮。「多謝溫家妹妹，我都聽說了，若不是妳在，我這條腿就真的保不住了。」

溫阮笑著擺了擺小手。「李大哥客氣了。我二哥說你是他的救命恩人，這樣算來，救你也是應該的嘛！」

溫浩傑在旁跟著傻樂點頭，看向溫阮時更是一臉寵溺。

說罷，溫阮又看向剛走過來的李賀，道：「其實，李大哥最該感謝的，應該是李賀哥哥呢！是他去找我二哥，也是他在我趕來之前，拚盡全力從軍醫手裡保住你的腿喔！你不知道，他當時可都哭鼻子了呢！」

溫阮話中的調侃之意，大家自是聽出來了，於是紛紛配合地看向李賀。

在眾人戲謔的目光下，李賀也頗有些不好意思，撓了撓頭，半天都沒想到反駁之詞，反而是臉越來越紅了。

看到他的反應，大家哄堂大笑。

嬉笑一番後，溫阮同照顧李吉的軍醫講了些注意事項，又留下一些藥後，便提出了告辭。

臨出李府前，李將軍攔住了他們，然後，對著溫阮鄭重地抱拳行了一禮。

溫阮立即微微側身，避了過去。

「將軍伯伯，您是長輩，這可使不得，晚輩承受不起啊！」溫阮忙說道。

李將軍卻擺了擺手，很堅持。「其他的話我也不多說了，溫家丫頭，這份恩情我們李家會牢記於心，日後無論是何事，只要妳開口，我李府定當全力相助。」

聞言，溫阮一怔，沒想到李將軍竟然會給她如此重的承諾，甚至都未在承諾之前添加任何但書。難道他就不怕她所求之事會有違道義之類的嗎？

不過，溫阮也明白李將軍言中深意，只是她卻不打算接下這份承諾，遂回道：「將軍伯伯，您不需要這樣的。李大哥救過我二哥，這次是我們溫甯侯府來還恩情的，所以，您也不必給出任何承諾。」溫阮說完，朝著李將軍作揖行禮，告辭後，便拉著溫浩傑轉身離開了李府。

留在原地的李將軍，盯著溫阮他們離開的方向，許久後，雙眸中逸出一絲讚賞之色。他果然沒看錯這小丫頭，小小年紀便知不挾恩圖報，夠光明磊落。

只是，這承諾她不要，並不代表他們不給。

溫阮剛回到她的汀蘭苑，便看到溫浩然攜著蕭筱走了進來。

「大哥、大嫂，你們怎麼來了？」溫阮有些詫異，現在時辰已有些晚，她沒料到兩人會這個時候過來。

蕭筱輕笑著走到溫阮身旁。「先前我和妳大哥過來了一趟，妳院裡的人說妳和妳二哥出去了，所以妳大哥便吩咐了小廝在大門口候著，這不，妳剛一回來，小廝就去我們院裡報信了嘛！」

「喔，這樣啊！我和二哥剛剛去了一趟李府，給李大哥複診。」溫阮回道。

蕭筱一聽李府，眼神稍變了變。「李少將軍的腿傷現在如何？可還好？」

「恢復得挺好的呀，腿也保住了，差不多過段日子就能下地。」溫阮回道。

聽到溫阮的話，蕭筱臉上一喜，看向溫浩然，見溫浩然朝著她點了點頭後，她又說道：「阮阮，大嫂今日過來，是有一事相求。」

溫阮微愣，眨了眨眼。「大嫂，咱們是一家人，有什麼求不求的？有什麼事妳只管講就是了。」

蕭筱聞言，不禁有些羞愧，看了溫浩然一眼。來之前溫浩然告訴過她，一家人不用瞻前顧後，還說若是她太見外的話，溫阮怕是也會不高興的。

現在看來，果然如他所料啊！

「好，阮阮，之前是大嫂想差了，咱們是一家人，那大嫂就不同妳客氣了。」蕭筱爽快地說道。

看到蕭筱又恢復了平日裡的爽朗模樣，溫阮自是歡喜。「大嫂妳就說吧，阮阮聽著呢！」

蕭筱笑了笑，似是想了一下說辭，這才道：「阮阮，大嫂有一嫡親弟弟，患有先天腿疾，無法直立行走，必須仰仗輪椅而行，所以，大嫂想來問問妳，此病妳可有法子醫治？」

其實，蕭筱早有意讓溫阮替她弟弟蕭澤看看腿疾，只是先前蕭澤有些抗拒，她也從未聽說過先天腿疾有治癒的，這才沒有提。

只是，近些時日，溫阮的醫術她都看在眼中，永寧郡主的先天心疾溫阮都有辦法醫治，還有此次李少將軍的腿，這麼嚴重的情況下，溫阮都有法子保住，這些都不免讓她又看到了希望。

大嫂的弟弟有先天性腿疾？溫阮還是第一次聽說，不禁有些意外。「大嫂，妳可知，妳弟弟這腿疾是因何緣故導致的？我的意思是人為，還是天生？」

溫阮之所以這樣問也是有原因的，這古代後宅的陰損事多了去，她又不傻，不會以為溫甯侯府沒有妻妾相爭的事，就代表其他府也是如此。

蕭筱倒也沒遮攔，如實回道：「是人為的。我娘懷我弟弟時，被後院的姨娘背地裡下過藥，只是我弟弟命大沒死，但卻胎中受損，生來便患有腿疾。」

心裡嘆了聲「果然如此」，不過還好，人為造成的，有時候比天生的要有希望得多。

想了想，溫阮說道：「大嫂，看病講究望聞問切，我這會兒沒看到病人，暫時還沒辦法給妳答覆。妳看這樣行嗎，正好明日書院休沐，要不我先看看病人，這樣才能做出診斷。」

蕭筱自是願意，只是不知道想到什麼，又說道：「阮阮，明日我給我娘傳信，讓他著人送我弟弟來咱們府上，可行？」

溫阮也沒多想，順口說道：「可以啊，明日妳直接把他帶到我院裡來吧。」

蕭筱點了點頭，笑著應了下來。

第二日，溫阮本在院裡等蕭筱帶著她弟弟過來，只是他們還沒到，她卻先等到了軒軒小朋友。

「姊姊！」軒軒噠噠噠地跑進屋，直接拉著溫阮的手。

乍一見到軒軒，溫阮明顯也有些意外。「軒軒，你怎麼來了？」

聞言，軒軒嘟著嘴，委委屈屈地抱怨道：「姊姊，妳不是說回來就去找我的嗎？軒軒在府裡等了妳好久，妳都沒來找我呢！」

看著軒軒忽閃忽閃的大眼睛，溫阮不禁覺得理虧，可是她剛想說些什麼，卻見溫嵐一手牽著齊令羽，一手牽著瑞瑞走了進來。

「姑母，您怎麼來了？」溫阮問道。

「令羽鬧著要來妳院裡玩，正好在路上，碰到嬤嬤帶著瑞瑞和這個小傢伙朝妳院裡來，我就順便把他帶來了。」溫嵐笑著說道。

「姑姑，瑞瑞也要拉手。」瑞瑞看溫阮被軒軒拉住手，忙跑過來也要拉手。

看小團子竟然還知道爭寵，溫阮稀罕得不得了，忍不住揉揉了他的小腦袋。

溫阮細問之下才知道，原來軒軒在太傅府吵著鬧著要來找她，薛大人正好趁著今日衙門休沐，便帶著軒軒一同上門拜訪了。薛大人自然是被人帶到了前院，而軒軒鬧著要見溫阮，便連同瑞瑞一併被打包給送了過來，然後，半道上又碰見了齊令羽。

看著一屋子的小蘿蔔頭，溫阮不禁囧了，她什麼時候這麼招小孩子喜歡了啊？難道就因為她現在也是小孩子，同類相吸？

可是，溫阮現在卻有點苦惱，這軒軒特地來找她玩，可偏偏她今日還有正事，要替大嫂的弟弟看病啊……

「娘！小舅舅！」

就在溫阮陷入深深的糾結中時，瑞瑞突然興奮地朝著門口的方向喊道。

溫阮聞言，順勢扭頭看過去，正巧看見蕭筱和一位坐在輪椅上的少年，只是當她看清少年的模樣時，不禁愣了愣，一臉驚訝。

竟然是他！她大嫂的弟弟，竟是當日在薛太傅那裡遇到的白衣少年，這也太巧了吧？

「姑母，妳也在啊！」蕭筱笑著同溫嵐打招呼。

「嗯，羽兒鬧著要過來找阮阮，這不，我便把他給送過來了。」溫嵐看了眼蕭筱身旁的蕭澤，說道：「若沒猜錯，這位應該就是妳娘家的弟弟吧？」

溫嵐之前也聽說過，蕭筱的弟弟患有先天腿疾，看到輪椅上的少年，又看了看溫阮，心裡有了些數。

蕭筱點了點頭，也沒有遮掩。「這是我弟弟蕭澤，今日過來，是想讓阮阮幫著看看。」

溫嵐會意，微微頷首，沒再多說什麼。

突然，溫阮感覺到握著她的兩隻手幾乎同時一鬆，然後，她便眼睜睜地看著原本纏著自己的兩個小團子，歡快地跑向白衣少年。

「小舅舅！」

「小師叔！」

兩個小團子幾乎異口同聲地喊道，然後，兩人跑到白衣少年的輪椅前，一人拉起了他的一隻手，笑得那叫花枝亂顫！

呃……場景莫名有種熟悉感，溫阮默默地想，如果她沒記錯的話，剛剛被小團子搶著牽手的人是她吧？才短短一瞬間，風水輪流轉，她就被拋棄了？

哼，果然男人都是善變的生物，不管什麼年紀！

溫阮氣鼓鼓地瞪向兩隻變心的小團子，眼神裡盡是幽怨。

此時的蕭澤恰巧捕捉到了她細微的情緒變動，又順著她的目光看向身邊的兩小團，瞬間心領神會。

蕭澤眉眼間逸出一絲笑意。「妳好，又見面了。」

聞言，溫阮抬頭看向蕭澤，四目相對。蕭澤衝著她輕輕點了點頭，清俊的眉眼帶著無盡的柔和，讓她心裡忍不住一軟。此時，溫阮不得不承認，有的人就是有這種魅力，只要他一笑，看著他的人便會輕易被感染，不自覺便彎起嘴角，心情似乎也突然變好了一般。

「是啊，好巧呢！」溫阮眉眼彎彎，笑吟吟地道。

一旁的蕭筱顯然沒料到兩人竟然認識，驚訝地問道：「你們倆之前見過？」

蕭澤輕「嗯」了聲，輕聲道：「前兩日，在書院裡偶然碰到過一次。」

聞言，蕭筱也笑著說道：「那還真是巧了！書院這麼大，小澤又難得去一趟書院，沒想到你們竟還能遇到，如此看來，你倆還挺有緣分的。」

「是啊是啊，都是親戚，確實挺有緣的呢！」溫阮樂呵呵地附和道。

蕭澤臉上掛著淺笑，微微點了點頭，顯然也是贊同這個說法。

「小師叔，你怎麼也來姊姊這裡啊？是來找軒軒的嗎？」軒軒眨著大大的眼睛，在溫阮和蕭澤之間來回打量。

蕭澤看向軒軒，伸手揉了揉他的小腦袋。「不是，我並不知軒軒也會過來。」

「那個，我能問一下，軒軒為什麼要喊你小師叔嗎？」

溫阮記得，昨日她大嫂說過，蕭澤也才十一歲，一個十一歲的少年，被軒軒小朋友叫叔叔，這怎麼看都有些奇怪啊！

蕭澤輕笑一下，溫和地回道：「我師從薛太傅，軒軒是太傅的孫子，所以，他平日習慣喚我小師叔。」說到這兒，蕭澤頓了一下，又道：「聽老師說，妳也拜在了老師門下，這般算來，我還是妳師兄呢，看來咱們果真是有緣。」

師兄？溫阮看向蕭澤，原來他也拜在薛太傅門下啊！看著這個氣質文雅清淡、俊逸溫柔的師兄，溫阮覺得似乎還不錯呢！

「阮阮，妳什麼時候拜在薛太傅門下了？我怎麼沒聽說啊？」蕭筱一臉詫異地問道。

溫阮一怔，呃……能說她把這事給忘了嗎？

當日拜完師後，溫阮從薛太傅那裡離開時，本想著回家裡再問問是不是要準備拜師禮什麼的，可誰知，她竟轉身就給拋在腦後了！

撓了撓頭，溫阮有點不好意思地說道：「那個，這事我給忘了。」

聞言，蕭筱同溫嵐對視一眼，兩人皆是啼笑皆非。

「妳這個小迷糊，拜師這麼大的事怎麼能給忘了？咱們可還得給人家薛太傅準備拜師禮呢！」溫嵐道。

蕭澤也是一愣，看向溫阮時不禁有些哭笑不得，不過一想到老師這麼嚴厲的人，竟然收了個小迷糊在他門下，日後怕是少不得要被氣得跳腳了吧？

「我覺得，妹妹妳拜在薛太傅門下，他老人家日後怕是要有得生氣了。」知弟莫若姊，蕭筱直接說出了蕭澤的心聲。

聞言，溫阮臉上不禁泛起一絲緋紅，只是似乎想到什麼，突然看向蕭澤。「師兄，如果老師生氣了，會懲罰惹他生氣的學生嗎？」

對於蕭筱的話，溫阮自己也深以為然。以她懶散的性子，薛太傅會被她給氣到是無疑的，所以，她覺得還是先打聽好，也有個心理準備。

許是沒料到溫阮會突然喚他師兄吧，蕭澤的神情微微怔了一下，不過很快便回過神來，眼底染滿輕柔。

「會。老師生氣時，會讓人默書、抄書、寫大字，有時候，還會有戒尺、面壁思過等懲罰。」

聞言，溫阮呆若木雞。這麼嚴厲的懲罰，她突然覺得未來堪憂啊怎麼辦？還有，溫阮不敢苟同地看向蕭澤，他怎麼能用這麼溫柔的語氣，說出這般凶殘的話啊？他難道不知道，這樣只會讓人更加毛骨悚然嗎？

「那師兄，你受過哪些懲罰啊？」溫阮抱著交流的心態，虛心詢問道。

蕭澤頓了一下。「至今還未受過懲罰。」

聞言，溫阮立即換上一副「原來如此」的表情。「呼……那就好！我就說嘛，哪能真的罰啊？估摸著老師定這些懲罰，肯定都是震懾人用的，我懂我懂！」

看到溫阮小臉上「劫後餘生」的神情時，蕭澤欲言又止了一會兒，最終還是決定據實相告。

「不是，我見過旁人受罰，戒尺把手掌心打腫了好高。」蕭澤頓了一下，說道：「據說，那人的手半個月都未好全。」

聞言，溫阮瞪大雙眼，下意識把雙手避到了身後，喏喏地問道：「那、那你怎麼沒受罰過？」

蕭澤淺笑道：「我沒犯過錯，老師自然不會懲罰。所以，師妹也不用太擔心，只要不犯錯，便無礙。」

哦，原來是別人家的孩子啊！老師眼中的好學生，又怎麼會受罰呢？

「呵呵，這個貌似對我來說有點難度啊……」溫阮非常有自知之明，若讓她一板一眼地做個「好學生」，估計有點困難啊！「主要是，我一看到書就犯睏，強忍一時還行，但若一直忍著，那是肯定忍不住的，所以，我以後只能祈禱犯錯的時候不要被老師逮到了就行。」

不犯錯太難了，所以，溫阮覺得她還是好好想想，闖禍了怎麼能遮掩不被發現吧，這個相較來說，會稍微容易點。

「這簡單啊，日後讓小澤幫妳一起遮掩，若實在遮不住的話，妳直接甩鍋給他不就行了嘛！」蕭筱爽快地說道。

眾人。「……」這是親姊嗎？怕不是撿的吧？蕭筱這坑起弟弟來，倒是坑得挺順手的。

「這個……不好吧？」溫阮面上猶猶豫豫，心裡卻蠢蠢欲動。

自己闖禍了甩鍋給蕭澤這種事，溫阮自覺還沒這麼厚臉皮。不過，讓他幫忙遮掩還是可行的，主要是蕭澤沒有黑歷史，屆時薛太傅肯定信任他多一些，這樣瞞天過海什麼的那可就容易很多啊！

看到溫阮一臉期待的樣子，蕭澤猶豫了一下，說道：「我可以監督妳，不讓妳闖禍。」

嘖，本想找個幫凶的，誰知還給自己找到了監督者，可真棒！溫阮職業假笑。

不過想來也是，像蕭澤這種循規蹈矩的好好學生，如果真被她給帶壞了，溫阮光是想想都覺得有點小小的罪惡感啊！

「監督什麼啊？小澤，不是我說你，阮阮除了是你師妹外，也算是你妹妹了吧？師兄或哥哥護著妹妹不是應該的嗎？你就是太呆板了，有些規矩定了就是為了打破的，禍偶爾還是要闖一下！我覺得阮阮的性子就挺好的，多活潑啊！你跟著她多學學，不然書都讀傻了！」蕭筱不贊同地看著蕭澤。

溫阮轉頭看向蕭筱，瞬間星星眼，大嫂和她簡直是不謀而合啊！若是生活完全按照教條活著，那有多無趣？偶爾隨心所欲的叛逆一下，也不啻是個好選擇。

「就這麼說定了！阮阮，下次在薛太傅那裡闖禍了，直接找小澤就行。妳帶著他闖點禍也好，不然他整日這樣板板正正的多無趣！」

「好，大嫂放心，交給我了！」溫阮拍了拍小胸脯，保證道。

其他人。「……」

說好的罪惡感呢？此時的溫阮表示：罪惡感是什麼？我不認識它！

第十八章

因要給蕭澤檢查腿疾，溫阮便帶著蕭筱和蕭澤兩人來到了製藥房。按溫阮的要求，小廝把蕭澤攙扶到了這屋內唯一的軟榻上，蕭澤半躺靠床沿坐著，以方便查看他腿上的情況。

「師兄，我需要看一看你雙腿的具體情況，你褲子直接撩到大腿處，把兩條腿都露出來吧！」

溫阮一個現代人的靈魂，自然不會覺得這樣有何不妥之處，但對於蕭澤一個循規蹈矩的古人，一聽要在眾人面前寬衣解帶，耳後根驀地就紅了。

蕭澤有些為難地看向蕭筱。

蕭筱也有些尷尬，但她也知道病不忌醫的道理，遂說道：「小澤，阮阮是醫者，那些男女有別的禮節教條都可以暫時拋開，你就按她說的做吧。」

溫阮剛剛說完話，便直接轉身去拿醫藥箱了，自是沒有注意到蕭澤的不自在，可聽到蕭筱的話後，便下意識扭頭看向了蕭澤，只見他臉上漫起一層紅暈，耳根更是紅得不像話。

見狀，溫阮心裡不禁一樂，她這個師兄太有意思了，一個男子臉皮竟然這般薄，這也就是在古代有父母之命、媒妁之言，要給他放現代，能追得到媳婦嗎？

不過，看到那張過於俊朗的容顏時，溫阮又覺得自己多慮了，就蕭澤這長相，不管在哪裡，怕都有得是姑娘倒追吧？

「師兄，大嫂說得對，我是醫者，平日裡不需講究這些的，你也不用有什麼負擔，就只把我當成一個普通的醫者即可。」溫阮笑吟吟地說道。「但如果你實在放不下的話，你就想想男女七歲大防，而我現在還未滿七歲，所以嚴格來說，我現在還不分男女，這麼一想是不是就好多了啊？」

蕭澤聽到溫阮的話，頓時哭笑不得。什麼叫不分男女？哪有人這麼說自己的啊！但不得不說，他原本有些不自在的情緒，在溫阮這番插科打諢下，確實消散了不少。

最終，蕭澤還是按溫阮的要求，把褲子撩到了大腿處，只是在露出長年不良於行的雙腿時，蕭澤臉上劃過一絲難堪之色。

溫阮假裝沒看到，直接移開了視線。她知道，對於一個雙腿不能行走之人，把雙腿示於人前是需要很大勇氣的。

不要輕易去觸碰別人心底的傷，即便出發點是好意。這個道理，溫阮一直都懂。

「你的雙腿是有大夫定期按摩嗎？」溫阮問道。

看到蕭澤雙腿的第一眼，溫阮其實還是有些意外的，她原本以為，像他這種先天性腿疾，怕是腿部的肌肉萎縮會很嚴重。

只是，如今一瞧，卻比想像中好太多了，所以很大的可能是，蕭澤的雙腿一直都有大夫按摩，疏通血脈。

「對啊，府上有個大夫，每日都會幫著小澤按摩腿部，他說這樣對小澤的腿有好處。怎麼了，阮阮？是這個大夫有什麼問題嗎？」蕭筱不禁想得有點遠，以為大夫被人收買了。

溫阮搖了搖頭。「沒有。大嫂，這個大夫說的沒錯，每日按摩腿部，有利於血液流通，確實有好處。」

溫阮說的這些，蕭筱半懂不懂，但只要知道沒有問題，她就放心了。

話落，溫阮拿出銀針，試著刺了蕭澤腿上的一些穴道，但他都毫無知覺。一圈下來後，她意識到，情況似乎頗為不樂觀。

溫阮眉頭微皺，又拿出醫用小木錘敲打蕭澤的各個關節處，終於在敲踝骨處時，有了些許反應。

「這裡是有什麼感覺嗎？」溫阮忙抬頭看向蕭澤，問道。

蕭澤臉上明顯也很意外，要知道，他的腿部以往無論如何敲打，從來都沒有絲毫感覺的，可就在剛剛，他的腿竟然有了反應。

「有些麻，還有點刺痛感。」蕭澤眼裡逸出一絲期待，看向溫阮。

溫阮再次敲了一下剛剛的踝骨處，只是這次蕭澤卻衝她搖搖頭。她不死心地又拿來銀針刺了一下附近的穴位處，但都沒有反應。

蕭澤眼底的那抹光逐漸暗淡，又變回平日裡那副不悲不喜的樣子。

溫阮在心裡嘆了口氣，她自是明白蕭澤的期待，只是，通過剛剛的檢查後她可以確定，蕭澤的情況真的不太樂觀，說實話，她也沒有很大的把握能治癒。而且，很大的可能是努力治療了很久，仍沒有任何好轉。

看著蕭澤的樣子，她是真的不太忍心摧毀少年心裡的希望。

但作為醫者，她有責任把患者真實的情況據實以告。「大嫂，師兄的腿很麻煩，我也沒有太大的把握能治好，但我願意竭盡全力一試，讓師兄有機會站起來。可是，這個過程可能會很痛苦、很煎熬，當然，也有可能最後還是一無所獲。所以，治還是不治，最後的決定權還是要交給師兄。」

話落，屋內一片靜默，溫阮和蕭筱同時看向蕭澤，似是都在等著他的決定。

按蕭筱的意思，她還是願意讓蕭澤配合溫阮試一試的，畢竟，去嘗試才會有希望。

但蕭筱也知道，蕭澤自幼被腿疾所困，經歷了無數次希望之後的絕望，那種痛苦他承受太多了，所以，這個決定只能由他自己來作。

蕭澤低垂著雙眸，讓人看不出情緒，許久後，他抬眸看向溫阮，仍舊笑著，眉眼溫和。「無事，那我們便竭盡全力再試一次吧。」

作這個決定對於蕭澤來說很不容易，日積月累的失望後，他對「試」這個字已經非常排斥了，只是，不知為何，當溫阮說出願竭盡全力一試時，他突然就不忍心拒絕她，突然覺得「試」這個字似乎不再這麼討厭了。

可能是剛剛敲擊他腿部時產生的微弱反應，還是讓他生出了一絲絲希望吧？

溫阮是個雷厲風行的性子，既然決定要治療，便擇日不如撞日，立刻著手安排起來。

她列了個藥單子，交代下人去藥館抓藥，然後自己則準備先給蕭澤的雙腿施針，疏通一下，讓血液流通。

等下人抓完藥回來，溫阮正好也施針完成了。

她又吩咐人搬來了兩個木桶，把一些藥材碾碎後做了個藥包放進木桶裡，然後再注入熱水，讓蕭澤把半截小腿放進去。

「這個要泡上半個時辰才行，你要盯著點。還有，記得要不時地添上點熱水。」溫阮同蕭澤的小廝囑咐道。

吩咐完小廝後，溫阮又看向蕭澤，說道：「師兄，軒軒他們還在等著我，我先過去看看哈，有什麼事你讓小廝去喚我。」

蕭澤微微頷首，輕笑道：「師妹去吧，我無事。」

看著面前這個端莊文雅、溫和有禮的少年，溫阮不得不再次感慨，不愧是溫柔到骨子裡的人，相處起來就是讓人覺得舒服。

當溫阮重新來到廳堂時，溫嵐和蕭筱已經離開了，只留下瑞瑞、軒軒還有齊令羽三個小團子，他們非要在這裡等溫阮。

所幸三隻小團子都比較懂事，知道溫阮有事要忙，都乖乖地等在屋子裡，沒有去打擾她。

溫阮進來時，三隻正在吃點心，看到她後，忙爭先恐後地跑過來。

「姑姑，瑞瑞想吃馬鈴薯泥！」瑞瑞小團子討好地拉著溫阮的手。

溫阮點了點他的小鼻子，怪不得這小傢伙能等這麼久呢！吃貨本性完全暴露出來了。

而此時，齊令羽也有些不好意思地說道：「表姊，妳那日說的炸雞，今日能做嗎？」

看到瑞瑞和齊令羽都提要求了，軒軒也不甘落後，但他卻不知道要點什麼，於是只能嚷嚷道：「姊姊，我也吃、我也吃！」

溫阮自是不會拒絕，親自去廚房吩咐了廚娘，讓她們先把做馬鈴薯泥和炸雞的食材準備好，同時也把午膳的菜單定了一下。

今日三小隻定是要在她這裡用午膳了，還有蕭澤，等他治療結束，正好也能趕上午膳，那便一起備著吧！

在廚房交代完出來後，溫阮重新回到了廳室，幾人大眼瞪小眼了一會兒，然後，她靈機一動，便充當起了孩子王的角色，帶著三個小朋友在院子中玩起了老鷹捉小雞的遊戲。

很快地，汀蘭苑裡傳出了歡呼聲，遠遠聽著，好不熱鬧的樣子。

溫阮陪他們玩了幾輪後，估算著廚房那邊應該準備得差不多了，於是便喚來幾個丫鬟，讓她們陪幾個小傢伙玩，她要去廚房看看。

只是，正當溫阮走到廚房門口時，院門口突然傳來一陣動靜，她扭頭看過去，正巧看到三哥快步朝著她的方向走過來。

而溫浩輝的身後竟然還跟著一串人，除了溫阮的另外兩個哥哥外，她太子表哥和墨逸辰也赫然在列。

「妹妹，今日午膳我要在妳院裡用，妳給三哥做點好吃的唄！」

看到眾人，溫阮頗有些意外，乖巧地打完招呼後，不禁問道：「你們怎麼過來了？是有什麼事嗎？」

特別是墨逸辰，溫阮非常佩服地看了他一眼，他竟然還敢隻身登溫甯侯府的門，果然勇氣可嘉啊！

那日宮宴上，墨逸辰先斬後奏地拿她做擋箭牌後，他就榮升成了溫甯侯府第一不待見之人。雖然事情的各種緣由，墨逸辰也親自上門解釋了，奈何大家理解歸理解，但就是不待見又有何法？

所以，今日墨逸辰登門，估計又少不了挨白眼吧？特別是她祖父，那小暴脾氣一上來，哪還管什麼登門是客的道理，懟人絕對沒得商量！

墨逸辰自是沒有錯過溫阮同情的目光，頗為無奈地衝著她笑了笑。唉，他確實都快被溫甯侯府眾人針對得沒脾氣了。

不過，他今日來溫甯侯府確實是有要事，之前說要給西北軍供藥之事，他私下裡同太子已基本上達成了共識，只是此事還牽扯到溫甯侯府，趙卓煜非要讓他親自登門來一趟。

本來墨逸辰覺得有些奇怪，這些事趙卓煜應是能作主才是，但有些事自己也不好探測，遂將信將疑地同他來了這一趟。

來到溫甯侯府後，墨逸辰才恍然大悟，趙卓煜哪裡是作不得主？分明就是故意想看他笑話罷了！想到今日老侯爺他們找他各種麻煩時，趙卓煜在旁邊那副幸災樂禍的嘴臉，墨逸辰不禁默默在心裡為趙卓煜記上了一筆。

「遠遠聽到表妹院裡這般熱鬧，正巧我們路過，便想著也過來瞧一瞧。」趙卓煜笑著說道。

溫阮「喔」了一聲。「那你們隨便瞧、隨便看吧，我先去給瑞瑞他們做些吃食，他們都等好久了呢！」

來的都是自己人，溫阮自然不會客套地要招待他們什麼的，再說了，還有她大哥在呢，她就不費這個心了。

「對了，除了三哥外，你們還有誰要留下用膳？」不問清楚，溫阮不好安排午膳。

「剛好今日無事，我自是要留在表妹這裡用膳的。上次吃過一次後，我已經心心念念很久了。」趙卓煜連忙表態。

「太子表哥，你何時吃過我院裡的膳食啊？」溫阮不禁有些疑惑，她記得太子表哥好像沒在她這裡用過膳吧？

趙卓煜笑著回道：「是表妹給舅舅送膳食的那次，正好那日我也在，舅舅便請我一起用了些。」

溫浩然聞言，別有深意地瞥了趙卓煜一眼，心裡不禁腹誹：若沒記錯，那次爹還同我抱怨過，說是妹妹給他送的吃食被人搶了，這會兒又何談爹主動請人吃的道理？

趙卓煜此時可不知溫浩然心中所想，他正在暗暗地想著要怎麼把墨逸辰給送走呢！他自己蹭飯可以，誰讓溫阮是自己的表妹呢？可卻絕對不能便宜了墨逸辰！畢竟，在溫阮這件事上不待見墨逸辰，他和外祖父他們都是統一戰線的。

「逸辰還有事，應是不能留下用膳，表妹便不要管他了。」趙卓煜又補充道。

溫家三兄弟也在一旁紛紛附和，那副急著送客的樣子簡直讓人不忍直視。

墨逸辰。「……」

溫阮忍不住扶額，在心裡默默心疼了墨逸辰幾秒，不過，她也覺得墨逸辰還是趁早離開的好，這樣至少就不用再遭到眾人圍攻了不是？

「那好吧，逸辰哥哥既然有事——」只是，溫阮話還未說完，便被墨逸辰打斷了。

「無事，吃頓午膳的功夫還是有的。阮阮，妳上次在齊林縣城做的那道黃燜雞，不知今日可否再做一次？」

他還點菜了？其他幾人紛紛瞪向墨逸辰。

溫阮一愣，點了點頭，這黃燜雞本就不是一道麻煩的菜，倒是可以做，只是……

看到溫阮點頭，墨逸辰對那些警告的眼神視若無睹，從容不迫地說道：「好，那就麻煩阮阮了。」

「……」看了眼風輕雲淡的墨逸辰，又看了眼怒火中燒的其他人，溫阮覺得，勸人這種事她不太擅長，還是先撤離這個是非之地比較好！

於是，溫阮火速把接下來的招待事宜委託給溫浩然，自己躲進了廚房，準備午膳去了。

在小廚房裡溜達了一圈，溫阮在已有的菜單上又添了些菜，老規矩，溫阮定了午膳的菜單後，便吩咐廚娘們準備了起來，這些菜之前廚娘都做過，溫阮倒是不用太操心。

廚房這邊一切正有序地進行著，菜一道道出鍋，溫阮讓丫鬟們陸續端進廳室，而她自己突然想給小團子們再準備一些吃食，特別是軒軒小朋友，今日特意來看她，定要好好款待一番才是。

小孩子喜甜食，於是，溫阮做了南瓜羹，甜甜糯糯的，最招小朋友喜歡了。然後她又做了個厚蛋燒、雞蛋小蝦餅、蔬菜丸子，再配上瑞瑞點的馬鈴薯泥和齊令羽想吃的炸雞，一頓營養又不失美味的兒童套餐就完成了。

溫阮心滿意足地離開了廚房，當來到廳室後，發現大家竟然都在，連蕭澤也從製藥室那邊過來了。

「師兄，你感覺怎麼樣？有沒有覺得哪裡不適？」溫阮先來到蕭澤身旁，關心地問道。

蕭澤輕笑著搖搖頭。「沒有，師妹放心。」

自溫阮進來後，墨逸辰的目光就一直在她身上，自是沒有錯過她與蕭澤兩人之間的互動，不知為何，他莫名覺得礙眼得緊。

還有，墨逸辰睨了一眼溫家三兄弟，覺得他們就是睜眼瞎，也不知平日裡盯著他的那股子勁哪兒去了？怎麼這會兒就不知道要看著自家妹妹了啊？

「阮阮。」墨逸辰起身走到溫阮身旁，出聲喚道。

溫阮扭過頭，不解地看向墨逸辰。「逸辰哥哥，怎麼了？」

墨逸辰回道：「沒什麼，就是剛剛聽說妳拜在薛太傅門下了，怎麼之前沒聽妳提過？」

「喔，那個啊，我之前把這事給忘了，還是今日師兄提起，我才想起來的。」在墨逸辰面前，溫阮覺得也沒什麼好隱瞞的，便徑直說出了緣由。

「我妹妹拜在誰門下，關你什麼事？為什麼要告訴你啊？」一旁的溫浩輝聽到墨逸辰的話，頓時不樂意了，直接就懟了回去。

墨逸辰一噎，淡淡瞥了眼溫浩輝，心道，果然是個瞎的，該防的人不防，防他有什麼用？

看到這劍拔弩張的氣氛，溫阮不敢再耽擱，連忙招呼眾人上桌吃飯。不是說美食能治癒一切嗎？溫阮倒不求能治癒什麼，只希望能堵上他們的嘴就好。

還好，看著滿桌豐盛的飯菜，眾人上桌後倒是滿和諧的，主要是都吃得津津有味，顯然顧不上其他的事了。

一頓飯，大家吃得心滿意足。

幾小隻更是吃得滿嘴油，撐了還捨不得放下筷子。

特別是軒軒小朋友，眼巴巴地看著桌上的飯菜，一臉糾結的小模樣，煞是可愛。

「軒軒，吃飽了就別吃了，不然會撐壞的喔！」溫阮提醒道。

軒軒小團子有點為難。「可是，姊姊……」

看著欲言又止的小團子，溫阮豈會不知他的心思？「放心吧，姊姊讓廚房另外做了一些點心和吃食，待你走的時候，會給你帶回府裡吃的。」

除了些吃食外，溫阮還讓丫鬟把她前段時間做的藥酒拿兩罈出來，等軒軒回去的時候，讓人一同送去給薛太傅，怎麼說也是自己的老師，她也是該表示一下心意的。

軒軒一聽還有得拿，頓時不糾結了，爽快地放下了筷子。

「師兄，我也給你備了些點心，待會兒你別忘了讓小廝拿著。」蕭澤第一次登門，又是自己的師兄，所以溫阮也讓人替他備了一份。

蕭澤倒也沒拒絕，笑著應了下來。「那便多謝師妹了。」

溫阮擺了擺手，示意他不用客氣，只是，當她對上墨逸辰和趙卓煜兩人渴望的目光時，不禁一愣，呃……他們這是也想要的意思？

「逸辰哥哥，玄武不是說你不喜歡吃點心嗎？還有，太子表哥，我記得當時學宮中禮儀時，嬤嬤好像說過，宮外的東西帶進宮裡怕是會不方便吧？」溫阮不確定地說道。

聞言，趙卓煜一本正經道：「我從來沒有聽說過，肯定是那個嬤嬤記錯了，所以，表妹不用有這方面的顧慮。」

「我也是，玄武向來喜歡胡說八道，阮阮不用理會。」墨逸辰也面不改色地說道。

溫阮。「……」

不知不覺間，溫阮來到京都府已數月有餘，一切似乎都在有條不紊地進行著，她也漸漸習慣了每日去書院進學的生活。

薛太傅果然如蕭澤所說那般，非常嚴厲，會給她留做不完的課業，還會不定期檢查她默書，若稍有懈怠，他老人家懲罰起來也是毫不手軟，為此溫阮苦不堪言。

所幸蕭澤在幾次被迫幫她後，現已徹底成了她的幫凶，這也大大降低了她被懲罰的頻率。

而蕭澤的腿，溫阮會定期幫他治療，雖然收效甚微，但可喜可賀的是，給他施針時，蕭澤偶爾也能感覺到一絲絲刺痛感，這是個好現象，溫阮相信假以時日，他的雙腿定能恢復知覺，只是，這個時間可能很長，但有希望總是好的。

還有，這段時日裡，值得一提的是，趙卓煜已成功接手了影衛軍，溫浩傑也進到了影衛軍歷練，當然，對外統一口徑，都說溫浩傑是出去遊歷了，歸期未定。

溫浩輝在城郊製作藥妝的作坊也已落成，買了一批人已經開始投入生產。而鋪子方面，用的是溫嵐的陪嫁鋪面，算是她的入股，分她兩成利，這也是溫浩輝同溫阮商量後決定的，兩人自是有幫著他們小姑母的意思。

當然，溫嵐心裡也是清楚這筆買賣的前景，所以一開始她是怎麼都不同意的，覺得自己是在占晚輩的便宜，最後還是由溫阮的便宜爹爹出面才說服了溫嵐。反正不知道過程是怎樣的，結果就是溫嵐紅著眼應了下來。

至於在夏祁國各地開醫館和製藥坊的事，實際情況溫阮也不清楚，都是趙卓煜和她爹在負責。前段日子，他們找她要了一些常用藥的藥方子，其中就包括供給西北軍的消炎止血的藥方子，說是製藥坊那邊已經開始運作了。

另外，趙卓煜在京郊的一處莊子裡，找了一批無父無母的孤兒，簽下了死契，準備開始教他們辨識草藥、學習醫理，為以後在各地開醫館做準備。

大家都覺得溫阮年紀尚小，不忍她累到，便請了幾位醫術還不錯的大夫，在莊子裡教那些孩子們學習基本的醫理。當然，溫阮也會定期過去傳授醫術，偶爾指導一下那些授學的大夫，整體來說，還算輕鬆。

無論是醫館還是製藥坊，均單獨以溫阮的名義立了份協議，給了她三成的股。起初溫阮覺得沒必要單獨給她，但老侯爺和趙卓煜卻非常堅持，說這以後是溫阮的私產，也是她應得的。無法，溫阮只能接受他們的好意，反正在她看來，什麼都沒有一家人和和睦睦重要。

夏末秋初之時，也即將迎來溫阮的七歲生日，這是她回到京都府後的第一個生辰，原本按老侯爺的意思，那是要大辦特辦的，就怕委屈了自家的寶貝孫女。

只是溫阮不想破壞溫甯侯府一貫低調行事的風格，就怕徒然引來太多的關注，給溫甯侯府和她太子表哥帶來麻煩。畢竟，近期他們的動作頗為頻繁，萬一在此時露出些許馬腳，那可就得不償失了。

所以，溫阮以一己之力，通過撒嬌、耍賴外加賣萌的技能，才險險打消了眾人要給她大辦生辰宴的念頭，最後決定辦成一場家宴。

在生辰家宴前幾日，墨逸辰突然來了侯府，說是他娘想要見見溫阮。

溫甯侯府眾人聞言，自是沒有拒絕的道理。

按理說，墨逸辰的娘本就與溫阮的美人娘親是閨中密友，溫阮早該上門拜訪才是，可是，因為鎮國公府的一些私事，墨逸辰的娘這些年一直住在京郊的慧清庵，平日裡根本不見任何人，所以，這一次她突然提出要見溫阮，眾人也有些意外。

這一日，墨逸辰早早來到了溫甯侯府，待接上溫阮後，便徑直趕向城郊外的慧清庵。

慧清庵，是京郊最大的一座尼姑庵，平日裡世家貴族的夫人們會過去供奉些香火，許願祈福什麼的。當然，這尼姑庵的後院，也設有專門的院落，供貴族夫人、小姐偶爾清修養心之用，而墨逸辰的娘，便是長年在此處清修。

來之前，美人娘親也同溫阮講了一些關於鎮國公府的事。墨逸辰的娘，也就是鎮國公府的夫人，之所以長年居住在這慧清庵，箇中緣由讓溫阮唏噓不已。

原來，墨逸辰的爹和娘自幼便是青梅竹馬，兩人感情頗深，即便是墨逸辰的娘生他時傷了身子，很難再有孕，墨逸辰的爹也沒有納妾，在這京都府也算是一樁被人津津樂道的美談了。

不過，就在三年前，突然有一女子上門，說自己是鎮國公的女人，而且還帶了個兒子，看年歲這孩子竟然和墨逸辰相仿，當時眾人的第一反應是——假的。而墨逸辰的娘也是這樣認為，畢竟夫妻兩人這些年的情分可做不了假，她怎麼也不相信，她的夫君會背叛她。

但出乎所有人的預料，鎮國公卻出面承認了此事，且認下了這對母子！據知情人士透露，原來這對母子竟是鎮國公養了多年的外室，而現在孩子大了，這外室不忍自己的兒子頂著不明不白的身分，於是便私自登了鎮國公府的門，求鎮國公夫人給她一個名分。

就這樣，關於鎮國公夫婦伉儷情深的美談也破滅了。有人說是鎮國公夫人善妒，不讓鎮國公納妾，鎮國公無法，才偷偷在外面養起了外室；也有的說，這外室才是鎮國公心尖上的人，只是礙於門第，無法娶進門，鎮國公又不忍她在府內為妾，受著鎮國公夫人的搓磨，所以才一直養在外面。

一時之間，京都府內流言四起。不久之後，鎮國公夫人便搬離了這鎮國公府，長期居住在京郊的慧清庵清修。

眾人紛紛猜測，怕是鎮國公夫人要給這外室讓位置了，而這也坐實了外室才是鎮國公真愛的流言。甚至有人說，墨逸辰的世子之位估計也保不住了。

當然了，無論外界如何眾說紛紜，鎮國公府都未曾透露出半點風聲，這些年來，墨逸辰依然是鎮國公府的世子。

而溫阮的娘同墨逸辰的娘是閨中密友，自是知道事實並非外界所傳那樣，這對母子的確被鎮國公養在外面多年，但並非是什麼外室，更談不上是被他放在心尖上的人。

原來，當年鎮國公夫妻成親不久，鎮國公夫人剛懷上墨逸辰，一次鎮國公外出辦事時，被人給下了藥，陰差陽錯下同一名女子共度了一夜，然後墨逸辰便有了小他幾個月的庶弟。

鎮國公是真的很愛鎮國公夫人，因此得知自己犯下錯後便後悔莫及，只是錯誤已經造成，他也只能儘量彌補。

那時鎮國公夫人正懷著墨逸辰，他自是不敢刺激她，再加上他瞭解自己夫人的脾氣，怕是知道這件事後，定不會原諒他的，鬧不好還會同他和離。但他同時又覺得這名女子也是無辜的，所以便偷偷把這名女子養在了外面。然後，這事一瞞就是這麼多年，直到這女子帶著兒子登上鎮國公府門的那一日，才被挑破。

這件事後，雖然墨逸辰的娘很氣他爹的背叛，但她也深知他當時是被人下了藥，並非本意，所以，傷心之餘倒也是接受了這外室，把她納進了門，給了他們母子一個名分。

只是，這件事終究還是在夫妻兩人心裡留下了芥蒂。而就在墨逸辰的爹娘鬧彆扭的這段時間，這位妾室卻也不簡單，仗著墨逸辰的爹對她的愧疚之情，挑撥離間、陷害栽贓，無所不用其極，總而言之，鎮國公府一貫和睦的後宅一時之間雞飛狗跳。

可能男人真的都是睜眼瞎吧，明明在女人看來非常低劣的伎倆，卻能成功地勾起男人的保護慾及愧疚心。就這樣，一次又一次，鎮國公夫婦兩人鬧得不可開交，直到有一次，鎮國公竟然夜宿在那名妾室的房裡，鎮國公夫人直接就死心了。

那一次她沒哭沒鬧，對著匆忙趕過來解釋的鎮國公說了句「死生不復相見」後，便直接搬去了慧清庵。

後來，還是墨逸辰趕回了京都府，用雷霆手段揭露了這妾室的真面目。鎮國公後悔莫及，但無論他如何做，都於事無補了。

似是真的被傷透了心，墨逸辰的娘自搬進了慧清庵後，誰都不見，甚至連墨逸辰每次去見她，都是隔著門聊上幾句而已。如今算起來，墨逸辰也已經很久沒見過他娘了。

「那個，逸辰哥哥，你還好嗎？」自從上了馬車後，溫阮便發現墨逸辰一直心不在焉，遂才出言詢問他。

墨逸辰一怔，對上溫阮略帶擔憂的目光，他伸手揉了揉她的腦袋，扯了扯嘴角，安撫道：「放心，我沒事。」

溫阮張了張嘴，終是什麼也沒說。非局中人，談何感同身受？而若無感同身受，那所有的語言都只會顯得蒼白無力罷了，所以說或不說，又有何區別呢？

馬車行駛在京郊的路上，一路平穩順暢，很快便來到了慧清庵。

仰頭看著門口的牌匾，溫阮不禁感慨，真不愧是京都府最大的尼姑庵，遠遠瞧著香火很足啊，平日定是少不了人供奉。

墨逸辰讓小廝往庵裡遞了府牌，很快便有一個尼姑裝扮的小師太，帶著他們繞過大半個慧清庵，最終來到一個僻靜的院落前。

小師太敲了敲門，半晌後，一個嬤嬤來開了門，當她看到墨逸辰時，臉上明顯一喜。「世子，您到了。」然後，她又看向一旁的溫阮，笑著說道：「這就是溫甯侯府的小姐吧？夫人已經等候你們多時，趕緊進來吧！」

溫阮和墨逸辰跟著嬤嬤進了院子，來到一間屋子前。

嬤嬤轉身對墨逸辰說：「世子，夫人交代，只讓溫小姐一個人進去。」

墨逸辰和溫阮均是一怔，兩人對視了一眼後，都從對方眼中看到了意外之色，畢竟兩人來之前，都已經做好了只在門口說說話的準備了，沒想到，溫阮竟然還可以進去。

臨進去之前，溫阮的手突然被墨逸辰拉住，她轉過身便看到墨逸辰眼裡的緊張之色，溫阮先是一愣，隨後秒懂，衝著他點了點頭，才跟著嬤嬤進了屋子。

其實，墨逸辰的意思很好理解，無非就是想讓溫阮幫著看看鎮國公夫人的情況，看看她過得好不好、身體怎麼樣之類的，而這些，溫阮自然不會拒絕。

進到屋子裡後，嬤嬤隨手便把房門給關上，屋內瞬間變得有些暗。

「溫小姐，夫人就在裡面，您直接進去就行，老奴在外面守著。」嬤嬤指著裡間的方向，同溫阮說道。

溫阮微微福身。「多謝嬤嬤。」

話落，溫阮便徑直走了過去，進去後才發現，原來這是一間簡易的禪室，不知道供在上面的是什麼菩薩，而案臺下面放有香爐，香爐中的香仍未燃盡，一縷縷青煙緩緩升起，向四處飄散，屋內瀰漫著幽香。

「妳就是阮阮吧？」

溫阮的身後傳來一個女子的聲音，語氣溫和輕柔。

聞聲，溫阮轉過身去，映入眼簾的是一個容貌出挑、氣質典雅的素衣女子，細瞧之下，五官與墨逸辰有幾分神似，溫阮想，是鎮國公夫人無疑了。

「阮阮見過柔姨。」溫阮俯身行禮。來之前美人娘親交代過，以兩人閨密的交情，讓溫阮喚鎮國公夫人柔姨，這樣才不顯得生分。

鎮國公夫人上前扶起了溫阮，有些感慨道：「小丫頭竟長得這般大了，記得當時妳出生那會兒，我見妳之時，妳尚在襁褓之中，如今一見，竟都出落成小姑娘了。」

聞言，溫阮仰著小腦袋，甜甜地笑著，模樣甚是乖巧。

鎮國公夫人上下打量溫阮好一會兒，臉上頗有些欣慰之色。「當年我和妳娘都心心念念，希望能有個貼心的小棉襖，如今瞧來，還是妳娘有福氣啊！」

「逸辰哥哥也是很好的，我娘也經常誇他年輕有為呢！」溫阮仗著年紀小，又故作好奇地問道：「可是，柔姨，您為什麼不見逸辰哥哥呀？他就在外面，阮阮看得出來，他真的很想見您喔！」

聞言，鎮國公夫人臉上的笑似是淡了些，思索了片刻後，說道：「阮阮，柔姨還有些事情沒想明白，所以，暫時還不能見妳逸辰哥哥。」

溫阮忍不住在心裡嘆了口氣，其實柔姨的心結她大概也能猜到一些，若鎮國公一開始沒有輕易許諾一生一世一雙人，也許待事情發生的那一刻，柔姨便不會傷得這麼深吧？

當時有多愛，受到背叛時便有多失望。

「柔姨，我娘也很想您，說過段時間就過來，陪您住些日子。」溫阮也是剛知道，原來美人娘親以往每隔一些日子，便會來這慧清庵小住上幾日，由此可見，這對閨密的感情確實頗好。

「小丫頭，回去告訴妳娘，讓她別折騰了，我在這裡住得很好，不用牽掛。」鎮國公夫人自然知道好友的用意，哪次過來不都是要開解她一番，希望她能早日放下，開始新的生活？

只是，道理她都懂，但有些事情卻很難輕易放下。她之所以不敢見墨逸辰，也是怕自己一時心軟回去了，可是，現在她仍然沒有放下對感情的執念，若是回去了，折磨自己的同時，又何嘗不是在折磨身邊的人？索性還不如在庵裡待著的好。

從慧清庵出來後，溫阮和墨逸辰便直接趕回了城內。

馬車裡，墨逸辰看著溫阮，欲言又止，一副想問什麼，卻又好像不知道要從何開口的樣子。

見狀，溫阮出聲安撫道：「逸辰哥哥，剛剛在屋裡，我趁柔姨沒注意，偷偷替她診了脈，從脈象看來，她的身子沒什麼問題，你就放心吧。」

為了讓墨逸辰安心，溫阮在同鎮國公夫人聊天時，一直在暗中查看她身體的狀況，除了長期茹素有點營養不良外，並沒什麼大毛病，身子還算健朗。

墨逸辰聞言，臉上明顯一鬆，感激地看向溫阮。「阮阮，謝謝妳。」

這幾年，他娘不見他，他最擔心的就是他娘的身子，而溫阮的醫術墨逸辰自是信服的，今日有她這句話，他自是放心多了。

「那個……逸辰哥哥，你是不是沒有同柔姨說清楚咱們婚約的內情啊？她好像有些誤會了。」溫阮不知道墨逸辰是怎麼說的，柔姨貌似是把這樁婚約當真了。

說實話，這讓溫阮不禁有些囧，原本以為今日是來拜訪一位長輩的，但不知為何，整個過程中總有種見未來婆婆的感覺。

墨逸辰雙眉微皺，不解地看向溫阮。「怎麼說？」

溫阮頓了頓，從懷裡掏出了一個翡翠玉鐲，遞到墨逸辰面前。「這是柔姨硬塞給我的，說這是你們府上傳給兒媳婦的信物，我也同她說了咱們婚約的事，但她好像沒聽進去，你還是找個機會再同她解釋解釋吧。還有，這個鐲子還給你，這麼有意義的東西，等日後你遇見了心儀的女子，可以送給她呢！」這翡翠玉鐲一看便知價值不菲，是難得一見的極品，這種東西怕是放在誰家，都是當作傳家寶的存在吧？

看到溫阮手上的鐲子，墨逸辰也是一愣。「我娘給妳的，妳就拿著吧，放我這裡也沒什麼用，估計日後也用不上。」

這鐲子墨逸辰還有些印象，記得是他祖母在世時給他母親的，只是那時他尚且年幼，自是不知這鐲子還有這種說法。

在墨逸辰看來，這就是一個普通的鐲子，既然他娘給了溫阮，那她拿著就是了。至於溫阮所說的心儀女子，墨逸辰更是沒當回事，或者說，他至今都未曾想過會有這麼一個人出現。

什麼叫用不上？溫阮滿臉不贊同地看向墨逸辰。「怎麼會用不上啊？逸辰哥哥，你對自己要有信心，你長得這麼好看，還這麼會照顧人，日後定會遇到一個你喜歡，也喜歡你的姑娘，到時候這鐲子不就用上了嘛！還有，我跟你說啊，女孩子最喜歡這種首飾了，以後你要是遇到心儀的姑娘，多送她首飾，定能討她歡心的，你相信我肯定沒錯！」

溫阮也是操碎了心，就怕他到時候討不上媳婦，豈不是白費他長了這麼張臉？那簡直是暴殄天物啊！

「妳也喜歡首飾嗎？」墨逸辰似是想到什麼，若有所思地問道。

「那當然了，誰不喜歡漂亮又值錢的東西啊？」溫阮理所當然地回道。

漂亮還要值錢？墨逸辰似是抓住了重點，所以這小丫頭之前才會說自己喜歡金子吧！

「給你，這翡翠玉鐲一看便是好東西，快收著啊！」溫阮又把玉鐲往墨逸辰面前遞了遞。「我敢保證，日後你心儀的姑娘收到，定會歡喜的。」

墨逸辰笑了笑，也沒有與溫阮多做爭辯，似是順著她說道：「好，那阮阮妳便先替我收著，待日後真有這麼一個人時，我再去找妳要，好不好？」

溫阮想了想，說道：「好吧，那我便先替你收著吧！記得到時候一定要來找我要，千萬不要不好意思！這是你的東西，我只是代管喔！」

墨逸辰輕笑著應了下來。

溫阮這才把翡翠玉鐲收回了懷裡，小心翼翼的，生怕給弄壞了。唉，沒辦法，這麼貴重的東西，感覺賠不起啊！溫阮心想。

馬車很快來到了城門口，就在排隊等進城門的空檔時，溫阮百無聊賴地趴在窗邊往外瞧，突然發現前方有一紫衣男子牽著馬，在人群中煞是搶眼。

溫阮下意識「咦」了一聲。

墨逸辰聞聲看了過去。「怎麼了？」

「逸辰哥哥，你看那個人好奇怪啊，通身的氣度一看便不凡，舉止投足之間貴氣十足，一看便知非富即貴，可是，你瞧他的穿著及所佩戴的配飾又都極為普通，按理說不應該啊！」溫阮指著那紫衣男子說道。

以溫阮對世家大族子弟的瞭解，他們都頗為在意自己的身分，一貫的吃穿用度都講究與自己的身分匹配，生怕辱沒了自身的尊貴似的。所以，溫阮才會覺得這紫衣男子有些奇怪，似乎絲毫不拘泥於這些世家大族間約定成俗的規矩。

墨逸辰順著溫阮指的方向看過去，顯然有些意外。「那是安王，當今皇上的親兄弟。」

「是那個至今尚未成親的安王？」溫阮扭過頭，看向墨逸辰。

墨逸辰點了點頭，說道：「嗯，是他。」

安王也算是京都府的一個傳奇人物了。他的行為放蕩不羈，常常不按常理出牌，雖貴為王爺，卻偏偏愛四處遊歷，行為舉止也頗有些江湖中人的不拘小節。若那人是安王，那他這身穿著，溫阮倒也不覺得奇怪了。

說到這安王，還要從他的生母說起，安王生母是先皇的寵妃，西楚國的公主，據說長相極為妖豔魅惑，能歌善舞，頗得先皇喜愛，一度後宮專房獨寵，風光無人能及。後來生了安王，更是子憑母貴，安王自幼便極得先皇寵愛。

安王命運的轉捩點，發生在他十三歲那年。因長相酷似生母的安王，甚至一度被先皇議儲，可是不久，滿京都府便傳遍了安王有龍陽之好。

於是，先皇天子一怒，下令徹查造謠者，但奇怪的是，此事最後卻不了了之，而先皇草草封了他安王之位，自此之後絕口不提立儲之事。

要知道，有龍陽之好的皇子怎麼能登上皇位？就算先皇再寵愛安王的母妃，亦不會拿社稷江山開玩笑。所以，先皇此舉似乎也坐實了安王有龍陽之好的傳聞。

但後來也正是因為安王這一傳聞，才讓他在奪嫡之爭中完全置身事外，是當年唯一一位全身而退的皇子，畢竟，沒有誰會浪費精力對付一個根本沒機會登上皇位的人。

當今皇上登基後，安王便離開了京都府，開始四處遊歷，每隔幾年才會回京都府一趟，而且他未成婚，安王府的後宅也猶如擺設，至今都沒有迎來它的女主人。

有傳言說，見過安王在遊歷期間，身邊一直有一男子伴隨左右，此男子便是安王所愛之人，只是在京都府，這種感情畢竟不為世俗所容，所以安王不願委屈心愛之人，便帶著他遊歷於各國之間，相伴左右。

想到這，溫阮頓時來了興趣，不禁再次打量起了安王。她不是古人，對這種事情的接受度頗為良好，不是有句話叫做「同性才是真愛，異性都是為了傳宗接代」嗎？雖然後半句她抱著中立的觀點，但前半句還是頗為贊同的。

還真別說，這安王確實長了一副好皮囊，但不知為何，溫阮總覺得這安王有種莫名的熟悉感，但具體是什麼，她一時卻又說不上來。

不都說好看的皮囊千篇一律嗎？也許好看的人，長得都差不多吧！

馬車很快過了城門，進入了繁華的街道，在路過京都府有名的糕點鋪子時，溫阮讓車夫停了下來。昨日她答應了瑞瑞小團子給他帶這家鋪子的糕點，所以，正好順便給買了。

不知為何，這家糕點鋪子門前竟有一灘水漬，溫阮若跳下來怕是要濺得一身水，所以墨逸辰下來後，便徑直朝著溫阮伸出了雙臂，示意要抱她下來。

溫阮倒也沒多想，她本就年紀小，自是沒這麼避諱，於是便直接讓墨逸辰把她抱下了馬車，然後，兩人走進了糕點鋪子。

這一幕在旁人看來也沒什麼奇怪的，畢竟兩人年歲差了這麼多，多半只會以為是哪家兄長帶著幼妹出門，定是不會多想的。

只是，這一幕卻偏偏落入了有心之人的眼中，那自然就是另一番解讀了。

此時糕點鋪子對面的酒樓裡，程嫣然和一妙齡女子正在二樓的雅間，而她們的視線所及之處，正是糕點鋪子的門口，所以，剛剛墨逸辰抱溫阮下馬車的一幕，也被她們盡收眼底。

這妙齡女子，正是當朝的七公主，趙楚楚。

「妳確定墨世子是為了這小丫頭，拒絕了父皇的賜婚？」趙楚楚半信半疑。不是她不相信程嫣然，而是溫阮的年紀太小了，說墨逸辰喜歡這麼個黃毛小丫頭，她確實很難相信。

程嫣然面上仍是那副溫婉的樣子，心裡卻在快速盤算著，如何才能說服趙楚楚主動對溫阮出手，畢竟，這位七公主可不是什麼善茬，要麼不出手，一出手必是死手！

「此事嫣然自是不敢欺瞞公主，當日宮宴之上有許多人，公主回宮後只要稍加打聽便能查出來。」程嫣然說道。

七公主今日才剛趕回來，她連宮都沒回，便著人把程嫣然約到了這酒樓，可見她確實對此事迫不及待。

「嫣然之前也在考慮，要不要傳信給公主，畢竟溫阮這小丫頭的年紀真的太小了，應該只是墨世子用來做擋箭牌的。可是，我私下裡偶然碰見過兩人幾次，墨世子待這小丫頭的態度確實非同尋常。就像剛剛那種情況，看兩人的熟稔程度，怕不是第一次了吧？其實，若不是親眼所見，誰又能相信一貫孤傲冷漠的墨世子，竟還有這麼溫柔的一面。」

程嫣然邊說，邊暗暗觀察著趙楚楚的神情變化，果然如她所料，這位七公主怕是已經在心裡嫉恨上了溫阮吧！

別說趙楚楚了，就連她剛剛看到那一幕，心裡也是恨得不行，畢竟，所愛之人溫柔的一面，誰不想要只屬於自己？即使對方是個黃毛丫頭也不行！

「還有一句話，嫣然不知當講不當講？」程嫣然決定再在這把火上澆點油。

趙楚楚瞥了程嫣然一眼，道：「有什麼妳儘管說就是。」

與程嫣然相交多年，趙楚楚自是對她有所瞭解的，說白了，程嫣然就是個無利不起早的主。可不管是何種目的，在這件事上，兩人也算是各取所需，若不是程嫣然寫信給她，此時她怕是還被蒙在鼓裡。

「公主，不管這丫頭是不是墨世子的擋箭牌，但您不能否認的是，只要她頂著這世子妃的頭銜一日，那公主與墨世子之間便沒有可能。難道公主想要為平妻不成？」程嫣然道。

聞言，趙楚楚眼裡劃過一抹狠毒。

讓她堂堂夏祁國的七公主給人做平妻？這絕對不可能！

這鎮國公府世子妃的位置只能是她的，誰都休想搶去。

溫甯侯府這小丫頭要怪，就只能怪自己不該擋了她的路！

第十九章

溫阮的七歲生辰很快就到了。

這天一大早，容玥和蕭筱婆媳倆早早就來到了汀蘭苑，把溫阮從床上拉起來後，便吩咐丫鬟們給她梳妝打扮，然後，經過婆媳兩人一波猛如虎的折騰，成功地把溫阮打扮成了福娃！

看著銅鏡裡一身紅衣，喜慶得像是年畫裡娃娃的造型，溫阮內心是拒絕的，總感覺頂著這身裝扮無論走到哪裡都會特別扎眼，不符合她低調的性格啊！

再說了，她明明是大了一歲，怎麼還往可愛方向給她打扮？唉，真是愁死人了，空有一顆想長大的心！

「怎麼樣，阮阮喜歡這身衣服嗎？這可是娘和妳大嫂選了好久，才選出這麼一身滿意的呢！」容玥笑吟吟地說道。

溫阮不忍拂了兩人的好意，口是心非道：「當然喜歡啊！娘親和大嫂選的，阮阮都喜歡。」

果然，聽到這話，容玥和蕭筱婆媳兩人皆是一臉滿足。

看著兩人開心的樣子，溫阮也是由衷的歡喜。

「娘，舅舅他們什麼時候過來呀？」

前些日子，溫阮的舅舅一家回京述職，因剛回到京都府，瑣事繁雜，溫阮他們也就沒上門打擾，想著正好趁著她生辰，再來見見舅舅一家。

說起來，溫阮外祖家的人口很簡單，他外祖父一生就兩個子女，除了她娘親之外，還有一個兒子，也就是溫阮的舅舅。

只是，溫阮的外祖父和外祖母前幾年便去世了，之後，她舅舅舉家去了外地為官，這一別數年，於近期才回來。

溫阮知道，美人娘親定也是盼望著，畢竟，兄妹兩人也好些年都沒見了。

果然，提到娘家人，容玥臉上的笑意更濃了。「估計是快到了吧，昨日妳舅母派人來送信，說今日會早些到。」

蕭筱也笑著說道：「阮阮也收拾好了，要不咱們去門口迎迎吧？說起來，我和阮阮都還未見過舅舅一家呢！」

溫阮也在一旁點著小腦袋。「走吧走吧，咱們去迎舅舅他們！」

容玥自是沒有理由拒絕，笑著應了下來。於是，婆媳兩人一人牽著溫阮一隻手，朝著前院走去。

因溫阮的生辰宴是家宴，請的也都是自家人，便沒有這麼多講究，自是沒有分什麼男女賓客區，就在溫甯侯府的主院內辦的。

溫阮幾人來到主院時，趙卓煜和墨逸辰正巧剛到，正同溫浩然說著話，看到被打扮得如此喜慶的溫阮，不禁樂開了花。

「表妹，妳今日這身打扮不錯，夠喜慶啊，像年畫裡的小童子！」趙卓煜開口調侃道。

溫阮忍不住在心裡翻了個白眼，哼，她自己嫌棄可以，旁人說可就不行了！怎麼著她也是要面子的啊，所以必須扳回一局。

「太子表哥，我覺得你在笑話我！」溫阮憤憤然地控訴道。

趙卓煜聳了聳肩，一副「沒錯，我就是在笑話妳」的態度。

看到趙卓煜沒有否認，溫阮眼底劃過一抹精光，然後看向一旁的墨逸辰，問道：「逸辰哥哥，你也和太子表哥一樣嗎？」哼，別以為她剛剛沒看到墨逸辰在一旁偷笑，定是在笑話她無疑了！

看到溫阮的眼珠子快速轉了轉，墨逸辰便知道這小丫頭定是憋著壞呢，於是忙否認道：「沒有，我怎麼會笑話阮阮呢？只是覺得阮阮今日穿的，甚是好看。」

溫阮狐疑地看了墨逸辰一眼，雖有些淡淡的遺憾，但見他沒上當也只能算了，於是她開始集中火力對準趙卓煜。

溫阮使勁眨了眨眼，直到眼圈微微泛紅後，驀地一撇嘴，衝著不遠處的老侯爺喊道：「祖父，太子表哥他欺負我！」

趙卓煜。「……」他這是被人給告黑狀了？還是當著他的面！

然後，在趙卓煜還沒反應過來時，溫阮已經噠噠噠地跑向了老侯爺。

在溫阮委委屈屈的一陣訴苦後，老侯爺黑著臉走了過來。

「你說阮阮穿的不好看，還笑話她是不是？」老侯爺看著趙卓煜，質問道。

趙卓煜愣了一下，剛想解釋兩句，卻被溫阮搶去了話。

「太子表哥，男子漢大丈夫，要敢作敢當。你剛剛笑話我的時候，可有這麼多人看著呢，別想抵賴喔！」溫阮得意洋洋地說道。

趙卓煜一噎，解釋的話怎麼也說不出口，只能默認下溫阮這一控訴，畢竟，他剛剛確實是在笑話小丫頭啊！

老侯爺的臉色頓時又黑了幾分，剛想訓斥趙卓煜兩句，但轉念一想，趙卓煜貴為太子，私下裡怎麼罵都可以，反正以往也沒少罵過，可在大庭廣眾之下，還是要顧及一下皇家和太子的威嚴，於是，老侯爺把到了嘴邊的訓斥又嚥了回去。「你，跟我來一趟書房！」

於是，趙卓煜便被老侯爺給帶走了，順路帶走的還有墨逸辰。

至於為什麼要帶走墨逸辰呢？估計就是看他不順眼吧！

兩人被帶走時，溫阮笑得那叫花枝亂顫啊！祖父果然是祖父，霸氣！

容玥無奈地點了點她的小腦袋，笑罵道：「臭丫頭，妳太子表哥平日裡真是白疼妳了，竟然這般坑他！」

眾人不用想都知道，以老侯爺對溫阮的寵溺，太子今日這頓訓斥是跑不了的。

溫阮故作無知道：「哪有啊？我什麼時候坑太子表哥了？娘，妳可不能冤枉我，我很乖的喔！」

眾人也懶得拆穿溫阮拙劣的演技，都笑著搖了搖頭。

不過，這一插曲很快便被揭過去了，因為有小廝來報，說是溫阮的舅舅一家來了，於是眾人忙迎了出去。

當溫阮幾人來到前門時，正巧她舅舅一家剛從馬車上下來，容玥忙快步迎了上去，而溫阮他們也緊跟在美人娘親身後，來到眾人面前。

「呦，這就是阮阮吧？這粉雕玉琢的小模樣，可真讓人稀罕啊！」一美豔夫人拉著溫阮的小手，看向一旁的人說道：「玉兒、昭兒，快來看看你們表妹。」

確認過眼神，這位夫人是她舅母無疑了！而一旁的少女和少年，應該就是她的表姊容玉和表哥容昭吧。

溫阮笑吟吟地說道：「舅母好！表姊好！表哥好！」然後，溫阮又看向一旁與美人娘親有幾分相似的中年男子，說道：「舅舅好！」

「表妹好。」容玉和容昭齊聲說道。

溫阮的舅舅笑著回了句「好」，其他人也紛紛行禮問好，場面一時間好不熱鬧。

「好了好了，都別堵在這門口了，咱們進去再聊吧！」容玥說完，忙招呼眾人進府。

進入侯府後，溫阮的舅舅和表哥被她爹爹和大哥帶去前院，而舅母和表姊則跟著她們來到美人娘親的院子。

「剛剛在前院，怎麼沒見到浩傑啊？」溫阮的舅母看著她美人娘親問道。

容玥笑著回道：「喔，忘了同你們說了，浩傑外出遊歷了，怕是要許久才能回來。」

這還真不是容玥要瞞著娘家人，其實，除了當時知曉內情的幾個人之外，其他人皆不知溫浩傑去影衛軍這事，都以為他是外出遊歷來著，而美人娘親和大嫂也均是在不知內情的行列。

當時決定不告訴府裡的其他人，也不是不相信他們，主要是怕人多口雜，影衛軍之事茲事體大，萬一不小心說漏了嘴，那可就不妙了，索性不如誰都不告訴的好。

舅母倒也沒懷疑，而是順口問道：「對了，浩傑的婚事怎麼樣了？定沒定下來啊？」

「還沒呢，那臭小子走得急，我根本來不及給他相看。」容玥回道。

溫阮一聽講到她二哥的婚事，忙豎起耳朵，認真聽了起來。

開玩笑，她二哥在走之前可是慎重交代過她的，讓她盯著美人娘親一些，千萬不能讓娘一時興起給他定下了婚事。

至於溫浩傑為什麼交代溫阮這件事？唉，還不是因為她自己送上門去給人當了苦工啊！現在想想，好奇心害死貓啊！

當時，溫阮自以為發現二哥與永寧郡主那點子少男少女的小心思，於是，她便暗暗地去他二哥那裡旁敲側擊，誰知道她二哥這個耿直boy，竟然二話不說就承認了他對人家永寧郡主有心思！

然後，她便成了兩人的小紅娘，幹起了幫人暗送情書的勾當！

再然後，她二哥就更過分了，不僅讓她當小紅娘，還讓她在美人娘親這裡當起了間諜。唉，真真是一失足成千古恨啊！

不過，在其位就要謀其政，溫阮覺得，她還是不能辜負了二哥的信任，自是要把這小間諜的工作幹好的。

溫阮的舅母似是想了想，而後說道：「說起來，玉兒和浩傑年紀相仿，最近我也是為她的婚事頭疼呢！妳說我們這初到京都府，很多事也不瞭解，日後怕是還要麻煩姊姊幫著看看了。」

溫阮一怔，呃……是她想多了嗎？這剛提完二哥，又緊接著提表姊，怎麼總覺得舅母這話別有深意啊？不會是她想的那樣吧？

容玥聞弦歌而知雅意，自是明白她大嫂的意思，於是，她也是驚喜地看向容玉，一副頗為滿意的樣子。

「咱們家玉兒無論是樣貌，還是性情，都是沒話說的，以後哪個臭小子要能娶了她，那可真是作夢也能笑醒啊！」容玥笑著打趣道。

溫阮囧了，這下子她完全確認了，美人娘親和她舅母這是要亂點鴛鴦譜啊！

暫且先不說二哥和永寧郡主這事，就單單從近親不能成親的角度看，溫阮怎麼也不能讓這種事情發生啊！不行，她得找個機會好好同她娘嘮嘮近親成婚的弊端，單從子嗣後代上，就是不行的啊！

不過，看了看正在哄瑞瑞小朋友的表姊容玉後，溫阮又不禁放心了些，看她表姊的樣子，應該是沒想這麼多，單純以為她娘和姑母在打趣她吧？

沒想這麼多就好，至少說明表姊對二哥沒這份心思，那就好辦多了！

蕭筱自是也明白了婆婆和舅母的打算，她倒覺得沒什麼，本來這種親上加親的事，在各大世家裡便很常見。再說了，她對這舅舅家的表妹觀感還不錯，未來做妯娌的話，應該也是個好相處的。

只是，當她眼角餘光注意到溫阮時，不禁有些意外，若她沒猜錯，這小丫頭怕是也看出來了。蕭筱心裡不禁嗔笑道，她這小姑子可真是個機靈鬼啊！

「怎麼樣，讓妳玉兒表姊給妳當二嫂如何？」蕭筱側過身，在溫阮耳邊低聲問道。

溫阮一臉苦相地看著蕭筱，然後想了一下措辭，低聲在她大嫂耳邊，把近親成婚多生畸形孩子的事解釋了一遍。

蕭筱聽完後一臉驚訝。「此事當真？」

「當然了，不信大嫂妳想想身邊那些近親成婚的人，是不是在子嗣上多有問題？」溫阮認真地回道。

聞言，蕭筱一細想，還真是！她知道的幾家表兄妹成親的，不是子嗣困難，就是生下來的孩子有先天缺陷，可見溫阮說的，十有八九是真的！

若是這樣的話，那這門親事怕是不能成了，畢竟這種事關子嗣的大事，可馬虎不得。

「阮阮，待會兒妳同妳表姊帶著瑞瑞出去玩一會兒，我同娘和舅母把這事說說。這事關乎妳表姊和二哥的幸福，相信娘和舅母知道後定會打消這個想法的。」蕭筱低聲在溫阮耳邊交代道。

溫阮點頭應了下來，可正當她準備找個由頭把表姊支出去時，一個丫鬟匆匆忙忙地趕了過來。

「夫人，七公主過來了，侯爺讓您帶著小姐和少夫人去前院招待一下。」丫鬟稟報道。

溫阮一愣，七公主？不就是對墨逸辰死纏爛打的那個公主嗎？呃……她過來幹什麼？怎麼感覺來者不善啊！

溫阮幾人匆匆趕到前院時，七公主正黑著臉坐在院中，四周一片寂靜，似乎大家對這位公主都頗為忌憚。

「參見七公主。」容玥帶著眾人，率先給趙楚楚行禮。

但趙楚楚卻沒有讓人起身的意思，只見她漫不經心地打量了一圈，擺出一副高高在上的姿態，看起來很是驕縱蠻橫。

溫阮抬頭睨了她一眼，然後果斷地站起身，還順勢扶起了一旁的美人娘親。

這宮裡的人是不是就這點手段啊？難道只會在人行禮時來整治人？上次是程貴妃，這次這個七公主也這樣，就沒點新招了嗎？嘖嘖嘖，這和現代的那些宮廷劇相比，簡直弱爆了！溫阮在心裡默默吐槽道。

「大膽！公主沒讓妳起身，妳便擅自起身，這可是大不敬之罪！」七公主身旁的宮女，指著溫阮大聲喝斥道。

果然，又是這句話！溫阮忍不住翻了個白眼，難道宮裡宮女的臺詞也是統一的？這培養宮女的地方也不懂得創新一些，聽都聽膩了啊！

「臣女不敢。」溫阮嘴巴說著不敢，可面上卻一副玩世不恭的樣子，絲毫看不出任何惶恐之色。

果然，看到溫阮的樣子，趙楚楚當即氣憤不已。「來人，溫甯侯府溫阮對本公主不敬，掌嘴三十，以示懲戒！」

聞言，趙楚楚身邊的宮女抬腿便走向溫阮，一副來勢洶洶的架勢。

見狀，溫阮嘴邊劃過一絲譏笑。今日若真是讓七公主在他們府上懲戒了她，那他們溫甯侯府和太子表哥的臉面還要不要了？

「七公主，請您三思！」容玥一把將溫阮護到身後。她怎麼可能容別人在自家府裡欺負到女兒頭上？即便對方是公主也不行！

蕭筱她們也自發地圍在溫阮身前，其用意不言而喻。

「幹什麼？妳們溫甯侯府要造反不成？」趙楚楚斥道。

「七公主慎言。」溫阮從容玥她們身後走了出來，淡定自若地看向趙楚楚。「造反可是滅九族的大罪，我溫甯侯府自問對朝廷一向忠心耿耿，即便您貴為公主，也不能這般隨口誣衊我們，還請您拿出證據來，不然，拚著被責罰的風險，我們也會去大理寺敲登聞鼓，求一個清白的！」

溫阮語氣鏗鏘有力，所言字字在理，逼得趙楚楚等人面紅耳赤，卻又無力反駁。

「剛剛妳們溫甯侯府的內眷擅自起身的事，這本公主可沒冤了妳們！」趙楚楚咄咄逼人道。

溫阮剛想上前反駁，只見容玥逕自往前走了兩步。

「七公主您又是何意？今日是小女的生辰，您能過來，我溫甯侯府自會禮遇有加，可是七公主您卻遲遲不讓我溫甯侯府內眷們起身，臣婦估算了一下，有半盞茶之餘，請問您這是何意？難道是要毫無緣由地懲罰我們不成？」

容玥此番話並不是信口胡說，在京都府達官顯貴間，行禮超過半盞茶不讓起身者，完全構成懲罰了。

可趙楚楚卻還是一副蠻不講理的作派，仰著高傲的頭顱，俯身睨著眾人。「這整個夏祁國都是我趙家的，尊卑有序，就算本公主無緣無故想要懲罰你們，誰又說得了什麼？」

「好大的威風！本宮尚且不知，我夏祁國的公主何時可以猖狂成這個樣子！看樣子本宮確實要好好查一查，看看七妹這些年來究竟頂著皇家的名頭幹了多少囂張跋扈的事？」

趙卓煜剛進院子便聽到趙楚楚這番話，頓時氣得不輕。

隨他一同前來的還有老侯爺和墨逸辰。

墨逸辰瞥了七公主一眼，臉黑如墨。

趙楚楚看到趙卓煜，先是一愣，不過，當她看到隨後走進來的墨逸辰時，眸光倏地一亮，眼裡明顯劃過一絲喜色。

「皇兄，我才是你的妹妹，你怎麼向著外人說話，卻不幫我呢？」趙楚楚的語氣明顯帶著撒嬌的味道。

「這會兒七妹倒是想起來是本宮的妹妹了！溫甯侯府是本宮的外家，這七妹不會不知吧？妳今日這般擅自欺上門來，又何曾給本宮這個太子半分面子？要不今日本宮回去就把東宮騰出來，給七妹住？」趙卓煜語氣森然，半分情面也未給趙楚楚留。

趙楚楚臉色一僵，看著已然動怒的趙卓煜，只能說道：「皇兄，我沒有擅自上門，是父皇讓我過來送禮的。」說罷，趙楚楚便揮手讓隨行的宮女把禮物拿上來，展示在眾人面前，力證自己沒有說謊。「父皇說，今日是溫甯侯府小姐的生辰，讓我過來替他送份生辰禮，聊表心意。」趙楚楚解釋道。

趙卓煜瞥了七公主一眼。「父皇讓妳來送禮，也讓妳過來找茬了？」

聞言，趙楚楚似是自知理虧，低垂著頭回道：「這倒沒有，可是我不是……」趙楚楚話說到一半，意有所指地看了墨逸辰一眼。

七公主時不時地用她那羞怯的小眼神看向墨逸辰，墨逸辰的臉色也就越發難看了，眾人頓時會意，這氣氛有些微妙啊！

溫阮看熱鬧倒是看得不亦樂乎，真別說，果然是少女懷春總是詩啊，七公主這含羞帶怯的小模樣也是夠惹人憐的。

墨逸辰自是沒有錯過溫阮幸災樂禍的眼神，心中頗為無奈。這小丫頭還有沒有點良心了？看他出糗就這麼高興？

不過，這七公主確實也讓墨逸辰厭煩得緊，這種情況下，自己也不好多說些什麼，只能給趙卓煜使了個眼神，示意他盡快解決掉這個麻煩，省得破壞了小丫頭的生辰宴。

趙卓煜當然也知道這個道理，於是他清了清嗓子，說道：「好了，既然生辰禮妳已經替父皇送到了，那便回宮去吧！今日的事，本宮回去後自會向父皇說明，是賞是罰，相信父皇自有判斷。」

聞言，趙楚楚明顯不樂意了，小聲嘟囔道：「我不回去！既然都來了，吃頓溫甯侯府的宴席總不過分吧？」

趙卓煜冷哼了一聲，說道：「七妹，本宮說讓妳回去，不是在同妳商量。這裡沒有人歡迎妳，勸妳最好識趣一些。若是妳不聽的話，那本宮只能請人送妳回宮了！」

趙楚楚愣在原地，顯然沒料到趙卓煜竟會這般強硬，一點面子也不給她留，頓時惱羞成怒。

「皇兄，你不要太過分！雖然你貴為太子，但這夏祁國還是父皇說了算，你這般對我，就不怕我向父皇告狀嗎？」

「所以，七妹，妳現在是在威脅我？」趙卓煜眼光一寒，迸發出凜人的殺氣。

他這七妹不會天真地以為，她和她母妃在父皇面前抹黑他，然後再去淑妃那裡賣好的事他不知道吧？呵，他只不過是覺得她們上不了檯面，懶得收拾她們罷了，可如今竟然縱得她敢當面威脅他了！真當他這個太子是白當的嗎？

「七妹不敢。」趙楚楚自然沒有錯過趙卓煜眼底的那抹殺意，心底不禁一寒，再也不敢放肆了。

她見今日目的已經達到，便決定不再糾纏，瞪了一眼溫阮後，帶著宮人們憤憤然地離開了溫甯侯府。

看著趙楚楚離開的方向，溫阮若有所思，不知為何，她總覺得七公主今日這一趟來得蹊蹺，特別是臨離開時看她的那一眼，莫名讓溫阮覺得這七公主似乎還留有後手。

而且，按理說，以溫阮這些日子探聽來的消息看，這七公主貌似與傳聞中的有些不符啊！

七公主生母位分並不高，論起得寵程度還不如程貴妃，她本人不占長也不占嫡，卻偏偏能在後宮一眾皇子皇女中獨得皇上寵愛，可見此人心機手段都不會低了。

可單從今日之事來看，這七公主的行事作風貌似過於蠢笨了些。撇除她太子表哥的關係，他們溫甯侯府也算是有頭有臉的世家大族，即便貴為公主，也不可無緣無故隨意拿捏，這個只怕不是傻子都應該知道吧？

可這七公主她不僅做了，還敢這般囂張跋扈、蠻不講理，除了有意為之外，也只有一個解釋了——難道說，愛情真的會讓人沖昏了頭腦？溫阮忍不住猜測道。

不過，隨著七公主的離開，這段插曲很快便被拋諸腦後，大家紛紛入席，生辰宴便正式開始了。

宴會上，眾人都非常開心，吃好喝好，興致顯然也沒受多少影響，所以，整個生日宴舉辦得還算圓滿成功。

過生日最開心的環節，莫過於拆禮物了，於是，回到汀蘭苑，溫阮便迫不及待地衝到小庫房，開始一一盤點自己的小金庫。

今日的生辰宴雖沒有廣邀眾人，但和溫甯侯府交好的一些府邸，還是紛紛派人送來生辰禮，以表心意，所以，溫阮今日收到的禮物還真不少，這小小的庫房都快被堆滿了。

大概掃了一圈，其實各府送來的禮物都大同小異，無非就是綾羅綢緞、珍珠翡翠之類的，再說了她年紀尚小，品類就更侷限了，瞧上一回也就覺得沒啥意思了。

「彩霞，其他人送的東西呢？快帶我去看看吧。」之前溫阮交代過彩霞，讓她把禮物分開放，不認識的人放一堆，親朋好友們放一堆，這樣也方便查看。

「小姐，奴婢都給歸攏到這邊了。您跟我來。」彩霞帶著溫阮去了裡面的隔間，果然在桌上看到了一排排禮物。

於是，溫阮樂呵呵地開始拆起了禮物。

薛太傅送了她一塊上好的硯臺，意在鞭策她練好那手破字無疑了；蕭澤送了她一把古琴，這不是上次她偶然在蕭澤那裡見到過，並誇了好幾句的琴嗎？呃，怎麼莫名有種奪人所愛的感覺啊！還有，永寧郡主送了她一支玉簪子，溫阮雖不太懂貨吧，但一看也知道價值不菲啊……

最後，溫阮打開祖父和祖母的禮物，呵，這二老厲害了，竟然送了她一個京郊的莊子，夠實在，也夠豪氣的啊！

只是，溫阮又掃了一圈禮物，不禁有些奇怪。「彩霞，逸辰哥哥的禮物呢？我怎麼沒看見啊？」按理說，不應該啊！他今日人都來府裡了，難道還能不送禮，只吃白食不成？

聞言，彩霞笑得那叫花枝亂顫。「小姐，墨世子送的禮物，奴婢給您單放著了，您稍等，奴婢這就去給您拿過來！」

溫阮。「……」這波差別待遇是不是太明顯了？憑什麼墨逸辰的禮物就要單獨收著！

不過，看到彩霞一臉興奮的樣子，她也懶得解釋了，估計這丫頭又覺得墨逸辰是她的未婚夫婿，所以才會這樣吧！

彩霞很快拿來了一個檀木盒，盒子不大，瞧著還挺精緻的，應該是首飾之類的吧。其實，那次從慧清庵回來的路上，墨逸辰問她是不是也喜歡首飾的時候，她便隱約猜出了他送她的生辰禮物，估計就是首飾了。

果然，打開盒子後，映入眼簾的便是一支鳳釵，釵體是純金打造，鏤空處雕刻著精緻的花紋，最主要是釵上還鑲嵌了一顆東珠，顆大光潤，晶瑩剔透，煞是好看啊！

溫阮心裡不禁暗暗嘆道，這墨逸辰的眼光真不錯，人也還算上道，那日她只是簡單地教學一番如何討女孩子歡喜，他便直接掌握了要領，不錯不錯，孺子可教啊！

「小姐，墨世子送的另外一箱東西，奴婢搬不動，還要煩勞您跟奴婢過去一趟。」彩霞在一旁說道。

「還有東西？」而且還是很重一箱？溫阮不禁愕然，墨逸辰不會是要送她一箱子首飾吧？不過，這個可能性應該不大，就算墨逸辰再直男，可是送一箱連彩霞都搬不動的首飾，這般令人窒息的操作，他應該不會做吧？

抱著好奇外加忐忑的心情，溫阮跟著彩霞來到一個大箱子前，溫阮小心翼翼地掀開箱子，當看到裡面的東西時，頓時哭笑不得。

好傢伙，墨逸辰這波令人窒息的直男操作也是厲害了，他竟然送了她滿滿一大箱的金子！

誰送別人生辰禮物會送一箱金子啊？即便她之前說過自己喜歡金子，也不帶這樣直接送金子的啊！也就是她心大吧，不然，讓他在這京都府換個旁的女子看看，人家鐵定會以為他在諷刺人家姑娘市儈的！

「墨世子這是什麼意思？怎麼直接送來一箱金子？他這是在看不起誰啊！」彩霞在

一旁憤憤不平地說道。

看吧看吧，是不是送禮還送出仇來了？溫阮暗暗決定，下次找個機會，定要好好說一說墨逸辰。唉，看樣子，這戀愛小課堂還是要搞起來啊！

生辰宴一過，溫阮的生活又恢復到正常的軌跡，每日在書院、府裡兩頭跑，偶爾兼顧一下她三哥的生意，逗逗小團子瑞瑞，日子平淡又快樂。

不得不提的是七公主，據說當日宴會結束，趙卓煜回到宮中便直接去養心殿面見了元帝，不知他同元帝講了些什麼，眾人只知道，太子離開元帝的養心殿後，便傳出元帝的旨意，七公主被禁足在她自己的宮殿中了。

後來又聽說，七公主在自己的殿中大病了一場，整日臥病在床，虛弱不堪，御醫們均是束手無策，只能每日以參湯養著，據說命懸一線。

有人說七公主是禁足後氣急攻心而致，但更多的人則是說，七公主這是為情所傷啊！畢竟關於七公主心儀鎮國公世子之事，整個京都府幾乎是無人不知。

還有，當日溫阮生辰宴時，七公主去找茬鬧事的事情，不知如何被傳了出去，這件事儼然成為京都府眾人茶餘飯後的談資。

溫阮聽聞此事後，不禁有些意外，關於七公主之事，她越想越覺得不對勁，以她那日對趙楚楚短暫的觀感來看，趙楚楚絕不是那種為了禁足或墨逸辰訂親這些事，就會輕易臥病在床的人。

而且，先是趙楚楚來她生日宴上鬧，後是被禁足，接著又是大病一場，這一連串的事情是不是有點太巧了？溫阮總感覺這些事似乎像是被人提前設計好似的。

她有預感，接下來定還有事情要發生，而且估計還是針對她的，可至於是什麼事嘛，她卻沒有絲毫頭緒，也只能平日裡多加注意點了。

近日，溫浩輝的藥妝鋪子終於要開張了，這天溫阮和溫浩輝約好，趁著開張之前去鋪子裡看看。這也算是他們兩兄妹共同的事業了，怎麼也得去瞧一瞧不是？

不巧的是，溫浩輝臨時要去京郊外的莊子辦點事，一大早便出城了，因此兄妹兩人便約好了午時在鋪子對面的四方閣酒樓碰面。

溫阮一琢磨，這四方閣酒樓的飯菜還不錯，上次吃完後她還想著等哪日再去吃上一頓呢，正好趁這個機會，她早早出了門，順便在四方閣用頓午膳。

酒樓的生意不錯，來到雅間後，溫阮照例點了些招牌菜和茶水後，夥計便退出雅間。

等菜的空隙，她百無聊賴地趴在窗沿上，眺望著樓下喧囂熱鬧的街道，突然，樓下似是發生了什麼事，突然更熱鬧了起來，貌似……有人在賣身葬父？

哇，這種經典橋段竟也能被她遇到！溫阮雙眼冒光，伸著小腦袋便往外瞧，小臉上就差寫著「我很八卦」幾個字了。

「小姐，您注意安全，小心些！」彩霞忙扶住溫阮，生怕她從窗戶上摔了下去。

溫阮嘴上應著「好」，身體卻很誠實，小腦袋不僅沒往回收，反而又往外伸了伸。

彩霞無奈，只能扶著溫阮的手又緊了緊。

樓下的不遠處，一女子穿著一身白衣孝服，頭戴白色圍帽，跪在地上，似是在掩面哭泣，而她的面前有一張竹蓆，遠遠瞧著，竹蓆上躺的是一個男人，只是他身上被另一張竹蓆蓋著，看不清長相。若是沒猜錯的話，應該便是這名女子的爹了吧？

因為這一幕就發生在她們雅間正對面，距離很近，所以，她不僅能聽到這女子梨花帶雨的哭訴聲，就連一旁圍觀人群的討論聲，也被她們盡收耳中。

原來，這女子也是好人家的姑娘，她爹是城南的一位舉人，平日是在某家書院教書，而這位姑娘也是可憐，自幼喪母，這些年來都和她爹兩人相依為命，日子雖苦了些，倒也過得下去。只是她爹突然染上惡疾，暴斃而亡，徒留這姑娘一人在世上，孤苦無依，煞是可憐。為了能給她爹買一副薄棺，這才逼不得已賣身葬父的。

看著這副場景，溫阮本還有絲憐憫之意，突然，那女子似是不經意地往二樓雅間的方向看了一眼，不得不說，這女子容貌還算清秀，再加上一身孝衣，襯得整個人越發顯得楚楚可憐。果然要想俏，一身孝啊！

只是，這姑娘給她的感覺卻特別奇怪，雖臉上掛著兩道淚痕，實則眼底卻無太多傷心之色，而且她剛剛那一眼，與其說是不經意地抬頭，反而更像是在尋找什麼目標……

溫阮驀地恍然大悟，再看向那女子時，也發現了一些剛剛忽略的細節，於是，對這女子的觀感馬上就不好了。

怕這賣身葬父是假，想要一步登天才是真的吧？自己親爹還屍骨未寒呢，就作起了麻雀變鳳凰的美夢，也真是夠狼心狗肺的啊！

看穿賣身葬父背後的這些小伎倆，溫阮頓時興致全無，頗有些索然無味地坐了回去。

一旁的彩霞卻誤以為溫阮是看到那姑娘可憐，心裡有些難過，才會變得沒什麼精神，於是，她想了想後說道：「小姐，若是您不忍心，咱們可以把這位姑娘買下來。正好前些日子，夫人還說要給咱們院裡再添些人呢！」

溫阮忙擺了擺手，說道：「咱們還是別費這個功夫了，人家這姑娘心高著呢，咱們那院子太小，可容不下她這尊大佛啊！」

講真的，溫阮還真不敢把這姑娘給買回去。在她看來，她家的幾位哥哥無論從家世還是外貌來看，在這京都府世家公子裡也是數一數二的，顯然也在這姑娘的涉獵範圍內啊！這要是給買回去了，那他們溫甯侯府的後宅怕是要不安生咯！

彩霞顯然沒明白溫阮話中的意思，仍是一臉不解的樣子。

溫阮想了想，遂開口解釋道：「妳瞧這姑娘表面上是賣身葬父，其實人家可是想趁這個機會進到哪家達官貴人的後宅，過著衣食無憂的生活呢，所以，又怎麼會甘心去咱們府上做丫鬟呀！」

聞言，彩霞一愣，看了看溫阮，又轉身看了看樓下的那姑娘，一臉的不可置信。

而和彩霞一樣震驚的人，還有隔壁雅間的五皇子，只見他眉頭微皺，伸手攔下了準備下樓買下那姑娘的小廝。

五皇子在溫阮來之前就已經坐在隔壁雅間裡了，因為兩個雅間就只隔了一堵牆，兩間房的窗戶又都開著，隔音自然不是太好，再加上溫阮本來就沒刻意壓低聲音，所以剛剛她那番話也正好被隔壁的五皇子聽了個正著。

樓下賣身葬父的那一幕，五皇子自然也看到了，他本來憐憫女子的孝心，想要幫襯一二，讓小廝下樓把這女子買下，正好可帶回府上做個丫鬟，也能給她一處安身之地，但聽到溫阮的話後，他便下意識攔住了小廝。

此時，溫阮的聲音再次從隔壁傳了過來——

「妳仔細看看那姑娘身上的衣服，那布料雖不能說是上好的，但也不差就是了。而且，剛剛樓下的那些人不也說了嘛，她爹是舉人，還在書院擔任夫子，日子肯定也是過得去的，再加上她爹是暴斃而亡，那也就不存在久病拖累她這種事了。按照這種種分析，妳覺得這姑娘會買不起一副薄棺把她爹給下葬了？還有，那姑娘的臉上妳細看就會發現，是帶了些妝容的，所謂的賣身葬父顯然就是別有所圖，最重要的是……」溫阮在此處賣了關子。

結果無論是隔壁的五皇子還是彩霞，都被吊足了胃口。

「最重要的是什麼？」彩霞有些心急地問道。

溫阮笑了笑，也沒再逗她，解釋道：「最重要的是，從她爹腿上的屍斑判斷，怕是已經死了好幾日了吧。若我推斷沒錯，這姑娘賣身葬父的戲碼估計也已經上演好幾日了。妳覺得，這整個京都府就妳家小姐心軟啊？都好幾日了難道就沒碰見一個人願意幫她的嗎？估計十有八九，是不符合這姑娘的要求，被她拒絕了吧。」

溫阮話剛落，夥計便端著盤子進來，而她剛剛的話也正好被這夥計聽了一耳朵，只見這夥計一臉震驚之色。

「小姐，您真是神了，竟然都被您給說中了！我們店裡有一個夥計是這姑娘的鄰居，聽說她爹都死了四日，她卻遲遲不肯下葬！起初街坊鄰居以為她是沒有銀錢買棺材，於是就湊了湊想給她爹買口棺材，說也奇了，竟被這姑娘給拒絕了！然後，這姑娘便開始四處賣身葬父了。前兩日，她都是在城西那邊，也是有些人家想要買下她的，可是卻都被她給婉拒了。大家都在說她是嫌棄買她的人家世不夠顯赫，人家想要一步登天，當少奶奶呢！真沒料到今日她還跑到咱們這酒樓附近了。不過，想想也是，咱們酒樓來往的大多都是達官貴人或世家子弟，可不是更容易碰到合她心意的公子嘛……」夥計上完菜後便出去了。

彩霞看著樓下那賣身葬父的姑娘，頗為生氣。

「小姐，這姑娘怎麼這樣啊？不都說死者為大嗎？連自己的親爹都能這般對待，可見是個黑心的！」彩霞憤憤不平地說道。

「這姑娘啊，想過錦衣玉食的生活，這本身倒是沒有錯，但她用錯了方法，不應該為了一己私慾而喪失了做人的底線。」溫阮有感而發。「不過，不用想都知道，她肯定會有她自己的一套說辭，比如，你們這些出身高貴的人怎麼可能會懂？我的出身，讓我只能做這樣的選擇，我是逼不得已的。可是，世間之人難道只有她一人逼不得已嗎？卻也不是每個人都會這樣選擇不是？所以啊，那些經常說我沒有辦法、我只能這樣做的人，其實大多數是因為懦弱。他不是不知道有其他的路可以選，他只是害怕那條路會很難走而已，所以才自欺欺人地一條路走到黑。我師父就說過，人生嘛，本來就是有得必有失，但遵從內心，活得坦然就好。」

聽到溫阮這一番長篇大論，彩霞直接愣住了。「小姐，我發現妳好厲害啊，明明年紀不大，卻好像什麼都懂的樣子。」

「喔，是嗎？」溫阮有點心虛，剛剛說的確實有點多了，貌似不符合一個七歲小朋友的知識範疇啊！「可能和我從小的見識有關吧，我跟著師父四處行醫，聽得多，自然就懂得多了。」

彩霞點了點頭，本來在她心裡就一直沒把溫阮當小孩子看待，所以倒也沒多想。

而隔壁的五皇子，聽完這席話後似乎被觸動了一般，陷在自己的情緒之中，久久不能自拔。

溫阮在四方閣用完午膳後，看時間差不多了，正準備派人去看看她三哥到哪裡的時候，突然，有一蒙面人從窗戶飛進屋內，徑直朝溫阮的方向衝了過來！

冷七第一時間從暗處飛身出來，上前攔住了歹徒，兩人很快對上了招。

而這時，卻又有兩個蒙面歹徒衝了進來，一個向前去纏住冷七，至於另一個的目標還是溫阮。

歹徒顯然有備而來，趁著冷七不備，抓著溫阮便從窗口跳了出去！

另外兩名歹徒看同夥已經得手，也不再戀戰，立即逃了出去。

冷七也緊跟其後追了出去。

五皇子聽到隔壁的動靜，知道溫阮那邊出事了，忙過去查看，但也只是看到了冷七離開的身影。見狀，他也忙縱身從窗口而出，朝著歹徒消失的方向追了過去。

溫阮被歹人劫走後，彩霞驚慌失措地跑了出去，她必須回去報信，讓府裡的人盡快去營救她家小姐才行！

馬車一路衝撞，沿路甚至撞翻了不少小販的攤位，但彩霞根本管不了這麼多了，仍然不管不顧地讓車夫駕車，可眼看著再過一條街就要到溫甯侯府了，他們的馬車卻被人強行攔了下來。

馬車驟停，彩霞直接在車裡翻了個跟頭，她顧不得身體上的疼痛，邊往車外走，邊喊道：「車怎麼停了？小姐現在身處險境，咱們必須趕快回府報信才行，其他的暫時都不要管——」

只是她話音未落，一道身影驟然降落到馬車前。

「阮阮怎麼了？她在哪兒？」

來人正是墨逸辰，剛剛看到溫甯侯府的馬車在街上橫衝直撞，他便懷疑有事發生，這才逼停了馬車，想要詢問一二，誰知竟是溫阮出事了！

彩霞一看是墨逸辰，頓時像找到了主心骨一般，忙急切地說道：「墨世子！我們家小姐在四方閣被幾個歹人擄走了，您快去救救我們小姐吧！」

墨逸辰聞言，面上一寒。「他們大概往什麼方向去了？」

「城郊的方向！奴婢看著他們是往那兒去的，冷七已經追了過去。」彩霞儘量讓自己冷靜，把事情交代清楚。

墨逸辰對著彩霞吩咐道：「你們快回侯府報信，我先過去救阮阮！」話落，腳尖一點地，徑直落在馬背上，拉起韁繩，朝著京郊的方向疾馳而去。

京郊外，冷七和五皇子已經與劫匪們交上了手。劫匪們一行四人，冷七和五皇子仗著武功略高一些，才險險纏住了他們，但由於溫阮還被他們劫持在手，讓他們不得不投鼠忌器，不敢輕舉妄動，因此，兩方人馬形成了對峙的局面。

「本宮不知道你們是受誰指使，來綁架溫甯侯府的小姐，但今日的情況你們也看到了，你們若想全身而退，那便放下人，本宮保證給你們一條活路。」五皇子看著劫匪幾人，說道。

五皇子今日出門時只帶了個小廝，隨身的侍衛、暗衛統統未帶，否則這會兒，他也不會在這裡同這些劫匪多費口舌了。

劫匪幾人對視了一眼，他們自是知道時間拖越久，對他們便越不利，一旦溫甯侯府的救兵到了，那他們就真的插翅難飛了。

可是，若是讓他們就這般收手，肯定也是不行的，畢竟來之前，他們收到的是死令，必須要把人帶回去，否則只能提頭去見。所以，他們如今只有一個法子，那便是以溫阮的性命要脅，逼迫對方放他們離開。

此時被他們劫持住的溫阮，自然也發現了劫匪們的打算，她捏了捏手中的迷幻藥粉，琢磨著怎麼樣才能趁其不備，放倒現在挾持自己的這個匪徒，以求全身而退。

這迷幻藥粉，是溫阮平日裡帶著防身用的，剛剛在酒樓裡時，因為劫匪來得太突然，這些人的速度又太快，她都還沒來得及拿出藥粉防身，便被人直接劫持住了，所以，一路上她都在伺機而動。在袖子的遮掩下，她偷偷把藥粉捏在了手裡，一旦遇到機會，便要一招制勝。

雖然她身上的迷幻藥粉足夠放倒這四個劫匪，但溫阮也知道，若是一招不成，她就失了先機，等對方有了戒備後，以她的小身板，怕是就沒有機會了，所以，她這才遲遲未動手。

只是，現在她不能再等下去了，若是真的讓這些人躲開了冷七和五皇子，那她就更沒有機會了！於是，溫阮趁著冷七看她的時候，給冷七使了個眼色，然後，也來不及管他看沒看懂，直接便揚起手中的藥粉，朝著挾持她的歹徒灑了過去。

不過，還好冷七看懂了溫阮的意思，幾乎在她揚起手的一瞬，冷七便有了動作，直接朝另外幾名劫匪攻擊而去。兩方人馬再次打了起來，局面陷入混戰。

挾持溫阮的歹徒因一個沒注意，吸進了足量的藥粉，須臾之間，藥效便發作了，他還來不及做出任何反應，便直直朝著一旁倒去，而溫阮在劫匪倒地的一瞬，躲到了一旁，遠離打鬥的人群，同時，她的手裡又捏了一把藥粉，以防再次被那些歹徒挾持住。

五皇子和冷七兩人配合還算有默契，冷七一人纏住了兩名武功相對弱一些的劫匪，而五皇子一人對戰那名武功高些的劫匪，顯然還算遊刃有餘。

劫匪們節節敗退，眼見局勢似乎馬上就要被控制了，溫阮心裡也稍稍放心了些。

突然，溫阮發覺自己身後似有異動，忙警戒地回過身去——臥槽！她竟然又被人劫持住了！

溫阮問號臉，怎麼還有人來搶她啊？這突然出現的兩個人是誰？是這幫劫匪的幫手嗎？不然，還能是兩單買賣不成？

只是，這兩人似乎並不戀戰，看起來也沒有要幫那三名劫匪的意思，反而是抱起她便施展輕功，朝著叢林深處飛去。

溫阮企圖再次故技重施，可是，顯然這兩人早有準備，怕是剛剛就在暗處看到了她的動作，所以，當她剛抬起手，便被抱著她的人抬手攔了回去。

然後，她手裡的藥好死不死地灑在了自己的臉上！溫阮直接愣住了，昏過去的前一秒，她簡直想罵人。

真沒想到有朝一日，她竟然會栽在自己製的藥上，這黑歷史絕對夠她記住一輩子了！

第二十章

墨逸辰一路策馬飛奔，在京郊外發現了一些打鬥的痕跡，然後他沿著痕跡，很快找到了冷七和五皇子他們。五皇子竟然也來救溫阮了？墨逸辰雖有些詫異，但此時他根本管不了這麼多。「阮阮呢？」墨逸辰看了一圈，都沒發現溫阮的身影，遂問道。

冷七臉上有明顯的愧疚之色。「回稟墨世子，是屬下無能，剛剛屬下和五皇子同這幾人纏鬥的時候，突然又出現兩人，他們直接把小姐挾走了，目前不知所蹤。」

墨逸辰聽得眉頭緊皺，看著地上被冷七和五皇子制伏的歹徒，臉色陰沈至極。

「把這些人帶回去審，無論如何，必須把他們的嘴給我撬開！」墨逸辰對著身後的玄武吩咐道。

玄武領命，帶人把這四名劫匪押了回去。

不經意間，墨逸辰注意到一旁的草叢上竟有一塊權杖，於是走上前去撿了起來，只是待看清權杖後，墨逸辰的臉色又難看了幾分。

「這是無影樓的權杖？」五皇子從一旁走過來，見狀，詫異地問道。

無影樓是江湖上赫赫有名的殺手組織，聽說無影樓的樓主心狠手辣，手底下培養了一批殺人如麻的殺手，各個武功高強，尤其擅長暗殺。

樓內更是明碼標價接單，意思就是——只要你出得起銀錢，他們就能幫你殺人。

墨逸辰點了點頭，沒有否認。雖然他一貫同五皇子沒有什麼交情，但今日五皇子能挺身而出，不管怎樣，他都要謝上一番的。

「今日之事，多謝五皇子出手相助。」墨逸辰抱拳行禮道。

五皇子也抱拳，回道：「碰巧遇到，豈有不出手的道理？墨世子不用多禮。只是沒有救下溫小姐，非常遺憾。不過，無影樓的殺手竟然選擇把溫小姐劫走，那短時間內，溫小姐應該沒有生命危險，也希望墨世子能盡快把人救出來。」

墨逸辰微微頷首，臉色非常難看。「會的，我定不會讓阮阮有事。」

他盯著手中的權杖，黑眸凌厲，漆黑的瞳孔中似有刀鋒之寒。

溫阮再次醒來時，發現身邊竟然空無一人，而且她身處的地方好像是一個暗室，四處空無一物，只有她身下躺著的一張木板床和地上的一盞油燈。

小心翼翼地從木板床上下來後，溫阮便提起油燈，躡手躡腳地朝著門口的方向走去。她想試試看這暗室的門能不能打開，結果這門根本推不開，估計是被人從外面給鎖上了吧。

正當溫阮想要重新回到木板床上時，外面突然有了動靜，似乎是有人回來了，聽腳步聲，應該不止一個人。

「你們說，大哥去了這麼久，怎麼一點消息都沒傳回來啊？不會出了什麼事吧？」

一男子的聲音，隔著門板傳到了溫阮的耳中。

此時，一女子的聲音響了起來。「四哥，你別多想，大哥的功夫你還不知道嗎？這江湖上很難有人是他的對手。放心吧，大哥肯定沒事的，定是被什麼事給耽擱了。」

「對啊，四弟你多慮了。咱們這毒又還沒到發作的日子，大哥能有什麼事啊？」

又有一男子出言附和道，顯然他們口中的大哥在他們心中的地位很高。

只是，似乎這男子的話戳到了他們的痛處，他話一落，外面頓時沒了聲音。溫阮估摸著，應該和他剛剛說的毒有關吧？

這群擄走她的人竟然都中了毒，那他們抓自己是不是和這事有關呢？溫阮不禁猜測道，難道他們是聽說她醫術好，所以，這是想讓她幫他們解毒？

「我說，咱們真要這麼做嗎？那個小姑娘看著年紀還這麼小，難道咱們真的要為了解毒，拿她去交換？」女子不確定地問道。

一男子回道：「這是那人替咱們解毒的條件，我們只能這樣做。再說了，七妹，咱們是無影樓的殺手，這些年都沒少殺人，也不差這一個。」

「可是，咱們兄妹七人之所以聯手殺了樓主，不就是不想被他逼著去殺一些手無縛雞之力的老人和孩子嗎？」女子反駁道。

「但咱們兄妹這毒必須解了，不然就會沒命……」

從這幾人零零散散的對話中，溫阮大概也弄明白了事情的始末。原來外面這幾人是無影樓的七大招牌殺手，因不滿被樓主用毒控制，成為殺人不眨眼的機器，所以前些日子便聯手把他們樓主給殺了，企圖奪解藥。

但他們樓主也是夠狠的，臨死之前，竟撐著最後一口氣，把解藥連同每月控制毒發的藥物都給毀了！要知道，這毒只有他們樓主能解，這些年他們為了解毒可沒少花心思，但最終都無功而返，所以，這解藥一毀，他們七人的希望也全毀了，等待他們的便只有毒發身亡。

可是，就當七人陷入絕望之時，有一人卻說能解此毒，但條件是必須把溫甯侯府的小姐擄過來，所以，才有了今日溫阮被劫一事。

「算了，我去給裡面的小姑娘下碗麵吧，她待會兒醒來後，估計該餓了。」女子的聲音再次傳來。

「七妹，妳給我也下一碗唄，我待會兒不想吃乾巴巴的乾糧了。」一男子說道。

「不行，麵不多了，大哥也不知道什麼時候回來，還是都留給那小姑娘吧，總不能讓她跟著咱們啃乾糧吧……」那女子的聲音漸行漸遠，似是真的去給溫阮下麵了。

不知為何，聽完外面這群人的談話，溫阮的心情有些複雜，突然覺得這群人似乎也不是很壞的樣子。於是，她暗暗思量著，看看有沒有機會同他們做個交易，比如她看看能不能幫他們把毒解了，然後他們放了她之類的。

不過，關於替他們解毒這事，還是得走一步看一步，最起碼要先確定他們所中何毒，然後才能做下一步打算。畢竟，這些動輒就能要了她小命的殺手，還是很危險的存在啊！

很快便到了用膳的時間，暗室的門被人從外推開，走進一個紅衣女子，約莫十五、六歲，她乍一見到溫阮醒著，怔了一下，似乎有些意外她竟然沒哭也沒鬧。

「過來吃飯吧。」女子說道。

「我能出去吃飯嗎？這裡太黑了，我害怕。」溫阮的眼眶裡浸了些淚花，眨著忽閃忽閃的大眼睛，顫抖著聲音說道。「姊姊，你們放心，我保證會很乖的！」溫阮再接再厲，努力扮出一副「弱小、可憐、無助」的模樣。

女子似是猶豫了一下，然後說道：「好吧，但妳只能待在我們身邊，倘若妳亂跑，刀劍無眼，小心妳的小命。」

溫阮忙乖乖地點了點小腦袋，單手做發誓狀。「嗯嗯，阮阮哪兒也不去，就待在姊姊身邊呢！」

當紅衣女子把溫阮從暗室帶出來時，外面的人明顯很意外。

「七妹，妳怎麼把這丫頭給帶出來了？今日妳又不是沒看到，這小丫頭有多狡詐！那挾持她的人不就是被她給迷暈了嗎？萬一她耍什麼詭計，到時候再讓她給跑了，咱們可不就白忙活了嘛！」

紅衣女子把給溫阮的那碗麵放到一旁的桌子上，然後推了推她，示意她過去吃。

「四哥，哪有你說的這麼誇張，她也就是個孩子而已，況且身上的迷幻藥也都被咱們給收了，還能使什麼手段？再說了，咱們這一屋子的人，難道連一個孩子都看不住嗎？」

紅衣女子說完，屋內其他人也覺得有道理，便沒再要求把溫阮送回暗室了。

但是剛剛被紅衣女子叫四哥的男子，卻衝著溫阮揮了揮拳頭，威脅道：「小丫頭，妳最好聽話些，小心哥哥的拳頭不認人啊！」

溫阮忍不住在心裡翻了個白眼，暗暗吐槽這人幼稚，但面上卻仍做出一副被威脅後害怕的樣子，甚至還端著那碗麵往紅衣女子身邊靠了靠，尋求安全感。

看到溫阮的反應，眾人似乎對她更加放心了，也不再盯著她，逕自吃著手裡的乾糧。

溫阮坐在矮桌前，邊吃著麵條，邊暗暗觀察著四周的情況。

這間屋內除了溫阮之外，還有四個人，三男一女，溫阮不禁暗自思量了起來。

下午在暗室裡時，聽他們說一共有七人，也就是說，目前有三個人還沒回來。至於出去幹什麼了，溫阮不用想都知道，肯定是去找那個金主，商量著怎麼把她給賣了唄！

至於這群殺手口中那個能替他們解毒，且又想要她命的金主是誰，溫阮唯一能想到的人，便是程嫣然。

程嫣然的狠戾和毒辣，溫阮一開始便是知道的，若真是買通殺手要取她性命，一點也不足為奇，畢竟，從如今的局勢來看，她應該是擋了程嫣然的道了。

溫阮下意識摸了摸腰間的荷包，還好這個迷你銀針包沒有被他們搜走。要知道，銀針在她手裡，除了治病救人外，還可以當作防身之用。人體的穴位甚是精妙，有生穴，亦有死穴，關鍵時刻，她也可致命一搏。

當然，這是下下之策，對方人多勢眾，又都是殺手出身，無論是警覺性還是反應能力，都不是她這副小身板可以相比的。

而且目前看來，他們對她似乎沒有多大的惡意，若她推斷沒錯的話，她家裡人這會兒應該翻天覆地在尋她，說不定會有轉機，所以，她不如先等上一等，待有了合適的機會，她當然也是要逃的。

「喂，小丫頭，這麵妳還吃不吃？不喜歡的話，也別浪費啊，給哥哥吃吧！」

被紅衣女子叫四哥的男人，代號影四，平日裡沒什麼其他的愛好，就是好吃了點，他看溫阮吃麵吃得心不在焉的樣子，以為她不喜歡吃，便忍不住說道。

聞言，溫阮下意識抱緊手裡的碗，警戒地看了他一眼。「這麵我吃過了，有口水的。」

開玩笑，她都快餓死了！把麵給他吃，難道要吃他手裡乾巴巴的饅頭嗎？還是算了吧！這麵條雖然味道一般，但怎麼說都比他手裡的饅頭強啊！

影四。「……」

「我說老四，瞧你這出息！不就是一碗麵嗎？改日咱們出去了，什麼好東西吃不著，你至於現在同一個小丫頭搶吃的嗎？你害不害臊啊？」說話的是另一名男子，坐在窗戶旁邊，在無影樓裡代號影三。

溫阮使勁點著小腦袋，頗為幽怨地看了影四一眼，似乎在說：你怎麼能和小孩子搶吃的呢？真是不要臉！

影四故意裝作惡狠狠的樣子，瞪了溫阮一眼。「臭丫頭！我們擄妳過來，可不是要好吃好喝招待妳的，妳最好知道自己的身分！」

溫阮在心裡忍不住翻了個白眼，廢話，這麼重要的事還用他提醒？她可是時刻都不敢忘記自己被綁架的處境，畢竟關乎她的小命啊！

「姊姊，妳要吃嗎？要不我分妳一半吧？」溫阮可憐巴巴地看向紅衣女子，也就是影七。

溫阮能感覺出來這姑娘對她格外照顧了些，無論是從另外為她準備吃食，還是把她從暗室裡帶出來，都可以看出，女子雖然表面看著冷了些，但其實是這些人裡最好攻掠的一個。而且，她每次看自己時都像是在透過她看另一個人，溫阮覺得這姑娘之所以這般照顧她，很大的可能是移情作用。

溫阮確實猜得沒錯，影七之所以這般照顧溫阮，是因為她也有個妹妹，她們兩姊妹自小被無影樓的樓主撿回去，作為殺手培養，只不過妹妹像溫阮這般大時不幸遇害了，所以她看到溫阮便會情不自禁地想到妹妹，自然也就對她多了些耐心。

「不用，妳吃吧。」影七眉眼間柔和了許多。她看著溫阮端碗遞到她面前的樣子，不禁想到小時候，妹妹每次得了好吃的，也都是這般要與她分享的。

想到這兒，影七有些不贊同地看向影四。「四哥，你嚇唬一個孩子幹什麼？」

影四一噎，剛想反駁，但似乎也想到影七她妹妹的事了，遂又把嘴邊的話嚥了回去。不過，他還是不甘心地瞪了溫阮一眼，小聲嘟囔了句。「馬屁精！」

溫阮才不管他呢，假裝沒聽見，衝著紅衣女子笑了笑，繼續沒心沒肺地吃麵，還故意「呲溜」得很大聲。

影四氣得眼不見心不煩，直接轉過了身去。

用完膳後，夜幕很快降臨，溫阮窩在一個角落，明顯發現屋內的幾人有些著急了，不停向著門口的方向看去。

「大哥他們怎麼還不回來？不會真出事了吧？」影四一臉焦急之色，不停地在屋內踱步。

只是這次他問出和下午時同樣的話，其他人卻沒辦法肯定地告訴他「沒事」了。以目前的情況來看，大哥他們肯定是被什麼事纏住了，不然不會到現在連一點消息也沒傳過來。

「老四，你他娘的別在我面前轉來轉去，轉得我頭暈！」另一名男子罵道。

影四不服氣，剛想罵回去，正巧這時院子裡有了動靜，幾人也顧不上其他的了，都頗為警惕地拔出劍，對著門口的方向，做出攻擊狀。

門被推開，從外面走進來一個玄衣男子，手裡提著一把劍。

溫阮能感覺得出來，他身上的氣息和屋內其他人的氣息很像，都是那種陰冷之氣。若是推斷沒錯的話，應該是他們自己人。

果然如此，屋內眾人看到男子，神色均是一鬆，紛紛放下手中的劍，迎了上去。

「大哥，你怎麼現在才回來？」影四迫不及待地問道。

這位玄衣男子就是影一，也就是其他人口中的大哥。

他先是同其他人點頭示意了一下，然後瞥了眼角落裡的溫阮。

不知為何，溫阮總覺得這一眼別有深意啊！她下意識地縮了縮脖子，努力降低自己的存在感。

影一看了看幾人，說道：「情況有變，接頭的人遲遲未出現，估計是被什麼事給絆住了，我留下二弟和六弟在那裡守著。」

其他人聽到兄弟們都沒出事，不禁紛紛鬆了口氣。

「不過，我回來之前探聽到了一些消息，下午的時候，無影樓被人給挑了，樓裡的人被殺的被殺、被抓的被抓，現在已然是一座空樓。」

「什麼?!」影四一臉震驚。「是誰幹的？真他娘的解氣！樓裡的那群老傢伙終於被人給宰了！我一直看不慣他們，還有，那天若不是他們從中阻撓，說不定咱們早都拿到解藥了！不過，他們到底招惹誰了？這有多硬氣，才敢把無影樓就這麼給挑了啊！」

影四之所以這樣問，也是有原因的。其實，無影樓雖是江湖的殺手組織，但它背後卻也是有朝廷上的人在撐腰，他們也是最近才有些線索，知道這背後之人怕是和京都府的程家有關，而程家背後是當今皇上，所以，這便有些耐人尋味了。

「鎮國公府的世子墨逸辰，他親自帶人過去的，光天化日之下就把無影樓給挑了，理由是，無影樓的人抓了他未過門的世子妃。」影一解釋道。

聞言，影四一臉幸災樂禍。「樓裡那群老傢伙瘋了，沒事幹麼抓人家未過門的世子妃啊？這不是逼著人家滅了他們嗎？真是越老越活回去了，這種生意也敢接？看吧，命都搭進去了吧！」

無影樓接生意也是有規矩的，並不是什麼生意都接，比如被殺之人是那些掌握實權，或者勢力頗豐的世家大族，一般情況下這種生意他們都是不會接的，畢竟，這樣的家族是有實力的，若真是不管不顧了，滅了無影樓也不是不可能的事，他們又何必冒這個險？

但鎮國公府掌管著整個西北軍，顯然具備這個實力，而且人家還真的就不管不顧了！

墨逸辰把無影樓給滅了？溫阮頗有些意外，不過……她有些一言難盡地看著影四他們。呃……貌似是他們抓她的啊，影四口裡的那群老傢伙估計是受了無妄之災吧？

「話說，這鎮國公府世子的未婚妻是誰啊？怒髮衝冠為紅顏，聽著就挺帶勁的，估計他這未婚妻定是位傾城傾國的大美人啊！」

「……」溫阮默默低頭看了看自己的小身板，這波誇獎讓她有些心虛啊！

「溫甯侯府的小姐，溫阮。」影一說道。

影四一頭霧水。「大哥，你沒事喊那小丫頭幹麼？她在咱們這裡還算老實，沒惹什麼禍——」話說到一半，影四突然停了下來，不可思議地看向角落裡的溫阮，問道：「妳是鎮國公世子未過門的世子妃？」

溫阮訕訕地笑了笑。「你們說的，應該是我。」

「所以說，是咱們惹了事，牽連到樓裡的那幫老傢伙了？」影四不可置信地說道。

「這麼算起來，咱們也算是報仇了啊！」

影一看了他一眼，說道：「四弟，你高興得太早了。據我所知，現在已有好幾批勢力在暗中找我們，以東宮、溫甯侯府、鎮國公府的勢力為主，還有其他幾股勢力牽扯在其中，目前還分不清是哪家的。總而言之，現在整個京都府完全被攪成了一鍋粥，咱們的處境也不樂觀。」

「可是不對啊，大哥，咱們之前不是分析過嗎，太子應該不會輕舉妄動才是啊，他那邊怎麼還成為主力了？」影四不解地問道。

影一搖了搖頭，表示自己也不清楚。

把溫阮擄過來之前，他們分析過朝堂的局勢，推斷太子為了韜光養晦，不會輕易把勢力展現出來，所以，他們理所當然地以為，大概只有溫甯侯府這一方勢力會緊追著他們不放。

但太子卻完全出乎他們的意料，更別說現在還有鎮國公府和其他幾股勢力了。

屋內幾人突然意識到事情已經完全超出他們的預料，這次就算是解了毒，怕是也很難全身而退了。

東宮內，墨逸辰趁著夜色，來到趙卓煜的書房。

「怎麼樣？無影樓那邊審得如何了？」趙卓煜看到墨逸辰，直接站起身。

墨逸辰臉色凝重，朝著他搖搖頭。「那群老傢伙什麼都不知道，暫時知道的是，阮應是被無影樓叛逃的那七人所擄。」

「現場抓住的那四個人審得怎麼樣？可有什麼線索？」趙卓煜問道。

墨逸辰點了點頭，這正是他過來的目的。「那幾人的嘴已經被撬開了，是七公主外家培養的死士，所以，要想知道更多的線索，怕是要審一審七公主才行了。」

現在溫阮下落不明，隨時都可能有危險，墨逸辰也顧不上這麼多了，即便對方貴為公主，他也是要抓來審上一審的。只是，在此之前，他還是必須同趙卓煜打個招呼。

「趙楚楚？」趙卓煜先是有些意外，隨後似是想通了其中的關竅，冷笑道：「她倒是打好算盤，如今想來，本宮竟也被她算計進去了。禁足、被罰、重病怕都是設計好的，就是為了出事之後給自己擺脫嫌疑，今日要不是抓住了那幾人，且審了口供，本宮真的很難懷疑到這七妹頭上啊！」

說起來，這七公主倒真是計劃周密，當日若不是五皇子在場，同冷七一同纏住了那幾個死士，怕是還真會讓她得手。屆時一點線索都沒有，再加上七公主又有重病的幌子，他們確實很難懷疑到她身上，若真是那樣的話，溫阮怕是要凶多吉少了。

趙卓煜一抬手，從暗處走出一個暗衛，單膝跪在他的面前。

「主子。」

「嗯。去七公主的寢殿，把她給我帶過來，不要驚動任何人。」趙卓煜吩咐道。

暗衛領命離開，書房內只剩下墨逸辰和趙卓煜兩人。

墨逸辰想了想，提醒道：「若是七公主過後同皇上告狀，皇上怕是……」

「無事。」趙卓煜心裡早有決斷，冷聲道：「七公主不是喜歡裝病嗎？那就趁著這次機會，讓她徹底病了。今日過後，夏祁國會多一位癡傻的公主。」

趙卓煜派出去的暗衛，很快便把趙楚楚給帶了回來。

被人驟然擄來，趙楚楚顯然嚇得不輕，披散著頭髮，衣衫一看就是被人隨便披上的，一臉驚慌失措，整個人頗為狼狽。

待看清面前的人時，趙楚楚一怔，似是想到了什麼，然後，強裝鎮定地說道：「皇兄、墨世子，你們這是何意？深夜派人將楚楚擄到此處，難道就不怕父皇知道了會怪罪嗎？」

趙楚楚話中的威脅之意，兩人顯然都沒當回事。

墨逸辰冷冷地瞥了一眼地上的趙楚楚，說道：「七公主應該知道我們為何抓妳過來，識相的話，就從實招來吧！」

「本公主不知道墨世子在說什麼。」趙楚楚眼神閃躲，神色極不自然。

墨逸辰的嘴角逸出一絲冷笑。「那本世子不介意讓公主見識見識軍營中審訊的手段，屆時相信公主就會知道要說什麼了。」

「墨逸辰，你敢！我是夏祁國的公主，豈是容你說審訊便審訊的？」趙楚楚強裝鎮定地說道，然後，她又看向趙卓煜。「難道皇兄就這樣眼睜睜地看著旁人這般折辱皇家的顏面嗎？」

趙卓煜瞥了七公主一眼，悠悠地說道：「七妹說的沒錯，本宮自然是不會這麼眼睜睜看著的。」

聞言，趙楚楚驀地鬆了一口氣，只要趙卓煜還顧忌著皇家顏面，那她便還有一絲希望。

其實，下午的時候，她遲遲沒有等到那幾名死士把溫阮帶來，便料到出事了，也暗自著人去查探了一下，果然如她所料，她派去的人被抓，但溫阮卻也不知所蹤。
「那便不勞旁人了，本宮親自來審問，七妹覺得如何？」趙卓煜的語氣帶著一絲漫不經心，但他臉上的神情卻讓人絲毫不敢忽視他的話。
「皇兄?!」趙楚楚不可思議地喊道。「你知道父皇最忌諱什麼，若是他知道你擅自審訊我，定不會輕易饒過你的！」
「這就不勞七妹擔心了。本宮不想再同妳廢話，阮阮在哪裡？妳最好從實招來！」趙卓煜冷冷地說道。
看到趙卓煜油鹽不進的樣子，趙楚楚氣得咬牙，但無法，也只能否認到底。「她在哪裡，本公主怎麼知道？皇兄怕是問錯人了！」
趙卓煜懶得再同她廢話，朝著一旁的暗衛抬了抬手。「帶下去用刑，無須手下留情，只要有一口氣留著就行。」
見狀，趙楚楚驚慌失措。「皇兄，我要是受傷了，屆時就算你把我送回去，也定是沒辦法解釋的！」
趙卓煜嘴角逸出一絲譏笑。「那便不送回去就好了。」然後，看向暗衛吩咐道：「既然七妹都提醒了，記得找個和她身量差不多的暗衛，讓她頂替七公主繼續在宮裡養病吧。」

聞言，趙楚楚險些崩潰，她知道若是再不坦白，這頓皮肉之苦看樣子是躲不掉了。她從不是不諳世事之人，豈會把暗衛營裡那些審訊手段當兒戲？反正大勢已去，與其到時候再開口，不如現在便交代清楚。

再說了，她找人擄走溫阮又如何？屆時她只需一口咬定只是想要給溫阮一點教訓，並未想害她性命，別人又能拿她怎樣？父皇那邊頂多是訓斥懲罰一番罷了。

可太子卻不一樣，他擅自在宮中動手，這可是犯了父皇的大忌諱，待她回去後，定要好好向父皇告一狀，到時候淑妃和五皇兄那一派，也會抓住這個機會在朝堂上彈劾太子的，屆時太子想要全身而退怕是很難了，說不準連這太子之位都會不保呢！

「好，我說。」一想通後，趙楚楚便不再掙扎了。「沒錯，我承認，我就是想嚇一嚇溫阮，所以派人去抓了她，可是，我的人並沒有得手，這個想必你們也是知道的，其他的我就不清楚了。」

「七公主，本世子沒這麼多耐心，若是妳再說這些廢話，就別怪我不客氣了！」墨逸辰目光森嚴，語氣明顯不耐煩。

趙楚楚臉上的表情慢慢龜裂，譏笑道：「真沒想到，墨世子竟還有這麼在乎一個人的時候，本公主可真是大開眼界了！原來你也有心啊？那你明知我心悅你這麼多年，你卻——」

「太子，讓人帶下去審吧，她明顯在拖延時間！」墨逸辰看向趙卓煜，相當冷酷無情地道。

趙卓煜點了點頭，剛想喚人時，趙楚楚急迫地開口了。

「是程嫣然！若我沒猜錯的話，那些後來的人應該是她找去的！」

事發之後，趙楚楚也猜想過，後來出現的人會是誰派去的？她思來想去，唯一想到的人便是程嫣然。能這麼湊巧地出現把人劫走的，只有知道她計劃的程嫣然可以做到。

別以為她真的沒看出來程嫣然的心思，只是既然程嫣然派人過去了，為何不把她的人也救了，偏偏害她暴露？既然程嫣然不仁，那就休怪她不義了！

「墨逸辰，溫阮那臭丫頭要是有個三長兩短，也都是因為你！程嫣然喜歡你，你不會不知道吧？她可比我狠毒多了，所以，此時不知還有沒有命在呢……」

第二日一大早，溫阮見影七起床了，自己也不敢再賴床，以前所未有的麻利勁收拾好自己，然後跟在她身後走出了臥室。

從昨天晚上開始，溫阮便一刻不離地跟著影七了。沒辦法，自從他們大哥影一回來後，溫阮總感覺他有意無意地在打量自己，她不得不懷疑，他會因為他們目前的處境而遷怒於她，然後打她、折磨她來洩氣什麼的。

所以，溫阮必須要跟好這個叫影七的姑娘，利用影七對她的那點善意來自保了。

而且，她敏銳地發現，影一與影七兩人之間，貌似有些不可描述的曖昧情愫在，那她可就更要抱好影七這姑娘的大腿了啊！

影七一早起來便給眾人準備早膳，溫阮就這樣跑前跑後地跟在影七的身後，還非常有眼力，時不時地幫著打點下手什麼的，可乖巧了呢！

其他幾人也早早起來了，都圍在院子裡，打拳的打拳、練劍的練劍，這要是被旁人瞧見了，誰能想像到他們之間是劫匪和被劫的關係？明明就像是哥哥跟妹妹一家人過日子，相當和諧啊！

當然，偶爾也少不了拌嘴、吵鬧什麼的。

「臭丫頭，妳總跟在七妹身後幹麼？像個跟屁蟲一樣！和我們待在一起，還能吃了妳不成？」影四一大早就被這小丫頭轉得頭暈，遂沒好氣地說道。

聞言，溫阮停了下來，非常認真地看向影四。「嗯，旁人我不知道，但你會，昨天你還要搶我的麵吃呢！」所以，你就是個貪吃鬼！

影四。「……」他那是搶嗎？只是問一問好不好？這臭丫頭竟然顛倒黑白！還有，他有種預感，總感覺早晚會被溫阮給氣死！

溫阮說完，也沒給影四罵她的機會，屁顛屁顛地又跟去廚房找影七了。

看著溫阮離開前那副有恃無恐的樣子，影四一口老血卡在喉嚨裡，差點沒噎死他。

其他人看見影四吃癟，均是一臉幸災樂禍的樣子。

憋屈的影四只能使勁揮起手裡的劍，以此來洩憤。

影七速度不慢，早膳很快便準備好了。

因昨日影一帶回來的食材有限，所以做出來的都是些粗茶淡飯，但眾人倒也不嫌棄，圍在一起吃得挺香。

溫阮就更不會嫌棄了，身為被綁架之人，這點自覺她還是有的。再說了，可以看出來影七已經對她頗為照顧了，還給她單獨煮了兩個雞蛋呢，其他人都沒有，她又怎麼可能還不知好歹啊！

影一看著溫阮，若有所思道：「溫甯侯府的小姐，金尊玉貴的，真是難得，竟也不嫌棄這般粗茶淡飯。」

眾人聞言均是一愣，然後齊刷刷地看向溫阮。

溫阮本來沒太在意影一的話，以為和自己無關，但當眾人都疑惑地看向她時，才突然反應過來，喔，對了，溫甯侯府小姐，講的是她啊！不過，他們這是什麼眼神？難道是在懷疑她的身分？別鬧了，是他們抓她過來的好不好！難道他們劫人前不應該提前做好背景調查嗎？這會兒才來懷疑她假冒的，咱們能不能專業點啊？

「為什麼要嫌棄啊？我從小跟著我師父在山裡長大，這些東西經常吃呢！」溫阮故作疑惑地反問道。

聞言，幾人似是有些意外，看溫阮並不像說謊的樣子，便也沒再糾結這件事了。

「大哥，你說那人真的會給咱們解毒嗎？我怎麼覺得他會像樓主那樣，頂多只定期給咱們一些控制毒素的藥丸，然後繼續操縱著咱們做事啊？」影四講出了自己的疑慮。

影一眉頭微皺。「走一步看一步吧，咱們現在也沒別的路選了。」

其他人紛紛點了點頭，顯然也是這般認為的。

溫阮看了眾人一眼，其實啊，他們還是有其他路走的，比如和她合作啊！「那個，我覺得……」

「好了，小丫頭，大人說話，小孩子不要插嘴！」影四本來心情就有些憋悶，看到溫阮插話，便直接開口給堵了回去。

溫阮。「……」

看著其他幾人也是一副興致缺缺的樣子，溫阮弱弱地閉上了嘴。算了，估計這會兒她說了，這些人怕是也不會信她吧！唉，她還是待會兒先看能不能偷偷給影七診一下脈好了，至少她得先弄清幾人中的究竟是什麼毒，這樣才好說服他們啊！

幾人才剛吃完早膳，院子裡便有了動靜，原來，是他們口中另外兩人回來了。

「大哥，對方派人來傳信了，讓咱們下午帶著人去破廟見面。」其中一人說道。

聞言，影一點了點頭。「好，我知道了。大家都準備一下，下午咱們過去看看。」

眾人聞言，紛紛應了聲「是」，剛剛輕鬆的氛圍突然消失了，眾人似乎都有意避開溫阮的視線，各自忙去了。

溫阮也有些著急了，因為就連影七都刻意在躲著她。無法，她只能一人窩在角落裡，暗暗思量著對策。

以目前的情形來看，想從這七人手中逃脫，怕是有些困難，唯今之計，也顧不了這麼多了，她必須要讓這幾人相信她能解他們的毒，這樣她才能避免被交出去。

至於如何讓他們相信自己呢？溫阮覺得，她還是得從影七開始攻掠……

正當溫阮陷在自己思緒中時，一聲巨響把她拉回了現實。

她抬頭一看，不知為何，影四突然倒在地上，雙手抱腹蜷縮著，一臉痛苦之色。

而其他幾人也是面色蒼白，似是手腳無力般癱坐在地上，額頭上浸滿了汗，顯然在極力忍耐著。

「怎麼回事？毒怎麼提前……發作了？」影四說道。

影一的臉色比其他人好些，不知是在強忍著，還是他毒發得慢了點。「若推斷沒錯的話，應該與樓主臨死前打碎的那瓶藥有關。」

當日，無影樓的樓主在臨終之前朝幾人灑了一瓶藥粉，當時他們便覺得有蹊蹺，雖第一時間屏住了呼吸，但多少還是都吸入了一些。事後他們也猜測過那藥粉的用途，只是沒什麼頭緒，如今看來，那些藥粉怕就是催毒發作的吧！

幾人聞言，臉上都露出一股絕望之色。他們所中之毒霸道至極，一旦毒發，未能及時服下解藥或抑制毒素的藥丸，不多時便會暴斃而亡，所以，這麼多年來，他們一直都是隨身攜帶抑制毒發的藥丸。只是，現在已經沒有藥丸了。

影七在心灰意冷之餘，卻突然有些釋然了，他們偏偏在快要解毒之前毒發了，也許這就是命吧。她突然看向角落裡的溫阮，臉上逸出一絲不易察覺的笑。「小丫頭，快走吧！機靈點，別再被抓了。」

溫阮一愣，她自是明白影七的意思，其實，剛剛她也一直在暗中觀察幾人的情況，準備確定幾人沒有還手之力時，自己便乘機逃出去，畢竟，這對她來說可是千載難逢的好機會。

見屋內其他人也沒有要阻攔的意思，溫阮站了起來，試探性地朝門口的方向移了移，見仍未有人阻攔她，她才放心地朝門口走去，只是走到門口時，她突然轉身看了大家一眼。

影一不知何時挪到了影七的身旁，兩人的手緊緊握在一起，其他幾人也紛紛聚在一起，似是在等待著死亡。溫阮這時才明白，他們不是沒有能力攔住她，而是在臨死之前，決定放她一條生路。

看到她看過來，影一也不再是那副提防她的模樣，還衝她扯了扯嘴角，說道：「記得，避著點程家的人。」

就連一貫看她不順眼的影四，也似乎在強忍著痛苦，朝她笑了笑，然後對她揮了揮手，示意她快走吧。

溫阮心頭驀地一悸，不知為何，突然有點難受。

猶豫片刻後，溫阮嘆了口氣。唉，她這個人就這點不好，不喜歡欠別人。不管是不是移情作用，自昨日被抓來後，影七確實對她頗為照顧，若她此刻真的棄他們而去，她的良心怕也會不安吧？於是，溫阮看了眼躺在地上的影七，轉身又走回屋內。

屋內幾人微愣了愣，顯然沒有反應過來，溫阮為何又突然折返回來了？

「臭丫頭，妳還回來幹什麼啊？是不是想要報仇，打哥哥一頓啊？哥哥也不怕告訴妳，咱們都快要死了，妳也別費勁了，還是快點走吧！」影四雖面上還是那副不正經的模樣，但從蒼白的面龐和額頭上的細汗可以看出，他正在極力忍耐著疼痛。

看著他的樣子，溫阮也懶得同他計較，逕自來到影七身邊，然後從腰間的荷包裡拿出她的小銀針包，把裡面的一排銀針露了出來。

見狀，眾人面面相覷，顯然沒料到溫阮小小的荷包裡竟然還暗藏玄機！

「我說小丫頭妳來真的啊？妳說妳小小年紀的，怎麼這麼小心眼啊？怎麼說這兩天咱們也沒虧著妳不是？妳至於拿針扎我們七妹嗎？」影四看見溫阮拿著銀針朝影七走過去，頓時不冷靜了，直接嚷嚷道。

溫阮回頭瞪了他一眼。「你閉嘴！我就算要報復，也是要報復你吧？」

這堆人裡面，可就影四看不慣她，有事沒事老找她茬，真要扎人，她保證只扎影四！

影四一噎，雖然這臭丫頭的話不中聽，但別說，還滿有道理的。他們這群人裡面，就影七對這臭丫頭最為照顧，她就算要報復也不應該報復影七才是！那她這是在幹什麼？呿，難道還是救人不成？

「影七姊姊，讓我施針幫妳把毒素先壓制住，好不好？」溫阮看向影七，問道。

影四直接愣住了，這臭丫頭真是要救人？

「臭丫頭，妳行不行啊？別把我七妹扎壞了啊！七妹，我勸妳要好好考慮考慮，咱別臨死前還受這份罪，那太不值得了！」影四嘴賤地說道。

溫阮忍不住翻了個白眼，直接轉過身朝著影四走過去，然後，一針扎在他的啞穴上！真好，世界安靜了。

影四莫名被扎了一針，氣得他剛想要罵溫阮兩句，卻突然發現自己說不出話了，只能在那「啊啊啊啊」個不停。

「影七姊姊，妳放心，我扎針很準的喔！妳看影四是不是都不能說話了？他真的是太吵了，我待會兒再幫他扎回來吧！」溫阮歡快地朝著影七揮了揮手裡的銀針，一臉的洋洋得意。

眾人一聽只是暫時不讓影四說話，頓時放心了，注意力直接移到影七身上。

影一也看向影七，說道：「七妹，不如試一試？」

影七輕輕點了點頭，窮途末路了，試試又何妨？反正本來就沒什麼好失去的，就算真像影四說的那樣，被扎壞了也沒什麼關係。至於受不受罪……自被帶到無影樓後，她早都習以為常了。

「好，小丫頭，妳施針吧，不要有負擔，姊姊撐得住。」影七笑了笑，輕聲地說道。

溫阮點了點頭，沒再多說什麼，起身上前給影七施起了針。

只見她銀針在手，眼神瞬間變得凝重而認真，下針迅疾，收針俐落，儼然是一副成熟醫者的姿態，不禁讓人肅然起敬。

大概半刻鐘的時間，溫阮便施針幫影七把毒素暫時壓制住了。最後一根銀針從影七頭部拔出時，溫阮伸手，輕輕地朝她背上拍了三下，影七猛地吐出一口瘀血。

隨後，影七毒發時的疼痛感瞬間消失，她喜不自勝地看向眾人，而她的表情足夠說明一切。

「竟然好了！毒發時那蝕骨灼心的疼痛，都消失了！」影七激動地說道。

屋內眾人聞言，也皆是一副欣喜若狂的樣子。溫阮剛剛那一手出神入化的針法確實令他們震驚了，她僅憑一副銀針就能替影七在毒發時壓住毒素，那她是不是……眾人心如死灰的臉上也不禁露出一絲希冀。

「小丫頭，謝謝妳救了我！只是，妳能幫幫……」影七看了看屋內的其他人，意思不言而喻。

溫阮自然明白她的意思，點了點頭，然後從一旁的櫃子上把不知道是誰的酒葫蘆拿了過來，給銀針做過消毒處理後，率先走向距離最近的影一。

很快地，溫阮按照就近原則，依次把眾人的毒都暫時給壓制住了，當然，影四是意外。按照位置來說，他應該是第三個解毒的，但溫阮卻故意繞開他，把他放在最後一個，絕對是報復無疑了。

影四想說話又說不出來，只能氣哼哼地瞪向溫阮。這臭丫頭還真是記仇，故意把他放到最後，都快疼死他了！

終於完事了，只是一下子給七個人施針，溫阮耗費了太多的精力和心神，直接累癱在地上。

而其他人也沒好到哪裡去，因為毒剛發作了一回，正是最虛弱的時候，因此也全都癱在地上緩一緩。

但影四卻沒消停，只見他移到溫阮面前，指著自己的喉嚨，衝著她「啊啊啊啊」個不停，意思很明顯。

溫阮瞥了他一眼，也沒再故意折騰他了，隨手捏起一根銀針，再次刺向他的啞穴，影四終於又能說話了。

能說話後的影四，第一反應便是坐到離溫阮最遠的位置，頗為警戒地盯著她，顯然是在提防她再次把他給扎啞了。

「喂，臭丫頭，沒想到妳還真有兩手！妳這針法是跟誰學的啊？」影四仍然記吃不記打，剛能開口說話，就開始招惹溫阮了。

溫阮懶得同他計較，白了他一眼後，回道：「還能跟誰學啊？我師父唄！」

「呦，妳還有師父啊？那妳師父是何方神聖？」影四追問道。

「鬼手神醫。」溫阮倒也沒遮掩，順便還不忘臭屁一番。「怎麼樣，知道我的厲害了吧！」

影四。「……」這臭丫頭，就算是厲害，難道不應該是說鬼手神醫嗎？怎麼就成她厲害……等等！「什麼？妳師父是誰？」影四突然反應過來，這臭丫頭竟然說她師父是鬼手神醫？

屋內其他人顯然也是一臉震驚的樣子，畢竟鬼手神醫的名氣太大了，他們怎麼可能不知道？這些年他們也試圖去尋過鬼手神醫，只是一直無果罷了。

而且，前段時間，江湖有消息，說鬼手神醫已經逝世，這對他們來說，也就意味著又一希望的破滅。

「不是我說，你們無影樓的殺手，做事情是不是太草率了點？怎麼啥也不知道，就把我給擄過來了啊？」溫阮語氣中帶著明顯的嫌棄。「這個做事情吧，還是有點章法比較好。」

屋內眾人均有些訕訕的，身為殺手，他們這可還是第一次被人質疑獲取情報的能力，想想也確實有些尷尬。

不過，這要真算起來也不能怪他們，主要是這次任務比較急，根本沒給他們時間去探查這麼多。昨日上午突然接到消息，中午便要去劫人，所以他們只粗略地探勘了下路線而已。

影四此時可管不上這些，只見他一臉期待地看著溫阮。「那……我們的毒，妳有法子解嗎？」

溫阮點了點頭，回道：「能是能，不過，我有一個條件。」

眾人聞言一怔，「條件」這個詞他們聽過太多次了，似乎也習以為常，所以，當溫阮說有條件時，倒也不是那麼難接受。

「什麼條件？」影一開口問道。

溫阮回道：「就是那製作解藥所需的藥材，你們要自己掏銀錢買喔，這個可沒得商量！」開玩笑，救人歸救人，但絕對沒有出力又出錢的道理，真當她人傻錢多呢，不存在的！不過，想到這兩日的吃食，和這看起來頗為寒酸的房子，溫阮想了想，又補充道：「我知道你們窮，那些藥材都還挺貴的，你們怕是現在也沒這麼多銀錢吧？要不這樣吧，看在影七姊姊的面子上，你們給我寫個借條，等我回去把解藥製出來後，先把毒給你們解了再說吧！」

「就這麼簡單？」影四不可思議地問道，其他人也明顯是一副很意外的神情。

溫阮一臉茫然，無辜地看著他們。「那不然呢？不就是解個毒嘛，還能有什麼麻煩的啊？」

眾人。「……」不就是解個毒？這個折磨他們這麼久的毒，在她口裡彷彿不值一提的樣子，眾人一時之間竟不知該如何反應了。

其實，溫阮會這麼說也是有原因的，他們所中之毒，來自於程嫣然那本毒物典籍，所以，這就簡單多了啊！解藥的方子是現成的，她只需把解藥製出來就行，自然不會覺得有什麼麻煩的啊！

「臭丫頭，妳知道這毒有多難解嗎？這些年我們兄妹幾人可沒少天南海北地找名醫，那群老頭都沒法子解的毒，妳竟然說沒什麼麻煩的？妳不會是耍我們玩吧？」影四似是終於找到一個合理的解釋，開口反駁她。

溫阮毫不客氣地白了他一眼。「我閒啊，拿這種事耍你們玩？我沒你這麼無聊好不好！再說了，剛剛你們毒發時，不就是我給你們壓制住的嗎？所以有什麼好大驚小怪的？人外有人、天外有天，懂不懂啊？嘖嘖嘖，真是沒見識！」

溫阮早都想損影四了，之前是小命捏在人家手裡，她不得不低頭，可這會兒不一樣了，風水輪流轉，終於輪到她揚眉吐氣的時候了，豈有不火力全開的道理？

影四氣結，卻又無可奈何，只能在那裡吹鬍子瞪眼。

突然，影一神色一凝，語氣肅然道：「院子裡有人！」

聞言，七人驀地拿起身旁的劍，強撐著還有些虛弱的身子站了起來，把溫阮護在身後，做出防備的姿勢。

影一側著耳朵，似是在靠聽覺判斷外面的情況。「我們被包圍了，來人眾多，各個武功不凡，怕是來者不善。」

「他娘的，這群人可真是會挑時候！」影四直接罵人了，他們這會兒正是虛弱的時候，卻偏偏碰上人上門尋仇，也真夠倒楣的！

「如今之計，咱們只有竭力一搏了。」影一說完，又看向溫阮。「小丫頭，去暗室裡躲著，免得待會兒誤傷到妳。」

見狀，溫阮也差點罵娘了！她這到底是什麼鬼運氣啊？剛脫離險境，這又要生死未卜了？這一天天的，能不能不要這麼刺激啊？她的小心臟真的受不了啊！

為了不拖累影一他們，溫阮決定乖乖聽話，畢竟，萬一待會兒真的打起來，她除了扯後腿外，啥也幫不上，還不如去暗室裡躲著，至少不用讓他們分心再顧著她。

可是，當她剛準備起身時，門「轟」的一聲，突然被人從外面踹開，嚇得她一屁股又坐到了地上，然後，只能愣愣地看著躺在地上的門板。

——未完，待續，請看文創風934《針愛小神醫》3（完）

2021年1月出版

夫人萬富莫敵

文創風 921~922

一個是聖上眼中的紅人、貴女圈中炙手可熱的侯門貴公子，
一個是琴棋書畫皆不精，唯有算盤打得精的商戶之女，
兩人的婚約堪稱長安城最驚天動地的一樁大事，
不只百姓議論紛紛，連當今聖上都成了吃瓜群眾的一員，
賭坊甚至開了賭局，賭沈家女最後會不會成為侯夫人？
各位看官，就讓我們繼續看下去！

春色常在，卿與吾同／顧匆匆

身為杭州第一大富戶家的小姐，沈箬不愁吃穿，撒錢更是不手軟，
可她沒想到，有一天竟要為自己的婚事發愁！
杭州太守欲謀奪沈家家業，五十幾歲的老頭上門求娶她，
這般不懷好意，她會嫁他才怪呢！但對方是官，不嫁總得拿出理由吧？
她求助於在朝中頗有威望的恩師，迅速就解了這燃眉之急，
恩師不知用什麼方法，竟讓堂堂臨江侯宋衡答應與她的婚事！
說起宋衡，那可是能在朝堂呼風喚雨，連皇上都要尊敬三分的人物，
她滿心好奇，趁姪子要去長安備考，她也順道去探探這位素未謀面的未婚夫。
孰知初到長安，就聽說宋衡正為了江都水患一事忙得焦頭爛額，
朝廷急需賑災物資和銀兩，但各大富戶紛紛裝窮不願伸出援手。
對沈箬來說，能用銀子解決的都不是大事，
況且這回撒錢還能行善舉、積功德，怎麼說都是穩賺不賠的生意嘛！

2021年1月出版

敦妻睦鄰

文創風 918～920

這男人身姿挺拔，整個人如一柄出鞘的利刃，鋒芒畢露，
雖然他刻意收斂了，但周身那股凜冽的氣勢還是讓外人忍不住心顫，
不過在她面前，他只有乖乖任她使喚的分，她對他可是半點懼意皆無，
他上得了戰場、下得了廚房，提得起重劍又拿得住菜刀，
唔，真不愧是她看上的男人，實在迷人啊……

情不知所起，一往而深／君回

穿越就算了，不說當個皇子、公主，怎麼也得是個可人疼的無憂小姑娘吧？
結果呢，成為一個未婚懷孕，還帶球遠離家園、生了個兒子的國公府嫡小姐？!
偏偏原主的記憶容妤只接收了一半，壓根兒不記得孩子是怎麼懷上的，
但眼下她得先肩負起為娘的重責大任，養家活口才行，總不能坐吃山空吧？
就不信了，她有手有腳的，難道還會餓死自己跟一個三歲小萌娃？
她平生有兩大愛好，美食與顏控，穿來前她可是拿過國際美食大賽冠軍的，
做吃食她極有自信，因此，她打算重拾老本行，先賣早點試試水溫，
果然天無絕人之路，她的食肆每天大排長龍，名聲一下子就傳開了，
這不，連她家隔壁新搬來的鄰居殷玠都一試成主顧，巴巴地黏著她不放，
他還說要娶她，甚至保證此生只有小萌娃一子！她是遇上了好男人沒錯吧？
錯了錯了，她發現自己錯得離譜！搞半天他不是啥富商，人家是堂堂王爺，
他也不是什麼好男人，他就是孩子的渣爹，而且他早知她的國公女身分！
敢情他名為敦親睦鄰，說什麼多愛她、想娶她這個鄰居當妻子都是假的，
實際上他這番深情操作只是為了讓她卸下心防，以便把孩子搶回去？
哼，以為是皇親國戚她就怕了嗎？孩子是她生的，她死都不會讓給他！

2021年1月出版

巧匠不婉約

文創風 916～917

想到高門大戶得遵守的繁文縟節，
她就覺得身在農家，也是一種幸運。

一技在身，不怕真情難得／賀思旖

一睜眼，她穿成了個小農女「薛婉」，還遇到了大危機。
原身爹被人下了套，欠下賭債還不清，只得向奶奶求助，
可奶奶分明存款頗豐，居然想直接賣了親孫女還債！
以致薛婉寧可自殺，也不願被賣進富戶，可見那高門內的凶險。
穿越後的她憑藉上輩子的機械設計專業，加上好運氣，
幫助一位貴公子做出彈簧為馬車避震，賺足了還債的銀子。
度過緊急事件，她與母親商量著演了一齣和離戲碼，
順利地讓家裡能作主的爺爺發話，成功地分家單過。
分家後的生活舒適，不過日常開銷就成了接下來的問題。
為了自己與弟弟成長期的營養，以及弟弟上學堂的束脩，
她趁著春耕時，磨著有木匠手藝的父親幫忙改造出新犁，
打算在縣裡的大木匠鋪賣個好價錢，用以補貼家用。
好巧不巧，這舖子的少東家竟就是那位貴公子——陸桓。
「此物精妙，不知薛姑娘師承何人？」他微笑著問。
「只是碰巧看過幾本雜書啦！」連兩次遇上同一個人，她孬了。
這人不只是少東家，還是縣老爺的兒子，她可不想露出馬腳……

2021年1月出版

安太座

文創風 914~915

眾人皆知過年安太歲為的是祈求來年平安、事事順利，
殊不知，安太座對一個男人來說，重要性可是不相上下的，
這部分，她就不得不稱讚一下自己的夫君了，
畢竟他可是把整個人都給了她，娘子說的話對他而言那就是聖旨，
因此即便他對經商一竅不通，是世人眼中的敗家子，那又如何？

芙蓉不及美人妝，水殿風來珠翠香／月小檀

棠槿嫿已經快兩天沒有吃過東西了，此前她何曾遭受過這種罪？
好不容易夫君得了個饅頭給她，結果她卻因狼吞虎嚥，活活給噎死了?!
死前一刻，腦中唯一的想法便是，她絕對不要再嫁給這不可靠的傢伙！
豈料上天雖然再給了她一次機會，但她只重生回到幾個月前而已啊！
生為富商的獨生女，嫁的又是富商獨子，她理應三輩子也吃喝不完才是，
偏偏她的夫君穆子訓打小嬌生慣養，公婆又太過溺愛，事事順著他，
於是公公驟逝後，不懂經商、甚至連帳本都看不懂的他，漸把家產敗光，
老實說，重生後的她不是沒想過離開他，再找個家境好點的男人嫁掉，
但嫁給他這麼多年來，他對她是真的好，就連沒有子嗣，他也毫無怨言，
有情郎難得，她既不忍離了他，看來養家活口的擔子只能自己挑起來了！
幸好她讓下田他就扛起鋤頭，叫他考功名他二話不說立即發奮苦讀，
況且眼下不是還有她嗎？她腦子轉得快，深知自古以來女人的錢最好賺，
於是，她開了間專賣胭脂水粉的店鋪「美人妝」，生意果然大好，
所以夫君只要繼續疼她、寵她、尊重她，其他鶯鶯燕燕皆不入眼她便足矣，
至於重振家業這種小事就交給她吧，她定會讓所有冷嘲熱諷的人閉上嘴！

文創風
933

針愛小神醫 2

國家圖書館出版品預行編目資料

針愛小神醫 / 迷央著. --
初版. -- 臺北市 : 狗屋出版社有限公司, 2021.03
冊 ; 公分. --（文創風）
ISBN 978-986-509-190-3（第2冊：平裝）. --

857.7　　110001353

著作者　迷央
編輯　黃淑珍
校對　周貝桂
發行所　狗屋出版社有限公司
地址　台北市104中山區龍江路71巷15號1樓
電話　02-2776-5889～0
發行字號　局版台業字845號
法律顧問　蕭雄淋律師
總經銷　知遠文化事業有限公司
電話　02-2664-8800
初版　2021年3月
國際書碼　ISBN-13　978-986-509-190-3

定價260元
狗屋劃撥帳號：19001626
網址：love.doghouse.com.tw　E-mail：love@doghouse.com.tw